U0041548

章小東

目次

往事不能如煙
——章小東的《火燒經》

王德威

《火燒經》是章小東女士的第一部作品。這是一本自傳式的小說，講述文化大革命期間一個上海女孩成長的故事。有關文革的敘事我們當然看得太多了。但這段歷史曾經是一代中國人最刻骨銘心的經驗，不論紀實或虛構，有多少書寫都不為過，何況是精采動人的書寫。往事不能如煙！

章小東雖然是第一次出手，但下筆毫無生澀之感。這也許和她的家學淵源有關，她的父親是三、四十年代的重要文人靳以（章靳以，一九〇九－一九五九）。但真正的原因應該是她有話要說。靳以在女兒三歲的時候就過世了，這個家庭是由小東的母親一手支撐。文化大革命爆發時，章小東是小學三年級的學生，以後十年的風暴她親身經歷，由一知半解到感同身受，的的確確是所謂的文革一代人。

我們所常見的文革紀事多半以控訴為主軸。這一代人親歷文革期間意識形態的狂熱、文攻武嚇的混亂；他們鬥爭串聯、上山下鄉，因此家破人亡的更不在少數。多少年後，回顧動盪中的成長歲月，他們自然有了不能自已的感傷或憤怒；文革後「傷痕」或「知青」文學都可以做如是觀。然而時移事往，當文革的一代人已經進入後中年期，又有不少人開始對那段經驗有了無端的鄉愁。因為無論如何，那是自己不能割捨的青春記憶。

章小東自然承載了類似複雜的感情。但是在寫作《火燒經》的過程裡，她卻能另闢蹊徑，既不讓傷痕論述左右她的記憶，也不讓鄉愁情結遮蔽歷史事實。她有意回歸基本面，老老實實地描寫文革時期在上海的一個女孩的所見所聞，她的惶惑，她的憂傷，甚至她有限的歡樂時光。但《火燒經》之所以可觀並不止於這些；這本書有它特殊的文學魅力。對我這樣的讀者而言，以下的三個面向最為值得注意。

在《火燒經》裡，章小東經營了一個特別的敘述聲音。這個聲音以第一人稱出現，理所當然的讓我們聯想是作者本人。這也應該是章的本意。但一路寫來，章小東讓她所經營的敘事聲音、還有她所選擇的敘事內容逸出了原本設定的位置。這個小女孩有時以天真甚至好奇的眼光，看著文革對親友帶來的羞辱、對生活帶來的混亂。但有的時候她的「看法」卻顯著出奇的老練。像是她對家族歷史的回顧、對聽來的故事的轉述，都不乏後見之明的意味。這樣游移的聲音也許出自一位新手作家不自覺的選擇，但仍然透露她的創造力。章小東並不只想像魯迅的祥林嫂（《祝福》）那樣苦哈哈的、一成不變的說故事。她讓不同的時間、線索、感覺交錯，因此鋪陳出一個遠比文革紀事更複雜的脈絡。

從章小東描述裡，我們得知她最早的成長環境其實是優渥的；她是淮海路上長大的孩子。她的父親在解放前後曾經是進步文人，「所幸」去世的早，沒有像老友巴金（一九〇四—二〇〇五）那樣趕上日後文革的風暴。章小東的母親是位自尊、要強的高級知識分子，而且有個傳奇的家庭背景。這家人在文革中所遭受的苦難雖然深重，但坦白說，算不上驚心動魄。當時掃地出門、戴帽遊街的例子太多了，即使在最艱難的頭幾年，他們甚至還有個保母同甘共苦。但如上所說，章小東的重點不是控訴而已，她要寫出的是在這樣一個人心惶惶的時代裡，這個人家怎麼過日子。

當反常的事情變成家常的一部分，這才是文革留給章小東創痛最深的記憶。從小女孩的眼光看出去，文革的混亂經驗是零碎的、片段的。路上躺著的跳樓的屍體，翻臉如同翻書的進步分子，聽來的恐怖謠傳，慘淡的年節景觀……都讓年輕的女孩有了難以言說的感受。恰恰因為這些經驗的紊亂無緒，反而讓一個敏銳的心靈有了畢生難以忘懷的印記。從抄家到下鄉所帶給章小東強烈的失落感，居然讓她多年之後來到美國布置房間時，怎麼樣也不願意讓牆上留白。最微小的生活細節往往銘刻了最尖銳的傷痕。

其次，《火燒經》又是一部關於女性和政治動亂的作品。細心的讀者不難發現，在文革開始之前或開始之際，這個家庭裡的男性就已經缺席了。章小東的眼裡，是母親，還有外婆、保母，以及其他家庭女性們——姊姊、好婆、小孃孃、奶無奶、胖媽……——共同承擔了人民共和國史無前例的風暴。見證死亡和羞辱是每個人必經的考驗，其中撐不下去的，像章的阿姨，自己草草了斷了生命，但多數人卻能勉為其難的活過來。「過日子」是他們共同的目標；大街上亂得再無法收拾，主席的聖訓再如何驚天動地，這些女性退回到自己狹小的天地裡，繼續當家作主。她們窮則變，變則通，在在顯出上海女人「奇異的智慧」。

章小東寫她的母親即使在自己遭受公開批判的日子裡，依然整整齊齊的應付一切。家裡的朋友羅夫人來自養尊處優的階級，到了文革首當其衝。沒想到羅夫人改頭換面，日子再苦也要讓丈夫有了補給才好應付鬥爭：「外表的東西都是假的，只有吃在肚子裡才最實惠。」主席要讓全中國人民「靈魂深處鬧革命」，在章小東的婆婆媽媽的世界裡，就算靈魂的革命鬧得再大再深，也不能不穿衣吃飯。

這些女性人物裡最令人難忘的當然是章小東的保母胖媽。胖媽來自安徽農村，家裡有段不堪一提的往事；她竟參加過革命，因此夠紅夠專，而她居然是從醫院的伙夫房轉到助產室，將錯就錯的成了小東的保母。文革初期最混亂的時候，胖媽和她的主人聯成一氣，保護這個家庭於不墜，這是「階級革命」最奇妙的逆轉了。但胖媽不是無產階級聖人，她有她的七情六欲。她不僅是章小東的守護者，也是她的人生知識，包括性知識，的啟蒙者。

在這些女性呵護成長中的章小東畢竟是幸運的。這些女性教導了她寬容與愛，也讓她在紊亂的生活中有所依靠。女性的現實本能與溫柔成為救贖文革最後的力量。與此同時，章小東逐漸有了自己的心思。她敏銳的捕捉生命中的浮光掠影，一雙舞鞋，一件棉襖，一次偶然的邂逅，於是都有了綿綿無盡的情意。當然，她不曾忘記從小就認識的、曾經關心的遞給過他一把傘的那個小男孩，日後竟成為她終生的夫婿。

《火燒經》的敘事然後從家庭領域輻射到家庭以外，風格也開始轉換；這就引領我們到第三個值得注意的面向。小說後半段開始出現愈來愈不可思議的「插曲」。章小東記述短期下鄉時種種啼笑皆非的遭遇，包括她長達月餘的便祕。同一個故事也告訴我們，她無意撞破了所寄住的農家裡一個小媳婦的偷情，造成後者恐怖的死亡悲劇。兩段情節都帶有身體預言的意義：這是一個集體禁欲的時代，卻又是無法無天的時代，難怪中國人身與心都失調了。然而另一則有關北大荒人獸性交的故事，才更讓我們無言以對。獸交是一回事，在什麼樣的「政治條件」下產生了這樣駭人聽聞的行為，恐怕才是真正讓章小東揮之不去的夢魘。

章小東又告訴我們一則關於舅舅的私生子的奇遇。舅舅因為思想問題早已發配到青海，私生子文革時長征到西南意外喪生，卻又奇蹟般的生還，而且成了傣族女婿。這還不說，他決心到青海尋父，只見千百枯骨，不料盡頭處好像……。故事愈說愈奇，儼然有了古典話本小說的況味。結局如何這裡得賣個關子，可以說的是，這是亂世，傳奇不奇。

這些故事構成我所謂的一種特殊的「文革驚悚」（Cultural Revolutionary Gothic）模式。「Gothic」原來指的是西方浪漫主義肇始時一種恐怖小說模式，禁錮的古堡，不能告人的祕密，遊蕩的幽靈，受難的少女……烘托出西方現代主體意識形成前夕的幽暗面。場景轉到文革，光天化日下卻有各種「牛鬼蛇神」的古怪聲音，讓我們的小女主人翁不寒而慄了。

需要強調的是，章小東的故事也許是親身經歷、也許是道聽塗說，但無礙成為當年和日後文革想像的一部分。正是因為時代如此混沌，認知體系也變得紊亂起來。一代人的恐懼和創傷，對現世的迷惘，還有對救贖的狂想，無不包藏在種種故事裡。從家常到志怪，再到兩者互為因果，《火燒經》其實有意無意地呈現了相當深廣的文革敘事幅度。

《火燒經》的典故出自《雜阿含經》：

一切燒燃。云何一切燒燃？謂眼燒燃，若色、眼識、眼觸、眼觸因緣生受，若苦、若樂、不苦不樂，彼亦燒燃。如是耳、鼻、舌、身、意燒燃，若法、意識、意觸、意觸因緣生受，若苦、若樂、不苦不樂，彼亦燒燃，以何燒燃，貪火燒燃、恚火燒燃、癡火燒燃，生、老、病、死、憂、悲、惱、苦火燒燃。爾時，千比丘聞佛所說，不起諸漏，心得解脫，佛說此經已，諸比丘聞佛所說，歡喜奉行。[1]

以此，章小東有意說明文革十年的成長經驗有如諸火燃燒，帶給她身入煉獄般的痛苦。的確，文革是一場千萬中國人走火入魔的噩夢。痛定思痛，章小東不願意那曾經火紅的中國燃燒以後，一切灰飛煙滅。書寫是她的救贖。哪怕回顧往事不啻又禁受一次痛苦。但火裡來，火裡去，由此她才經歷解脫。我有感於章小東的勇氣和文采，樂於推薦此書。是為序。

1 作者解釋：Adittapariyaya Sutta，巴利文本的英文翻譯是The Fire Sermon—火燒經。南朝宋求那跋陀羅譯的五十卷本《雜阿含經》第八卷第一百九十七個小經。

《雜阿含經》是《阿含經》當中的一部，《阿含經》是原始佛教的根本經，在印度至少有五部，但譯為中文的只有四部：《長阿含經》，《中阿含經》，《增一阿含經》，《雜阿含經》。《阿含經》其實是許多「小經」的匯編。如《雜阿含經》就是由一千三百六十二部小經組成的。可能有其他什麼原因現在印度語文的《雜阿含經》只有巴利文本，梵文本早就失傳了。劉宋時代譯的《雜阿含經》，並沒有把小經的名稱譯出。不知道是不是因為當時翻譯的時候所依據的經就沒有小經的經名。

寫在前面

經過了十多個小時的連續飛行，美國聯合航空公司的波音777終於停穩在上海浦東機場上。隨著熙熙攘攘的人群，我走過了狹窄的通道……

突然，一陣心悸，只感覺到胸口盪空，不得不靠著牆角喘氣。冰冷又堅硬的石頭牆壁讓我漸漸清醒，並意識到：在這片生我養我的土地上，已經不會再有人來迎接我了。有些悲哀，又有些不甘心，不由自主地懷著沒有希望的希望，再次左顧右盼了一下。終於，一個人孤零零地走出機場大廳。忍耐不了等待「差頭」的長隊，最後決定登上機場「大巴」。

「大巴」停在距離我家三公里外的靜安寺，拖著行李箱，站在靜安寺大廟前面的馬路上，我看不見那座熟悉的老廟，到處都是燈紅酒綠的摩天大樓。一些還沒有到可以穿短裙的季節就露著大腿的摩登女郎，在冷風裡凍得嗶啵發抖。陌生的面孔在我的身邊穿來穿去，大聲地用不是上海人的口音，講述著自己的故事，時時把我撞得東倒西歪。

我坐了下來，坐在馬路邊自己的行李箱上，感覺到自己好像一輩子都坐在這裡，從一個活蹦亂跳的小姑娘開始，這裡的一切都是和我連在一起的；又感覺到我好像從來也沒有到過這裡，我拖著這個行李箱已經走遍了大半個世界，一直到幾絲蒼白的頭髮，偷偷爬上了我的前額，發現這裡的一切都是陌生的——和我毫無關係。

一個小時以後，我回到了家裡。先是在站在門口，盯著一塊「國家重點保護」的鐵皮牌子看來看去看不懂，年輕的小保母不由分說，就把我的行李箱搬進了房間。這時候，早已過了耄耋之年的母親，搖搖晃晃地從輪椅裡站了起來，她打開自己的右手，手掌裡站立起一對紅燭。我想我的眼睛出了毛病，好像看到牆壁上的父親幽幽地從鏡框裡走了下來，他劃一根火柴，點燃了紅燭。燃燒的火立刻就劈開了黑暗，還抓破了沉在角落上陰暗的網。

在火的跳躍當中，母親看著我，用陌生的語言問我：「妳認識東東嗎？」

我嚇了一大跳，連忙把臉湊到她的面孔前面，我想告訴她，我就是東東啊！

但是她不容我說話，繼續著她自己的話題：「我說的是我的小女兒東東，她三歲就沒有了爸爸……。妳不會認識她的，她本來就不是這裡的人，只是一不小心掉到了這兒。在一場燃燒的大火當中，吃了個大苦頭，然後就走了……」

「走到哪裡去了？」我驚愕地問。

「走到很遠很遠的地方去了。假如妳可以看到她的話，請妳把這個東西交給她。」母親說著，不知從哪裡摸出一個小紙捲，她想遞給我，又有些捨不得，捏在手裡看了看。

她自言自語地說：「她不會回來了，她不是這裡的人。」

「儂想伊伐？」我用上海話問。

「妳一定要交給她……」母親用南京話繼續。奇怪了，母親過去從來也不說南京話，儘管她的祖籍是南京。

終於，母親把攥在她手裡的紙捲放到了我的手心裡，小紙捲是用一根藍色的綢帶捆紮著的，仔細一看，那竟然還是我小時候的一根蝴蝶結，蝴蝶結已經褪色了，卻熨燙得非常平整。我小心翼翼地打開紙捲外面的紙包，一層，又一層……

「當心一點啊！這裡面是我的東東的全部的故事。我想她的時候就會拿出來讀一讀……」母親還在說話，而我卻要窒息了。因為當我打開最後一層紙包的時候，我簡直不能相信我自己的眼睛了，我看到了一本日記，這是我唯一的一本日記——一本沒有內頁只有封面和一包碎紙的日記！

我認出來了，我立刻就認出來了！一張皺皺巴巴的劣質牛皮紙封面，上面印著這麼幾個紅色的毛筆字：「大楷練習簿」。很明顯，這是一本大楷練習簿的封面。那時候我喜歡用鉛筆在大楷練習簿上寫日記，於是節儉地把用過的大楷練習簿收集在一起，裁下其中一張一張的空白頁，縫成厚厚的一大本，再貼上原來的封面，就變成了我最珍貴的日記本了。

我很欣賞我的鉛筆字寫在吸墨的大楷練習簿上，漆黑的鉛粉落在黃臘臘的宣紙上，有一種天地相容、合二為一的感覺。我把我自己的所有都交給了這本的日記，就好像希臘神話當中的那個理髮師，到深山老林裡挖一個洞，大聲把藏在心中的祕密吐進洞裡，然後再把洞口封起來，我以為這個祕密就會永遠變成我自己一個人的祕密了。

我真的把那本大楷練習簿當成是地上挖的一個洞，無論是愛還是恨、痛苦還是幸福，都會自覺不自覺地吐了進去。我的鉛筆就是這樣，無遮無攔、無拘無束地衝破紅色米字格的束縛，對著大楷練習簿傾訴，一直到有一天……

有一天，比我長十八歲的哥哥看到了我的日記，我不要說是他「偷」看了我的日記，因為是我自己沒有「看」好我的日記，我自作聰明地以為，沒有人會發現這本手工自製的大楷練習簿會是我的日記本，偏偏我的哥哥把它從我沒有上鎖的抽屜裡翻了出來。

這是一個禮拜天的下午，胖媽和母親在那裡算小菜帳，姊姊坐在角落裡按摩自己的病腿，我不知為什麼興沖沖地從太陽底下跑回來，我的哥哥正站在房間的當中，大聲地朗讀我的日記。

看到我，他並沒有掩飾，反而譏諷地說：「聽聽，這是什麼意思呀？『她走了，兩隻眼睛久久地凝視著遠方，她在想什麼？是不是我們共有的童年時光？』小資情調，太小資情調了。」

血衝到我的腦門上，我憤怒起來。太陽被天狗吞嚙了，我奪回了我的日記本。

這是一個禮拜天的下午，胖媽和母親在那裡算小菜帳，姊姊坐在角落裡按摩自己的病腿，哥哥訕訕地踱到沒有太陽的陽臺上，我站在房間的當中，一頁一頁地撕碎我自己的日記……

一眨眼多少年過去了？我好像是在夢裡一樣，捧起了這包撕碎的日記，我看到母親佝僂的身體在我面前伸展開來，她手裡的紅燭正獨自忍受着煎熬的苦痛，一步步在燃燒的道路上走向滅亡的劫數。

母親的聲音從我的頭頂上空傳來過來，她說：「妳走吧！去找我的東東吧！把這本日記交給她。」

她又說：「只有找到這本日記，我的東東才會想起來她的根、她的家。」

於是我不得不抱起這本撕碎的日記，大口吞嚥著苦澀的眼淚，再次離開了我的母親，踏上了不歸的路……

回到我異國的書房間，點燃起父親的紅燭，打開別人留給我的手提電腦，我開始一個字一個字地填補起我的日記。紅燭在燃燒，父親的聲音在我耳邊響起：「頑強的火焰映照著戶外赤裸著的大野，忍受著殘酷的寒冷，忍受著無情的凍雨，忍受著地上翻滾著的風，還忍受著黑夜的重壓……。」這是一條孤獨漫長無盡的路，只有父親的紅燭陪伴著我，它沉默著，沒有一點音響，無聲地燃燒。

我對著燃燒的紅燭發誓：我一定要把這本撕碎的日記重新補滿，我是為我自己補的，也是為你補的，因為我和你走過了一條共同的路，因此，這本日記是屬於我的，也是屬於你的，是我們共有的。我是為我的孩子補的，也是為你的孩子補的，因為我和你都想讓他們知道，他們的父母走過的是怎樣的一條路。因此，這本日記是屬於他們的。

我突然發現，過去的時日是那麼地遙遠，遙遠到了我摸不著抓不到的地步，一切都是模糊不清的。在這些模糊不清的記憶裡面，有的是真實的，也有的是虛幻的，常常會有大段大段的遺漏，又會有大段大段的新補。我多麼希望自己還能像十歲那樣，重新開始用鉛筆在大楷練習簿上一字一句地寫日記，哪怕是最大的痛苦再經歷一遍。不可能，這就是人生的悲哀。

在這本補寫的撕碎的記憶裡面，有的是歷史的真實、人物的虛幻。其中連那個如此豐富多彩的胖媽，也是無數保母的總和。那裡有我的保母、姊姊的保母以及朋友的保母，甚至不認識的人的保母。因此，假如你發現其中的人物就是你，那一定不是你，只是有可能你和他不巧有過類似的經歷，純屬不巧。

一切都是不巧發生的，只是正巧讓我給撞上了。

哭痣

一九六六年除夕的早晨，當我睜開眼睛的時候天還沒有亮。和往常一樣，是被旁邊大床上的母親吵醒的。母親每天清晨都會把父親從蘇聯帶回來的那臺笨重的無線電扭到最大聲響，於是「嘟，嘟，嘟，嘟，中央人民廣播電臺，中央人民廣播電臺，現在是北京時間六點整。」一個男人和一個女人標準的普通話，就好像是鐵榔頭一樣，一下又一下地敲打著我的後腦勺。

接下去是天氣預報，再接下去是新聞聯播，到了這個時候，假使我再想裝死賴皮在被窩裡，母親就會長一聲短一聲地大叫：「東東啊！東東啊，好起來讀書了，不要浪費時間了，我像妳這個年紀的時候，老早就坐在那裡練習毛筆字了呢！」

母親會一直叫到我不得不用最慢的動作，磨磨蹭蹭地從熱乎乎的被筒裡爬出來。然後是穿衣、刷牙、洗臉。頭髮不是我自己梳的，那是保母胖媽的工作，胖媽用一把長滿軟刺的大刷子，一次一次地刷我的頭皮，一直刷到我真正醒過來。這個時候，母親才會把她毛烘烘的腦袋從被窩裡伸出來。

可是這一天不一樣，母親幾乎是和我一同起床的，頭髮也是母親給我梳的，母親梳頭真舒服，不重不輕，母親的手也是柔軟的、光滑的，不像胖媽的手硬刮刮、毛辣辣。我真想讓母親多梳一會兒。事實上，母親梳頭確實要比胖媽梳得仔細，梳的時間也長很多。母親打蝴蝶結也和胖媽不一樣，胖媽打蝴蝶結就好像是縛鞋帶，先打一個結，再打一個結，硬邦邦地把兩根毫無關聯的布條子捆綁在一起。而母親則是先在兩隻手上繞兩個對稱的環，然後才打結，緊接著兩根雪白的滾著紅絲線的綢帶，就好像真的變成了兩隻活物，隨著我的跳動，在我的頭上飛來飛去。

梳洗完畢以後，母親又拿出了一件新的藍白紅花相間的人造棉罩衫，這件罩衫是好婆早些天特地差她的保母阿莘送過來的（稱呼外婆為好婆，大概是寧波人的習慣）。當時阿莘講：「今年因為哈爾濱的二娘舅要到北大荒勞動，家裡的布票統統集中起來，為他縫了棉衣棉褲和棉大衣，所以給小孩子們過年的新衣裳全部都是人造棉的。」

母親對阿莘說：「真是難為姆媽了，小孩子穿穿人造棉就可以了，沒有必要去花一尺布票買一尺棉布，人造棉常常是免收布票的呢！」

阿莘立刻反駁：「噢喲，三小姐，儂摸一摸，這倒不是那種免收布票就可以買到的人造棉，這裡面，棉的成分比那種免布票的人造棉要高出很多呢！所以是三寸布票買一尺的，價錢也貴很多，是我去買的。」

母親回答：「那也就謝謝儂了。」

阿莘走後，母親對胖媽講：「儂看，好婆一定又被這個阿莘騙了。」

我倒無所謂，因為多數小朋友都穿人造棉，我不要和大家不一樣。更何況這個阿莘雖然很會騙好婆，本事也真是大的，又會打毛線，又會做衣服，還會燒小菜，除了母親和她的姊姊妹妹，大家都被她騙進了。

母親幫我把新的人造棉罩衫套在舊的棉襖上，棉襖雖然是舊的，但入冬以前好婆就讓阿莘翻新過了，袖口和下襬都接長了，所以套上新的罩衫，就有一種全新的感覺。皮鞋是胖媽在昨天晚上就擦得錚亮的，燙得筆挺的藏青顏色的毛料褲子，是姊姊的舊褲子改製的。

一切穿戴整齊以後，母親便拉起我的手，把我帶到書房間。這是父親的書房，朝南的玻璃窗前有一張巨大的書桌，桌子上面放著父親用過的鋼筆和墨水瓶等文具，面對著書桌有一個高高的書櫃，那裡面放滿了父親的作品，這是姊姊在父親去世以後一本一本蒐集起來的，書櫃的上面是父親的遺像。

我自動地向前一步，深深地對著父親鞠了三個躬，背脊後面響起了母親夾生的普通話：「東東，讓儂的爸爸看看，過了今天，妳就十歲了，我也有五十歲了……」

我偷偷瞄了母親一眼，我無法把美麗的母親和五十歲連在一起，她是蒼白的，卻隱藏不住內在的娟秀。生活的重擔確實是沉重的，但壓不垮她貴婦人的風度。這大概就是父親當年愛上母親的主要原因吧！可是母親今天似乎有些失誤，因為今天並不是我的生日，過了今天我也沒有十歲。母親立刻就察覺到了我的疑惑，她轉過我的身體，讓我看著她的眼睛，她說：「中國人落地算一歲，過了年又一歲，所以過了今天儂就有十歲了。儂長大了。」

我突然感到有些昏眩，父親早先在他的作品裡說過：「當著日子一天一天壓到肩上，才會漸漸地覺出它的甜蜜和它的可貴。」可是每次讀到「當著日子一天一天壓到肩上」這幾個字的時候，我的嘴巴裡就會泛起了一股苦澀的味道。

我害怕長大，我不願意長大。現在一聽到母親說「儂長大了」這四個字，便立刻縮緊了肩膀，這是我第一次感覺到了肩膀上的分量。母親大概也感覺到了我的退縮，她說：「挺起來，不要駝背！」

母親有些嚴厲地拍了一下我的後背，緊接著又愛憐地抬起了我的面孔，摸了摸我眼角下面一粒灰暗的、萎縮的斑點，然後便愁苦地嘆了一口氣。

我知道，這裡有顆哭痣，胖媽告訴過我，這顆哭痣是在我周歲生日的那天才冒出來的。胖媽告訴我這個故事的時候，已經是很久以後的事了，她說：「妳周歲那天的一大清早，妳的母親就指揮我在廚房裡支起一口大鍋子，滿滿登登地煮了一大鍋雞湯，又染了一大籃的紅蛋……」

母親說：「今天有客人，多弄點菜。」

「好，好，我最會做大魚、大肉了。」大魚、大肉是胖媽的拿手。假如做「小炒」，就是另外一回事了，那是一定要母親親自下廚炒菜的。

「啥樣子的客人？啥辰光來？多少人啊？」胖媽好奇地問。

「雜技團的，熱鬧一點。儂沒有發現東東滿嘴牙齒都長好了，還這麼喜歡哭，不要是來報喪的才好，一定要想辦法沖一沖。」母親擔憂地說。很奇怪，新潮的母親在骨子裡比一般人更加老派。

「不會的，太太妳命大福大，不要擔心。」胖媽一邊安慰母親、一邊把煮熟的肥雞從雞湯裡撈了出來。

正在這時候，剛剛睡醒午覺的我，一邊揉著眼睛、一邊跌跌衝衝地從太陽間裡跑出來。西曬的太陽剛巧跌落在我的臉上，母親抬頭看了我一眼，突然愣了一下，她三腳兩步跑到我的身邊，一把拎起我的下巴，仔仔細細端詳著我的臉，然後大叫起來：「不好了，東東眼角下面怎麼長出一顆痣，這是一顆哭痣，昨天還沒有的，今天怎麼就長出來了，壞事體了！」

母親的驚詫把我嚇了一大跳，剛剛撇下嘴想哭，客人就到了。

這是一群紅顏綠色的男男女女，人還沒有進屋，聲音已經占滿了每一個屋角。那時候，因為父親的緣故，我們住進了茂名公寓。這幢洋派的十八層大樓，在相當一段時間裡多數住著外國人，最高一層樓還是當時的印度駐滬領事館。四十九年以後，那些外國人一個個離開了這個冒險家的樂園，空出的房子就被上海灘上最上層的知識分子填補了，看門的倒仍舊還是印度人遺留下來的紅頭阿三。那些知識分子原本就是洋派的，小汽車在紅頭阿三的眼皮底下進進出出，顯得十分自如。

現在，雜技團的演員們前呼後擁地擠進了房間，他們輕車熟路地把行頭安置在大客廳裡，然後便來到飯廳。這時候，那張花梨木的大餐桌上已經擺滿了各種菜餚。客人們似乎對種種美味都不感興趣，一雙雙筷子只是對準了中間那盤白斬雞，爭先恐後地在盤子裡翻來翻去。

「伊拉尋啥？這麼緊張？」母親感到十分奇怪，不由回過頭來問胖媽。

胖媽好像突然想起了什麼，反身進了廚房，拔出兩根油鍋裡用的加長竹筷，也插進了那只放白斬雞的大盤子。頓時，所有的筷子都停止了忙亂，大家直瞪瞪地看著胖媽，「儂尋啥？」有人問。

「今朝是小小姐的生日，誰也不要搶了，這只吉祥物就留給小小姐吧！」胖媽回答。眾人無話。

「啥是吉祥物啊？」母親仍舊不得解。

「鄉下人的習慣，你是不知道的，就是那只雞屁股！」胖媽專心致致地繼續尋找著。

「啊喲，儂講的是雞翹啊，老早被我扔到垃圾箱裡去啦！這只東西在我們家是從來也不上檯面的呀！」母親哭笑不得。

眾人們則好像洩漏了氣的皮球，紛紛地歪倒在椅子上嘆息。

而我，大概是一聽到原本屬於我的東西又沒了便大哭起來，天昏地暗地哭，沒完沒了地哭，無論是老小丑還是小小丑在我面前翻跟頭還是打滾，都停止不了我的哭嚎。

最後還是那個口技演員，抱出來了我的洋娃娃。這是父親從蘇聯帶回來的巨大的俄羅斯洋娃娃，和我一般高，一抱到那個口技演員的手裡就開始大哭起來，比我還傷心，比我還委屈，我感到奇怪，伸手去摸了摸洋娃娃的木頭腳，洋娃娃便大笑起來。就這樣。洋娃娃一會兒哭一會兒笑，而我則在這哭哭笑笑中掛著眼淚睡著了。

母親小心翼翼地把我抱了起來，她發現，我眼角下面的那顆痣在淚水的浸泡之下腫了起來，變成一滴血一般的鮮紅。母親嚇得六神無主，於是決定，第二天就把我送到我的好婆家去。母親認為，由她的母親來調教我這個愛哭的毛病，大概是最明智的方法了。

第二天，午睡以後，我被梳洗整齊，高高地坐在一只藤皮箱上，藤皮箱安置在門廳裡的一張矮桌上，我的兩隻腳懸掛在半當中，盪來盪去，等待著胖媽去叫三輪車。我的感覺有一點奇怪，走來走去的家人們似乎都要對我多看一眼，然後笑著說：「新剪的頭髮，好看，好看。」

我擄了擄齊耳的短髮，指了指站在旁邊的父親說：「伊，伊……」話還講不清楚，聽者便大笑起來。

「是我設計的，錦江飯店裡專門給外國人剪頭髮的陳師傅剪的，童花頭……」父親有些尷尬地解釋。

大家聽了更加笑起來，就好像吃了笑藥一般，整個門廳都被笑聲震動了。只有我，乾坐在那裡，臉上鋪滿了莫名其妙。事實上是因為父親最喜歡女孩子剪童花頭了，在他的作品裡常常可以看到童花頭的女孩子，總是那麼天真、甜蜜。只是我的母親和姊姊從來也沒有給他機會嘗試他的想像，最後只有我，變成家裡第一個讓他實現童花頭情結的對象了，只是這以後，在他的作品裡再也沒有出現過剪童花頭的女孩子。

正在大家笑得人仰馬翻的時候，叫到三輪車的胖媽回來了，跟在她後面的是住在二樓的鄰居小男孩，小男孩是來拿我的生日雞蛋的。一進門他就很有禮貌地對著大人們行了個禮，胖媽開玩笑地說：「孔家弟弟，你看，我們家的妹妹好看嗎？將來給你當媳婦好不好？」

不料男孩子嚇了一跳，連連搖頭說：「不好，不好，嚇死我了，她太難看了，面孔像只湯婆子……」

我一下子明白了，原來大家笑我是因為我難看。我傷心到了極點，放聲大哭起來。有時候，命運真會作弄人。誰也不會想到，二十年以後，我真的變成了這個男孩子的妻子，風雨共舟、酸甜苦辣幾十年。可在當時我只是一門心事地哭，哭得天昏地暗、聲嘶力竭。大家只好手忙腳亂地在哭聲中，把我安置到三輪車上，又用一張紅色的羊毛毯把我圍起來。就這樣，我的頭上帶著個紅色的絨線帽，由我的保母「奶無奶」呵護著，一路哭著，離開了自己的家。

其實，茂名公寓距離好婆家只有半條馬路，因為是老式的石庫門弄堂，小汽車開不進去，只能叫三輪車。一路上，我幼時的保母奶無奶把我抱在懷裡，這是一個好心又好看的女人，原本是我姊姊的保母，胖媽才是我的保母。因為姊姊看到胖媽實在不大好看，擔心本來就不好看的我，跟著胖媽會變得更加難看，於是就把她自己的保母讓出來做我的保母，胖媽變成了她的保母。此刻，奶無奶抱著我，用一帕花手絹為我擦眼淚。眼淚還沒有擦乾，好婆家就已經到了。

三輪車夫從車上跳了下來，他想乘機伸手到奶無奶的懷裡，把我抱下車子。奶無奶非常老練地讓開了，她很有尊嚴地抱起我走進了好婆的石庫門。

「下來，自己走，這麼大了，不可以讓人抱著。」一個嚴厲聲音從客堂間的深處傳了過來。

我被嚇得木知木覺，剛剛張大了嘴巴要哭，抬頭一看，立刻就好像被釘在地板上一樣，不要說哭，就是動也不會動一動了。這是一個面孔刮瘦的老頭，兩隻小小的眼睛深陷，卻散發出嚴厲的光芒，他是我的外公。此時，外公正襟嚴威地端坐在那裡，左手邊有一只比我還高的烤紅花瓶，裡面插著當年他從南洋帶回來的孔雀毛，右手邊是一口立鐘。外公的話音剛落，那口立鐘便震耳欲聾地「噹，噹，噹，噹」敲了四下。

正在準備點心的好婆從後面的灶披間趕了過來，看到我，就一把抱到身邊說：「啊喲，我的小東東來啦！今天怎麼這麼漂亮啊，好婆真是想儂呢！」

說著她便轉身從玻璃櫃裡拿出一支翡翠頭飾，輕輕夾在我那頭戇噱噱的短髮上說：「來，照照鏡子，真好看，我的姑娘們都有一個，就是帶在儂這個小精靈的頭上最合適。」

我一看，真的！頭髮上多了一支碧綠的翡翠頭飾，整個面孔都變得光彩奪目啦！屆時我笑了，我感到整個的客堂間都被我的笑照亮了。

我喜歡我的好婆，卻暴怕我的外公，尤其是他的兩隻眼睛。

兩年以後，外公去世了。那時候，我已經回到了茂名公寓，因為外公的去世，又被接回了好婆家。據說這是好婆家的規矩，長輩去世以後，得由小輩們輪流睡在他生前的床上，這叫暖床。

外公去世的時候正值初夏，前頭天井裡的小竹林生氣盎然，牆腳邊的無花果正孕育著自己的果實。

外公最喜歡坐著的客堂間裡撐起了一個巨大的靈帳，靈帳是用本白色的籠頭細布做成的，帳門半垂著。帳門的前面有一張供桌，供桌上的兩柱高燭日夜不息，香爐裡的香火也時時刻刻點燃著，凝聚起來的煙雲，纏繞著供桌上方的外公威嚴的遺像。這是一個瘦刮刮的中國紳士，兩隻眼睛不大，卻有些凹進去，顯得滿凶狠的樣子。遺像前面，供桌的兩邊一直延伸到大門口，站立著兩排和尚，他們低著頭一邊念經一邊敲打木魚。在念經和木魚聲中，身帶重孝的家人及親戚朋友便挨個上前，跪在供桌前面的蒲團上，一一磕頭。

我披麻戴孝地站在這香火纏繞的房間當中，那些誦經的和尚就立在我的跟前，可是他們嘴巴裡發出的經文，就好像是從千里之外傳送過來的一樣，低沉厚重，又有些委委婉婉、蕩氣迴腸，只是我一句話也聽不懂。混混沌沌、迷迷茫茫當中，我只有聽到了反反覆覆、斷斷續續的兩個字，那就是「火燒」。「火燒……火燒……火燒……」他們這是要火燒什麼呀？我心裡害怕，「他們是不是要火燒我的外公？不會！那麼一定是要火燒靈帳後面外公的那張太師椅！」

一想到這張太師椅我便興奮起來，這張太師椅極為漂亮，不僅油光錚亮，四隻腳和把手上還刻滿了花紋，外公坐在上面的時候，誰也別想摸一下，想到這裡，我便偷偷溜到靈帳的後面。原本我只是想摸一下放在那裡的太師椅的把手，不料，我發現靈帳後面的接縫口是虛掩的，便用小手輕輕撥開一點點虛掩的接縫口，讓一隻眼睛張望進去。

我的臉緊緊貼在靈帳上，靈帳是冰冷的、乾硬的，有一股新布的槳水味。通過那只小小的洞口，我看到了一張高高的木板床，這是靈床。穿著白衣白褲的工人們正忙忙碌碌地往靈床底下填放一箱一箱的冰塊，和我眼睛平行的多數是工人們的大腿，就好像是白色的森林一樣。我想了想，決定站到太師椅上面，這時候我看見外公了。

外公直挺挺地躺在靈床上，他的身子下面鋪著厚厚的絲綿褥子，褥子上面蒙著鵝黃色的織錦緞面子，周圍縫滿了金色的流蘇，從四面墜了下來。外公的身子上面蓋的是絲綿被，雪白顏色的真絲被面和被裡有些耀眼，據說這叫鋪金蓋銀。我還看到被子的四個角釘著四個銀洋，我喜歡這些閃閃發亮的東西。

我站到太師椅上面的時候，正值外公開始入殮的時辰。七、八個和尚圍著外公忙碌，他們先在外公身上塗滿香料和香油，穿上本色的綿綢內衣內褲，又在外公的嘴巴、鼻子、耳朵裡塞進了暗紅色的玉器，這時候一個小和尚對著天花板吹起了一只小喇叭。小喇叭一吹，一個絲綿套子就套到了外公的腳上，又一吹，另一個絲綿套子套到了另一隻腳上。就這樣，小喇叭吹了又吹，不一會兒外公渾身上下都套滿了絲綿套子，緊接著又用絲綿搓起來的繩子把外公紮緊，這才為他穿上了一套又一套的長衫長褲。

最後，一個老和尚走出來了。他拎了一把錚亮的大剪刀走到外公的頭頂前面，頓時木魚聲、念經聲、小喇叭聲齊聲大作。有人大叫一聲「開面」，老和尚立刻麻利地把剪刀插進外公面孔當中的絲棉，在那裡開了一個小洞，又把自己的十隻手指頭插進洞裡，連拉帶扯地把洞洞撐大，很快，外公的面孔在老和尚的手指下面露了出來。這時候早已嚇得靈魂出竅的我，正面對著外公的面孔。

我好像看到外公的眼珠子在眼皮底下嚴厲地盯著我，就像是要把我催逐出去一般。他盯得很緊，我渾身發抖，終於一聲慘叫，四腳朝地跌進了靈帳，又一骨碌連滾帶爬地逃了出去，趴到外公供桌前面的那個蒲團上拚命磕頭。

再以後的事我就不知道了。按照道理，這以前的事，我也不應該記得的，大概是因為太可怕，或者是在我靈魂出竅的時候，撞到鬼了。那一天的每一個情節，我都記得清清楚楚，甚至一回想起來就可以聞到當時的檀香，觸摸到冰冷、乾硬的靈帳，聽到嗒嗒的木魚聲和阿彌陀佛的念經聲。

然而奶無奶卻告訴我：「那天妳突然從外面跌進靈帳裡來了，就沒有再爬起來，因為妳的眉心正好磕在老和尚拎在手裡的剪刀上，頓時流血如注、昏死過去，把大家都嚇了一大跳，妳媽媽還責怪我沒有看好妳呢！」

等我回復正常的時候，茂名公寓已經變成了一家五星級的大賓館了，我們家則搬進了一條名為「復興花園」的弄堂。這一天，當我從醫院裡出來，出現在復興花園的時候，大家都吃了一驚，父親站在門廳裡高高的臺階上，只看見一個天仙一般的小姑娘，掙脫了奶無奶的懷抱，跳下汽車就笑著向他飛跑，父親大叫起來：「嗨，大家快來看啊，這是誰啊？我的醜小鴨變成天鵝啦！」父親興奮地招呼著大家。母親、姊姊、胖媽都跑了出來。

母親搶先抱起我說：「我老早就講過了，這個孩子像我啊！」

不知道是因為我流血過多，還是住在醫院裡久不見陽光，儘管我的眉心當中多了一道不明顯的直疤，但是我變白了，下巴變尖了，特別是背後的那坨肉沒有了，我變成了一個人見人愛的小公主了。我會唱歌、會跳舞，也會翻跟頭，總之，按照父親的北方話說：「又會做妖，又會來事。」

有一天，家裡來了一大群非洲客人。他們一個個漆墨黑，半穿著衫子，露出一條胳膊，渾身上下都散發出一股辛辣的氣味，連年輕的女翻譯也盡量躲得遠遠的。只有我會爬到他們的身上，輕輕地拍著他們的臉頰、摸摸他們的捲髮。他們一個個亢奮起來，抱著我又唱又跳。父親極其得意，他說：「看起來，我的小女兒將來一定是個很不錯的外交官啊！」

但是父親怎麼也弄不懂，如此喜歡出鋒頭的我，在送客的時候卻不見了。這時候，先回到客廳的母親驚叫起來，因為她發現我一個人正坐在沙發上，抱著父親剛剛吃剩的梨核津津有味地啃著。

「生梨是不能分的呀！要出大事了。」母親驚呼。

「這只生梨的肉又甜又嫩……」我的話還沒有說完，母親就一下子抓住了我的腮幫子，用力掰開我的嘴巴，試圖把手伸到我的喉嚨裡，但是那裡面的生梨早已被我吞嚥得乾乾淨淨。

一九五九年十一月七日，蘇聯「十月革命」紀念日，我的父親去世了。那一年他整五十歲，我整三歲。

這天一大早，我醒來的時候已經是滿屋子的陽光，奶無奶手裡拿著一個細頸的瓶子從外面走進來，瓶子裡浸泡著一枝白玉蘭，她把花瓶塞進我的手裡對我說：「妳爸爸走了。」

她看我不懂又說：「妳爸爸沒有了。」

最後她乾脆說：「妳爸爸死了。」

父親就是在這一天的零時十六分因風溼性心臟病急性心力衰竭而去世的。據說已經住在醫院裡的父親第二天就要出醫院了，不料半夜三更舊病復發，當時打鈴呼救十六分鐘沒有人回應，因為這一天大家都去慶祝友邦「十月革命」的勝利了，值班醫生護士均去跳舞，父親就在歡樂的舞曲當中離開了人世。

十一月十日一大早，我被專人套上孝服、孝帽，那孝帽有些緊，不知道是不是送外公時用過的那一頂，戴上去就好像箍在那裡脫不下來了一樣。一直在現在，只要想起來那一天，便會有個帽子箍在腦袋上的感覺。那天，等我穿戴整齊以後，被專車送往膠州路上的萬國殯儀館去送父親。記得，我坐的汽車離開殯儀館老遠就開不動了。前來送別的人實在太多，整條馬路都堵上了。我看見走在最最前面幾乎昏倒的母親，被乾媽擁抱著上了殯儀館的臺階。我想要奶無奶抱我，但是胖媽哭喪著臉把我拉了下來，她說：「不可以抱，今天就是爬也要自己爬過去的。」

我一邊趺趺撞撞地走、一邊摔跟頭，眾人們為我讓開一條路，奶無奶便用一根寬寬的孝帶綁在我的腰間，牽著我向前。

終於，我看到父親了，父親躺在花的世界裡，和外公完全不同，一點也不可怕。他穿著的是中式綢緞服裝，頭髮向後梳理得服服帖帖，和往常不太一樣。我寧可他穿中山裝，甚至那件毛巾的浴衣，他的頭髮應該是一根根立起來的，那才是我的父親。我把我的手插進了他的頭髮裡，我發現他的額頭並不比我的手掌更冷。我試圖把我的手覆蓋在他的眼睛上，我想對他說：「睡吧！

做個好夢。」就好像父親每次工作完畢，半夜裡來看我一樣。

我似乎看到他忍不住要笑的樣子，我走到他的腳後跟，他的腳是筆直地立起來的，我悄悄拎起那條嵌滿金絲銀線的繡花被，我看到父親軟鞋的白底上繡著一朵坐在綠葉上的荷花，荷花是紅色的，繡得非常精細，我用手在他的腳底板摸了摸，我發現他的腳底板的當中，有一塊地方是柔軟的，我立刻張開雙手，把父親的雙腳緊緊抱在胸前。

很久很久以後，當我把這一切告訴母親的時候，著實讓她大吃一驚，連她也不知道父親是踩著荷花走的，我想我大概是最後一個從父親的頭髮摸到腳底板的人，因此以後便一直得到父親的疼愛。我從來也不相信父親死了，我也不相信父親沒有了，我只相信父親走了，而且並沒有走多遠。父親就在我身邊，永遠在暗中幫襯著我，只是我不能用眼睛看到他而已。

為父親送行的那天中午，我被安置在殯儀館二樓的休息室裡午睡，樓下的大廳裡正在舉行父親的公祭儀式，沉重的哀樂伴隨著哭聲送我進入夢鄉。

這時候父親來了，我看不見他的臉，只看到他的身影，那巨大的身影一步一步向我移動。在他的背後，那盞綠色玻璃檯燈透露出柔和的光亮，使我感到非常溫暖。我伸出雙手，可是卻抓不到他，我一下子跳了起來，赤著腳就往樓下跑，正好看到一群陌生人把父親的身體安置在一副昂貴的楠木棺材裡。

那口楠木棺材是我母親從八仙橋上的一家百年老店裡選來的，棺材的外壁油光錚亮，內壁被鑲嵌著金片的橘紅色織錦緞包裹著，父親安安靜靜地躺下去了。然後陌生人們便把一塊塊燙著金邊的檀香木板填入空檔，這木板上繪滿了古裝仙女的圖樣，這些仙女們漸漸地淹沒了我的父親，把父親和我隔離了開來……

所有的人都在哭，沒有一個人注意到我，我赤著腳站在地磚上，我突然看到父親就在我的前面，就好像最後一次，奶無奶奉命把我帶到華東醫院去看望父親。

老遠就見到父親從玻璃轉門裡走出來，他站在高高的臺階頂上，我看不見他的臉，只看到他寬大的身影，他對著我張開雙臂，我朝著他跑，我想跑到他的跟前去，只是那臺階對我來說又高又多，一眼望不到盡頭，我努力地往上爬、往上爬……

那一天，我應該哭的，卻沒有哭，我的哭痣就在那一天變成灰暗色的了。

最後一個溫馨的除夕夜

準確地說，大年三十晚上睡覺的時候已經是年初一的早上了。母親把無線電的電線拔了，她說萬一早上睡夢裡習慣性地去擰開關，也沒有關係。然而，沒有了無線電的報時，我倒比平常日子醒得更早。黑暗裡，我的兩隻眼睛久久地盯著天花板，我知道那裡有手掌這麼大的一片油漆已經剝落了，就好像天空上面有一只洞，我可以從這個洞裡窺視到天上七仙女、二郎神、王母娘娘、玉皇大帝，最後總是父親來了，父親一來，我也就安安心心地閉上了眼睛。對了，我從來也不喜歡嫦娥，因為我以為嫦娥是偷東西的人，我最不喜歡賊骨頭了；我也不喜歡吳剛，因為如果沒有吳剛砍樹，大樹就會撐破天空，天地也就融合一體，我便可以看見父親了。

可是今天不一樣，四周寂靜，冰冷的空氣摻雜著鞭炮的煙硝，艱難地鑽進了玻璃窗縫，我眼睛裡沒有看到七仙女、二郎神、王母娘娘、玉皇大帝，甚至沒有父親。今天是大年初一，天門是關上的。胖媽總是這麼說：大年三十生人是福氣，大年初一生人要討飯；大年三十走人上天堂，大年初一走人變遊鬼。關鍵就是大年初一，天門要關上的。

好婆講：「天上的神也辛苦一年了，應該關門休息休息。」

因此，大年初一的早上，我瞪大了眼睛，看不見天上的神，看到的卻是昨天的景象。

昨天，可以說是一年到頭最繁忙的一天。早飯以後，母親就和胖媽一起上了小菜場。母親走在前面，胖媽手裡捏著一大把票證跟在後面，那票證裡面有專門為過年發的魚票、肉票、家禽票、豆製品票、南貨票等等眾多。母親出門之前就對胖媽說：「這種票證我是看也看不懂的，儂管好票證，我付鈔票。」

而胖媽則一路走一路埋怨母親新換上去了一件織錦緞短襖，她不斷地說：「太太，妳怎麼不知道，今朝小菜場一定是人軋人的地方，要多齷齪就有多齷齪呀！」

母親沒有回答。到了菜場，她們直奔魚攤頭，這裡人山人海，大家都搶著買活魚，這是年年有餘的吉祥啊！母親一側身體就滑到了魚攤頭的最前面，拎起臺板上最大的一條活青魚，回頭對胖媽大叫：「胖媽，儂看，這條魚好伐？我付鈔票了，儂快付魚票！」

還沒有等到氣喘吁吁的胖媽擠到跟前，母親已經銀錢兩清，遠開八隻腳地把那條活蹦亂跳的大青魚，扔到了胖媽的小菜籃子裡。

回到家裡，胖媽一邊刮魚鱗一邊對母親講：「太太妳本事真大，這麼許多人在排隊，妳怎麼一下子就插到了最前面，別人也沒有拖妳出去，賣魚的人也沒有話說，就賣給妳了呢？」

母親做出一副無知的面孔說：「真的嗎？要排隊的嗎？我怎麼不知道啊？」說完以後，自己也笑起來了。

接著母親立刻調轉話題，在胖媽前面拉了拉她那件織錦緞短襖說：「靈光吧！這件織錦緞是假的，人造絲的，滑溜溜的，特別是在人軋人的地方，一滑就滑進去了呢！洗起來也方便，水裡劃一劃就清爽了。……哎，儂想想，假使我穿得齷里齷齪，別人把我當作勞動大姊，一定還沒有軋進去，就被拖出來了呢！」胖媽恍然。

胖媽收拾好魚就要開始殺雞了，每次胖媽殺雞都是我想看又不敢看的事情。今年這隻母雞特別大，胖媽一個人捉不牢，看到我站在一邊就說：「快過來，幫我一把。」

我沒有回答，因為這是胖媽第一次要我幫她殺雞。她看著我有些猶豫的樣子又說：「你到底敢不敢？」

我想了想回答：「我可以試一試。」

胖媽嘟嚕了一句：「什麼叫試一試，要麼是敢，要麼就是不敢。到底敢不敢？」

我無路可退，只好說了一個字：「敢。」

話音未落，胖媽已經把兩隻縛牢的雞腳塞到了我的手裡，我感覺到手心裡的兩隻雞腳有些溫熱，而且還在發抖，我問：「這隻雞是不是有毛病啊？怎麼會像發寒熱一樣的呢？」

胖媽訓斥我說：「呸，呸，呸，今朝不許亂講這種不吉利的話，雞的健康是看面孔的，這隻雞面孔血血紅，當然是健康的。」

胖媽說著又吩咐我：「抓牢，隨便怎麼樣也不要鬆手！」

緊接著胖媽便用一隻手拎起母雞的雞冠，又把雞的腦袋仰天向後翻過去，另外一隻手則麻利地拔光了母雞脖子上的毛。

胖媽一邊辣手辣腳地操作著、一邊就好像是念咒一樣不停地嚕嗦：「今年早早去，明年早早來，你不要記恨我啊！下次投生的時候千萬不要再做任人宰割的畜牲了，我是送你去投個好胎啊！」

終於胖媽拔出那把剛剛磨好的菜刀，我趕緊閉上了眼睛。

即時，那隻可憐的母雞在我的手心裡底下掙扎，兩隻腳不斷地抖動，渾身上下都在抽筋。我感覺到自己受不了，兩隻手也不聽使喚了，緊張到像篩糠似的亂顫起來。這時候，我好像聽到一個聲音在我的身體裡面大叫：「放手，放手，快點放手啊！」但事實上我的手是愈抓愈牢。

「好了，妳用的力氣太大了，這隻雞不被我殺死也要被妳掐死，妳比妳姊姊強。」我聽到胖媽開口講話，便鬆了口氣，馬上把那隻疲軟的母雞扔到了水池子裡，於是得意起來。

「那當然，儂忘記了嗎？姊姊是細巧得連吞嚥一顆銀翹解毒丸也要叫救命的人呢！」我說。

但是還沒有等我從得意當中回過神來，胖媽又講：「妳的姊姊十二歲那年一場高燒，燒傷了她的兩條腿，漂漂亮亮的一個大姑娘變成了一個殘疾人。再加上妳的姊姊心腸太軟，不像妳會咬牙切齒，將來妳一定要相幫姊姊。我今天講這個話，是因為妳十歲了，長大了。」

這是我在這一天第二次感覺到肩膀上的分量。我嘆了口氣。

胖媽聽到我嘆氣，立即厲聲阻止說：「今日不許嘆氣！快去看看房間裡還有什麼可以幫忙的？晚上，妳乾媽、乾爹還有大大都要來吃年夜飯，我要幫妳媽媽做小菜，忙不贏了呢！」

事實上，胖媽自己也很清楚，房間裡老早就打掃得乾乾淨淨了，窗子是兩天以前就擦洗得雪亮的，連牆壁和天花板都撣過塵了呢，更不用說廁所裡的馬桶、面斗、浴缸和馬賽克磁磚了，都已經是一塵不染，而且剛剛胖媽把今天房間裡清掃出來的垃圾都倒出去了。

胖媽去倒垃圾的時候特別關照我說：「記牢，大年三十倒垃圾是非常重要的，第一，垃圾必須在十二點鐘以前倒乾淨，這是倒晦氣，以後的三天裡是不可以倒垃圾了，那叫聚寶；第二，倒完垃圾以後，不要東張西望，別轉身體就走，不要回頭，不要把晦氣再召回來。」

但是此刻，我只聽進去了一句話，那就是：「今天晚上，妳乾媽、乾爹還有大大都要來吃年夜飯。」

我早就知道今年乾媽和大大要來和我們一起過年的，這是乾媽在幾天前就告訴我了。於是便抓耳摸腮地的等待著。

大大是遠道的客人，她住在杭州。她和我所有看過的女人都不一樣，有一種說不出來的氣質，大眼睛，大臉盤，一條大辮子在腦後盤了一個大圈。我也想學她，只可惜老鼠尾巴一樣的頭髮怎麼也留不長。姊姊說：「儂學不來的，大大是新月才女，儂看她一身最平常的深色服裝，不施脂粉，也這麼好看，這才是真正的好看呢！」

想一想確實有道理。早幾年，母親和乾媽帶我到杭州看望她，她一人獨居靈隱山。那天汽車停在山腳下，老遠看過去，只見綠蔭環抱的山間小道上，大大踩著青石板下來了。她身著黑旗袍，側釦上，別著一朵白玉蘭。走到跟前，她就把白玉蘭掛到了我的身上，又把我的手握在她柔軟的掌心裡，立刻，我就好像是被一股仙氣包圍了一樣，腳底板下都要飄起來了呢！

記得，從她家裡的後門出去，便有一條嘩嘩流淌的小溪，大大允許我把手放進溪水裡。水是清涼的、透明的，一眼可以看到水底。在那穿越過高山深壑的陽光底下，身處颯颯樹葉、潺潺溪水的宜人景色當中，加上近處的鳥語蟬鳴和遠處靈隱古剎的鐘聲，我忍不住叫了起來：「大大我喜歡這裡啊！」

大大笑了，她讓我閉上眼睛，等我再睜開眼睛的時候，就看見手心裡放著幾粒紅豆。這是我第一次看到紅豆，也是第一次聽到紅豆的故事。現在回想起來，其中的內容已經全部忘記光了，卻永遠不會忘記大大最後說的話：「以後妳看到這幾粒紅豆，就會想到我、想到靈隱山。」

我立刻機靈地回答：「就是不看到紅豆，也會想到妳和靈隱山的呀，我最喜歡大大啦！」

乾媽在一邊點著我的鼻子說：「我的小乾女兒，那個，那個，有點太會說話了吧！」

大家都笑了，母親也笑了，自父親去世以後，母親不常這麼開心地笑的。因此為了母親的笑，我也喜歡大大和乾媽來我家過年。

年夜飯總歸是豐富又熱鬧的，母親和胖媽準備了一大桌子菜，雞鴨魚肉全齊了。就好像平常的節儉都是為了這頓年夜飯一樣，我已經很久很久沒有吃到過這麼多好吃的東西了。大家不斷地說笑，當母親到紅木酒櫃上去拿水果的時候，乾媽突然站起來，讓我帶她到廚房裡去看看胖媽。

推開那扇通往廚房兩邊可以搖動的轉門，乾媽大聲地說：「胖媽，儂那個辛苦了，一條大青魚做得比錦江飯店還入味，哪天要讓我們家的瘦媽好好跟儂學一學呢！瘦媽是儂的妯娌，她燒小菜的功夫遠遠沒有儂靈光呢！」說著乾媽又把一只小紅紙袋塞在正忙碌的胖媽手裡。

眉開眼笑的胖媽用一隻手接過紅紙袋，另一隻手則緊緊抱牢飯鍋不放，我極其好奇，便把腦袋湊了過去，一看，飯鍋裡什麼也沒有，剩下的年夜飯，早就被裝在旁邊那只藍花瓷缽裡了。再仔細看下去，才發現，飯鍋底下有一層金黃色的鍋巴，胖媽竟然很小心地、完完整整地挖了下來。

我說：「胖媽，這塊鍋巴真香，給我好嗎？」

胖媽回答：「不可以，這是一年的飯啊！明年再吃的。」說著，胖媽就從門背後，拎下來一塊灰濛濛的老鍋巴。老鍋巴上面串著一根紅線，紅線和鍋巴上都沾滿了齷齪兮兮的油煙，這是去年的年夜飯上留下來的，吊在門背後整整一年了。

我說：「胖媽，儂真的要吃這塊鍋巴嗎？不要毒死人啊！」胖媽聽了，一把握住了我的嘴巴，連連說：「罪過，罪過……」

出乎意料，乾媽也在一邊幫腔：「那個東東是不好，這種話不能亂說的，一年到頭有飯吃，就是因為去年這塊鍋巴壓著鎮呢！胖媽，快把這塊新的掛上去。」

乾媽小心翼翼地捧起那塊鍋子裡剛剛挖下來的新鍋巴，交給了胖媽，我有些莫名其妙的樣子看了看上上下下一身摩登的乾媽。

乾媽走出廚房對我說：「不管儂信不信，別人一心一意的相信，就應該尊重，就好像儂相信儂的爸爸，如果別人不相信，儂那個一定會不開心的。」我無言。

乾媽看我無言，以為我不開心了，便低下頭對我說：「乾媽終歸是喜歡儂的，記牢，明年我再來和儂一起過除夕。」

「明年我再來和儂一起過除夕夜。」當我在日記裡重新填補到這一句話的時候，即刻被一陣痛楚擒拿住了，假如我當時會知道，一年以後，在我後來受難的日子裡，我將被飢餓逼迫到昏死過去，那麼我一定會狼吞虎嚥地把那塊老鍋巴啃得精光。

然而……再也沒有那麼溫馨的明年了。再也沒有和乾媽在一起的除夕夜了……

哦，對不起了乾媽，假如我的筆觸會一不小心傷害了妳，如果真的是這樣，那麼我只有先在這裡跪求妳原諒了。

別人一提到我的乾媽，首先要提起她那雙美麗的大眼睛。而我一想到乾媽，就立刻看到她最後那張枯瘦的面孔、摳下去的眼睛和下垂的嘴唇。

她直挺挺地躺在火葬場一張半高的停屍床上，身子底下只有一條白色的單子，身上有沒有被單？我已經記不得了。只記得她是穿著一套灰不溜丟的滌綸方領兩用衫褲，這種面料好像是一塊化學纖維被塗上了劣質的地板蠟一樣。她的腳上是一雙塑料底的黑色鬆緊布鞋。我站在她的腳後跟，她那脫了形的軀體，就完完整整地呈現在我的面前了。她的頭髮溼漉漉地向著頭頂梳過去，那套新買回來衣衫衣褲似乎不大合身，挺括不起來地耷拉在她的四肢，只有她的腹部是繃緊的，裡面不知道是腹水還是空氣高高地弓在那裡，就好像是一口倒扣著的炒菜鍋。

如此灰暗的軀體，怎麼可能是我那個快樂靚麗的乾媽呢？

乾媽是我母親最要好的朋友，自中學起，她們就開始手挽手一同經歷過無數快樂和歡笑，以及無數憧憬和希望。乾媽曾經開玩笑地對我說：「小東西，知道嗎？沒有我就沒有儂呢！」

後來想想也有道理，乾媽是父親和母親最早認識的介紹人。大家都知道母親是漂亮的，但是乾媽卻是鮮亮的。無論在何時何地，只要乾媽來了，氣氛立刻就會活絡起來。對此，我是最為羨慕的了。暗地裡處處以乾媽為楷模，希望自己有一天也會和乾媽一樣。我常常喜歡把照片簿裡乾媽的照片偷出來，然後照著鏡子學乾媽：一條腰裙，一件圓領短衫，繫上一根紅皮帶，再加上一頂草帽，抿著嘴扶著帽沿突然出現在大家面前，用一半寧波上海話、一半普通話，加上乾媽的特殊口頭禪宣布：「那個，乾媽來了！」所有的人，都笑得前仰後合。

正笑著，乾媽真的來了，「快點，快點開門，乾媽熱煞了……」乾媽一邊按門鈴、一邊叫。我鳥一般飛出去開門，又猴子一般跳到乾媽身上，她大笑起來說：「輕點，輕點啊！吃不消了。不是乾媽吃不消，而是乾媽的褲子吃不消了。」

我從她的身上跳了下來，莫名其妙地看著她筆挺的褲子。乾媽見我一頭霧水的樣子便悄悄告訴我說：「這條毛料褲子是儂乾爹的舊褲子，屁股後面快磨破了，我剛剛請裁縫師傅前後翻了身，所以前面是不牢的呢！讓儂這樣跳上跳下，一歇歇弄出一只洞，就要出大洋相了。」

說著，她輕輕撩起上衣下襬讓我看，真的可以看到圓滾滾的肚子上面的布料，已經薄得有些隙縫了。乾媽看著我百般不得其解地樣子又說：「怎麼樣？看不懂了吧！新衣服穿在身上好看，不算本事；要讓舊衣服也好看，才是大本事呢！」

對了，這就是乾媽。更早些日子，小姑娘時興芭蕾舞裡的白紗裙子，我也想要，母親卻打發我說：「這種裙子最難看了，就像一條一條破布繞在身上一樣呢！」

這就是母親的習性，明明是阮囊羞澀，卻找出另一個理由。常常飯桌上沒有足夠的食物，她也會很得意地宣布：「我是寧可吃鮮桃一口，也不要吃爛桃一筐的人啊！」

乾媽就不一樣了，乾媽會告訴我說：「這條裙子非常貴，要一個禮拜的小菜銅鈿才能買呢！不過，讓我幫儂想一想。」

過了幾天，她果真找出來一條舊的白紗裙，樣子是老式的，不是我想要的那種，已經有些發黃了。但是她用漂白粉漂了漂，又在腰間添上了一條碧綠的寬大的長綢腰帶，一個大大的飄逸的蝴蝶結繫在一側，走在大街上，簡直就像一隻驕傲的小公雞。我高興得心花怒放，穿起這條裙子，跟在母親和乾媽後面，到郊外的復旦大學，去看望在那裡讀書的姊姊了。

那時候，從市區到郊外的復旦大學，實在是件滿萬難的事情呢！先要乘坐無軌電車，再換叮噹噹的有軌電車。因為那一年學生宿舍不夠，姊姊被分配到復旦附中的豬玀棚後面，所以無軌電車下來，還要換一輛兩節頭的55路公共汽車。

這種兩節頭的公共汽車現在已經看不到了，那是一部汽車的屁股後面，再用鐵彈簧拖著另一節車廂，汽車和車廂之間是不能走通的。

這一天，等到55路公共汽車開進站頭的時候，乘客們一擁而上，一下子把前面的車廂擁擠得水洩不通，母親一看就說：「這麼多人，一股人味道，臭烘烘的。」

母親說完轉身上了後面的車廂，我和乾媽也跟上去。奇怪，後車廂裡怎麼只有我們三個乘客？母親有些得意地說：「我英明伐？跟牢我是不會錯的。」

話音未落，汽車就發動了，汽車一發動就離開了市區的柏油大馬路，轉到了郊外的泥土石子公路。這公路高高低低、坑坑洼窪，後車廂隨著路面的不平開始跳動起來。這跳動愈來愈猖狂，我們就好像是被拖著車廂的彈簧甩來甩去，一會兒甩到三尺高，一會兒又重重地摔了回去。

母親苦著臉，一句話也講不出來，我則蜷縮在座位上，折轉著身體，抱著座位後面的靠背，動也不敢動。老式座位上的木板條，把我當作只皮球，彈上彈下，我以為渾身的骨頭都要震散了。只有乾媽站在售票員旁邊，兩隻手緊緊抓著把桿，上竄下跳，一邊大笑一邊對著我說：「放鬆！放鬆！」

這天從汽車上跳下來的時候，我的下巴脫臼了，正在我痛得眼淚直流、母親束手無策大叫「怎麼辦！怎麼辦！」的時候，乾媽一下子就把我的下巴推了回去。她說：「不要怕，抗戰時期我和儂媽媽在紅十字會傷病員醫院做義工的時候，這是最最常見又普通的事情了，也不知道為什麼儂媽媽會全部忘記了呢！不過要記牢，下次不能坐後面車廂了，特別是沒有人的時候，跳動得更加厲害。」說著，乾媽又大笑起來。

乾媽總歸是這樣的，尤其在我這個孩子的面前，永遠都是開開心心的，不會把痛苦流露出來，一直到她生命的終結，都是這樣。最後一次去看望她的時候，她已經病入膏肓了。原本高高大大又精力充沛的乾媽，好像縮小了一大殼，她側躺在那張擠在客廳裡的大床上。看到我，就試圖用她那瘦骨如柴的雙臂支撐起來，她顫顫悠悠地指著我背後的一個餅乾盒子，她說：「東東，儂走過去看看，裡面好像還有兩塊水果糖。」

我轉過了身體，不是為了糖果，而是為了不讓乾媽看到我眼睛裡湧出來的眼淚。

這只油漆剝落的餅乾盒子是我所熟悉的。

那是在北京紅衛兵殺到上海來大抄家的那段日子裡，一天早上，出去買菜的胖媽，沒有買菜就拎了個空籃子回來了。她慌慌張張地直奔母親的臥室說：「不好了，東東的乾媽昨天夜裡被紅衛兵痛打。」

坐在馬桶上的母親一下子跳了起來：「怎麼會的？儂怎麼知道的？」

「瘦媽告訴我的，紅衛兵抄家，把全家關在廁所裡，東東的乾媽以為派出所會保護居民，就跑過去要求幫助，結果紅衛兵當著警察的面，解下銅頭皮帶就打，警察只當沒有看到，打得她出血呢！」胖媽顛三倒四地說。

母親聽了心痛至極，她說：「我這個老同學太天真了，也只有伊會這麼天真。」

她想了想又說：「胖媽，儂去看看瘦媽，把東東帶過去。」

過了兩天我去了，乾媽看到我，第一件事就是捧出來這只餅乾盒子塞在我的手裡。她說：「快點坐過來，正好有人從北京帶來了華夫餅乾，儂喜歡的。」

「乾媽儂吃。」

「乾媽已經吃過了，這是東東的，乾媽看著儂吃。」說著就把一塊餅乾放到我的手心裡。

「咚咚咚！」外面就有人打門。

「不好了，紅衛兵來了……」胖媽從廚房間跑過來說。

乾媽急急忙忙把餅乾盒塞在我的手裡，並把我推到廚房間裡去了。就這樣，我靠著胖媽，抱著餅乾盒子，悲憤交集又無可奈何地忍受了隔著牆壁的謾罵及其訓斥的聲音。

過了幾天，一個人去看瘦媽的胖媽拎了一只破蒲包回來，裡面溼漉漉地裝滿了剛剛剪下來的鮮花。這是一個落雨天，胖媽一邊甩著頭髮上的雨水、一邊告訴我說：「妳乾媽花園裡種的花，全部被破四舊的造反派扒光了，妳的乾媽偷偷從堆在一邊、來不及銷毀的鮮花裡拔出來了一些，讓我帶給妳。」

我看著那一大包鮮豔的花朵問胖媽：「乾媽有什麼話帶給我？」

胖媽回答：「她說了：『東東是喜歡花的，帶給伊開心一下。』」

那以後，壞消息一個接著一個，連乾媽家的瘦媽也變成造反派了，胖媽對此極為氣憤。胖媽一遍又一遍地念叨著：「人心隔肚皮，人心隔肚皮啊！」於是，大家都在擔驚受怕當中煎熬度日。

很久以後我再次見到乾媽，是在對門的永隆食品商店裡。那是大熱天，我遠遠看到乾媽和好姊姊站在冷櫃旁邊喝汽水，我激動起來，滿頭大汗，一直等到她們喝完了，才跑了過去。乾媽看到我是高興的，又有些手足無措起來。她說：「儂早一點來就好了，有冰汽水呢！」

接著乾媽頓了頓，好像有些難處，但還是下了決心說：「這麼熱的天，乾媽再給儂買一瓶。」

我連忙抓住乾媽的手說：「不要買，我的例假來了。」

「真的嗎?!小東東剛剛過了十歲就變成大姑娘了，那是要當心的，不要貪涼，要注意衛生，要多休息……」

乾媽把她溫暖的手臂圍住我的肩膀，我感覺到她對我的關愛。這一天我很開心，我終於又看到了乾媽，而且還讓乾媽相信了我的謊言。

長期以來，自從父親去世以後，乾媽總是主動地站在母親身邊，相幫母親，就好像是我家裡的一員，承擔著家裡的瑣事。在乾媽的書信集裡可以看到，從姊姊去看病到我上幼稚園，都是乾媽的關心範圍。那時候，在我的眼睛裡，乾媽永遠都是陽光燦爛的。但是，陽光燦爛的乾媽終於跌倒了，而且再也沒有爬起來。

那天，當我捧起那只熟悉的餅乾盒子的時候，再也沒有辦法轉過我的臉去面對乾媽，因為我已經無法控制自己，眼淚一連串一連串地滾落下來。乾媽一定是察覺到了我的異常，她說：「東東，儂過來，扶乾媽去一次茅房。」

我咬住了嘴唇，輕輕把乾媽從床上攙扶起來。這時候我發現，乾媽已經瘦得皮包骨頭了，肚子卻巨大，這使她幾乎失去平衡。我小心翼翼地抱著她的後腰，她把手擱在我的肩膀上，一邊艱難地邁步，一邊反過來安慰我說：「沒有關係的，我這是氣出來的，把腸子氣扁了，大便不通，才變成這樣。過幾天到醫院去開刀，把腸子打通了，就會好的。」

然而，醫院的大門遲遲不肯為沒有門路的乾媽打開，等到乾媽終於熬到了開刀的那天，腸癌已經轉移到了肝臟。五天以後，乾媽與世長辭。我做為我們全家的代表去為乾媽送行。奔喪的親友不多，我數來數去，包括乾媽娘家的奶媽，也只有二十多個人。

碩大的殯儀館的紀念廳裡，空空蕩蕩的。不知為什麼，一向注重儀表的乾媽沒有被化妝，灰白的皮膚，灰暗的軀體。站在我身邊、患有心臟病的好姊姊，緊緊抓著我的手，不知道是對我還是對她自己一遍又一遍地說：「不要害怕，不要害怕……」其實，經歷了多年的煉獄，那個曾經讓乾媽如此操心、膽小得連電話也不敢去接的小姑娘早已離我而去。

不會忘記，乾媽一次又一次地鼓勵我、激勵我，甚至想辦法激將我去接電話。她講：「電話那頭的人是看不見儂的，儂隨便講什麼都沒有關係的呢！」我仍舊只會盯著那只狂響的電話機後退。

不知道從什麼時候開始，「害怕」這根神經在我的身體裡已經死亡。那一天當我置身於乾媽的喪禮中，我沒有一點點害怕。有的只是痛恨自己太渺小、無能。剎那間，站在乾媽的腳後跟的我，淚如泉湧，泣不成聲。乾媽家的老保母哭著對大家說：「當心啊！不要把眼淚滴到她的身上，那會淹沒她的去路的。」

「乾媽呀！沒有去路就回來呀！回來呀！」我大叫起來，可是我的乾媽，再也回不來了。

老祖宗的生日

那個年代，過年只放三天假，加上年三十和禮拜天調休一天，最多也只有四天。因此過了年初三，該上班的就應該上班了，於是一般人家年初三都習慣待在家裡休息。只有好婆家和別人家不一樣，年初三是老祖宗生日，這一天似乎比任何一天都重要，殺雞殺鴨，蒸團子做糕，樓下的灶披間裡一片煙霧騰騰。我最不喜歡的阿莘也手腳不停地在爐臺前面製作寧波小菜。一歇歇，那些長年不走動的窮富親戚，無論是遠親還是近親都會過來。

胖媽是在早一天就被叫過去幫忙，因為她會做糕。好婆家裡的糕一向是自家做的，那是一種特別的做法，做出來的糕有一種獨特的勁道，讓人一輩子都不可能忘懷。胖媽一到好婆的灶披間就挽著袖子淘米燒飯，那時候，一只笨重的石臼，早就被安置在灶披間的中間了。

胖媽得意地說：「我最會燒做糕的米飯了，不軟也不硬，剛剛好。」

米飯燒好以後扣在石臼裡，胖媽用一只木勺把米飯在石臼裡鋪平，又指揮鄉下來的阿德甩著胳膊，掄起一支巨大的木榔頭一下又一下地砸下去。每砸幾下，胖媽就在旁邊，用那柄大半人高的木勺把砸到旁邊的米飯刮到當中去。那木榔頭是一整塊的檀香木，邦邦硬，逝去的年份在它的身體上留下了道道斑痕，卻把整個的頂端捶打得油光錚亮。胖媽和阿德誰也沒有說一句話，配合得相當默契，好像是在從事一件神聖的工作。整個灶披間只有那支木榔頭砸在米飯上發出「砰、砰、砰」沉沉悶悶的聲響，這聲響讓我莫名其妙地感到興奮。因此，每一年的年初三我一定會早早起床，巴勿得立時三刻趕到好婆家裡看胖媽指揮阿德做糕。

這一天早上，我和母親剛剛起床，好婆就打電話來了，她在電話的那一頭說：「儂帶東東早點來，到我這裡來吃早飯，我有剛剛從寧波帶來的黃泥螺、臭冬瓜呢！」

我歡喜得跳了起來，要知道，這些都是我的最愛。便催著母親拎著大包小包出門去了。

畢竟還是節假日，路上幾乎沒有什麼行人，我們站在弄堂口差不多快半個鐘點，才來了一輛三輪車。車夫是個老頭子，寒風裡，他豎起三個手指頭，母親堅決地搖了搖頭說：「平常只要兩只角子，儂想敲竹槓啊！」

老頭子回答：「今朝還沒有出年關，又這麼早，儂找不到第二輛車子呢！」

母親笑著說：「今朝還沒有出年關，又這麼早，儂找不到第二個叫車子的人呢！」

老頭子看著我說：「天這麼冷，小姑娘要冷出毛病來了。」

我馬上回答：「我一點也不冷，空氣滿清爽的。」

事實上我的兩隻腳已經凍僵了，只是我討厭這個車夫一副敲竹槓的樣子，那架勢就好像恨不得把母親口袋裡的鈔票都挖到自己的口袋裡。正在這個時候轉彎角冒出來另外一部車子，這是一個年輕人，車子踏得飛快，龍頭上還插著一個彩色的小風車，老遠就舉著兩個手指頭大聲說：「我去，我去。」

母親說：「儂還不曉得到哪裡，就曉得兩只角子？」

年輕車夫一邊把車子停穩當一邊說：「我曉得的，太太，看儂這副打扮，總歸是在上只角的上只角，不會豁邊的。」

旁邊的老頭子一看有人搶生意大叫：「那塊媽媽的，大清老早插橫檔，趁火打劫啊！」兩個靠人力吃飯的車夫在路邊大吵，幾乎打起來，母親和我跳上了第三輛新來的車子。

一會兒工夫，就可以看到坐落在長樂路上的好婆家了。長樂路離開洋派的淮海路只有兩條馬路，卻完全變成了中國式的建築。那條大弄堂一點也不大，站在弄堂口，一眼看得到底。想不到的是，旁邊伸延出去的幾條小弄堂卻不小，每一條小弄堂總有近十個門牌，進進出出幾十口人，非常繁忙。

大弄堂的左邊被一個皮匠攤頭霸占著，半張混濁濁的白布頭上工工整整地寫了一個「鞋」字，掛在一個布棚邊緣又當招牌又擋風，同樣混濁的另半張白布，便正好圍在一個小老頭的腰間，大家稱呼這個小老頭為小皮匠。無論颳風下雨，小皮匠總歸坐在那裡。今朝小皮匠沒有坐在那裡，只有那個「鞋」字孤零零地盪來盪去。

大弄堂口的右邊是老裁縫阿根師傅的裁縫舖，幾塊木板搭起來的棚戶占據了半條弄堂，上面還有一個半人高的過街樓。據說，阿根師傅在我好婆從日本人的砲火底下逃進這條三十四弄的時候就住在這裡了，那時候阿根師傅還年輕，剛剛從寧波鄉下出來，在「凡爾登」當學徒，後來他師傅看他滿機靈，就收他當了招女婿。阿根師傅不需要掛招牌，顧客自會找上門來，所以不愁生計。

後弄堂口有半爿用鐵皮、竹片拼出來的簡易房子，那裡住著掃弄堂兼撿垃圾的阿香老頭一家。我問過好婆：「這個粗手粗腳的老男人怎麼會有一個女人的名字？」

好婆說：「阿香是家裡的獨子，雖然家境貧困，但也是他爹爹姆媽的寶貝，生怕被閻羅王捉回去，就起了一個女孩子的名字，這是避邪的呀！因為閻羅王不希罕女孩子，就不會捉伊了。」

我說：「閻羅王要捉這個撿垃圾的做什麼？齷里齷齪的。」

好婆說：「不要這樣講話，要是沒有阿香清理垃圾，我們弄堂裡的垃圾要造反天了呢！」好婆一邊說一邊把我們穿不下的舊衣服集中在一起，送給阿香老頭的孩子和孫子穿。我好像永遠也弄不清這些小孩究竟有多少，阿香老頭的小女兒和他大女兒的兒子一般大，從那單薄的房子裡走進走出的，總是一些拖著鼻涕的光屁股小孩。

記得，阿香老頭撿回來的垃圾並不堆在弄堂裡，而是鋪到後弄堂外面的靖江路邊上，太陽升起來的時候，阿香老頭就坐在垃圾裡面挑來撿去。

母親說：「不許到那個地方去，過去那條馬路上，大多數住的是難民，伊拉是人力車夫、剃頭匠、洗衣婦和低級妓女，甚至還有蘇聯十月革命以後逃亡出來的白俄。」

好婆說：「這些逃亡的白俄也真可憐，不知道有多少人家擠在一幢房子裡，比七十二家房客還嘈雜。男人們喝著廉價的中國燒酒，不是癡迷地拉著手風琴，唱唱伊拉的俄羅斯民歌，就是紅著眼睛打老婆。」

姊姊說：「那裡永遠有一股洗不乾淨的洋騷臭，小時候總歸看見那些邋里邋遢的拖著鞋皮的白女人，在伊拉喝得爛醉的丈夫的追逐下滿街亂跑，這些人是無論如何也不能和普希金筆下的貴族們相提並論的，後來這些白俄不知道又逃到哪裡去了呢！」

我的好婆是住在這條弄堂裡的第二條小弄堂裡。準確地說，應該是後門在第二條小弄堂，前門在第一條小弄堂。

這種上海的弄堂房子有點像美國的「連體房」。後來我在法國的里昂也看到過類似建築，據說在法國大革命的時候，這種房子救過不少人性命，法國人講起來很神祕得意的樣子，稱之為「祕密通道」。不同的只是法國的是一幢大房子，上海的是由一長排的房子組成，原理都是一樣的，而我從小就熟悉這種環境，所以一點也不感到稀奇。反而覺得上海的弄堂房子多些人氣。

弄堂房子的前門是開在一個小天井的正面，這是前天井。前天井雖小，但包圍著水門汀的高牆，加上兩扇墨漆黑的大門，很有一副森嚴壁壘的氣勢。這種房子被稱之為「石庫門」。

我問母親：「為什麼『石庫門』的大門不是石頭的？」

母親說：「『石庫門』又不是石頭門，只不過是有一圈石頭的門框，門扇為烏漆的大木頭，又重又厚，非常嚴實。門上有兩個銅製的門環，卻看不見門鎖，那是因為裡面有一根碗口粗的棗木門栓，緊緊地把兩扇大門插在一起了，如果沒有人在裡面開啟，外面是很難撬開的。前門是牢靠的，只是開門關門相當複雜，而且需要一定的力氣，因此多數人家都不用前門，後門便成了進出要道了。」

「可是好婆家裡的前門上並沒有兩個銅製的門環，連鐵製的門環也沒有啊！那是給賊骨頭偷掉了嗎？」我好奇地問。

母親回答：「那是五八年大煉鋼鐵的時候被拔掉的，好婆自己拔的，捐獻出去了。儂不曉得，儂的好婆歷來都是關心國家大事的，一向信奉『國家有難，匹夫有責』。當年打日本人捐銅板，後來鬧飢荒捐銅鈿，再後來大躍進捐銅捐鐵，差一點把家裡的炒菜鍋子也要捐掉了呢！」

母親說著說著，我們的三輪車就到達好婆家的後門口了。先是看到阿香老頭一反往常的邋遢像，身著一套半新的對襟衫，頭上還戴著一頂滑里滑稽的棉帽子，鼻尖上面滴下一條清水鼻涕，看樣子老早就等在那裡了。

看到母親，他一邊作揖、一邊說：「恭喜，恭喜，三小姐新年發財！」

母親摸出一只紅包說：「辛苦，辛苦，謝謝儂一年到頭照顧這裡啊！」

母親說著指了指阿香老頭的棉帽子，還沒有開口，阿香老頭就知趣地回答：「是老太爺的，好婆送把我的，託老太爺的福了。」

母親揮了揮手說：「滿好，滿好。」正說著胖媽出來開了門。

進門以後，母親和我穿過香氣撲鼻的灶披間以及黑黝黝的樓梯間，就來到供著老祖宗照片的客堂間了，這也是當年那間外公出殯的靈堂。外公出殯已經是很久很久以前的事了，但是一回想起來，仍舊心有餘悸。

外公出殯以後，好婆為了支持弄堂裡的生產小組，曾經一度免費借出客堂間和後面灶披間，給他們做糊紙頭盒子的作坊。後來生產組擴大了，搬進新造的廠房，這兩間房子又恢復原樣。

現在客堂間朝南的牆壁前面，安放著一張圍著布幔的供桌。供桌上面擺著一幀的黑白小照，小照是鑲嵌在一只紫檀木的雕花鏡架上的，因為年代久了，照片已經褪色，分不清其中的五官，只有一個模模糊糊的老婦的輪廓。在這個模模糊糊的輪廓上可以看到：這位老婦身著舊式大襟衫，一頭灰髮向後梳理著，一張銀盆大臉上的腮幫子有些下垂，好像把厚厚的嘴唇都拉了下來。

母親來到這位老婦面前，先從包包裡拿出個長方形的紙盒子，盒子裡面是兩根粗大的紅燭，紅燭上面浮雕著張牙舞爪的龍。這是年前母親去北京開會的時候，從故宮裡買來的。同時，母親還拿出來一個個小小的圓盒子，那是從老城隍廟裡買來的盤香。母親把這些一一安放到供桌上，然後便拉著我恭恭敬敬地跪在供桌前面磕頭。

我一邊磕頭一邊有些糊塗，小聲地問母親：「為什麼我們家的老祖宗是一個女人？看上去沒有一點富貴人家的風度，倒有點像大手大腳的保母胖媽。」

母親一聽就阻止我說：「不許亂講，儂沒有看見好婆一提到這位老祖宗來得個尊重，這是儂的『太嗯奶』，也就是儂外公的姆媽。」

好婆走過來說：「做保母也一樣是儂的老祖宗，儂外公的爹爹原本是一間私塾的教書先生，想不到年紀輕輕就過世了。那時候儂的太嗯奶只有三十歲。小康之家的少奶奶一記頭落泊變成了洗衣婦，伊是靠自己的兩隻手支撐起陶家的門面。伊是陶家門最受人尊重的老祖宗。」

好婆又說：「儂的太嗯奶雖然不會讀書識字，卻很懂得讀書的要緊，她千辛萬苦地把伊的獨生子——儂的外公送進學堂。」

好婆講這些故事的時候總顯示出自己對婆婆的佩服，而我始終有些想不通，一個富商人家的千金小姐，怎麼會對她窮人的婆婆如此敬重。

我知道好婆出生於富貴人家，清朝末年好婆的父親——一個徽州商人在寧波的一條老街上擁有相當的地產和房產，還有一家米莊和當舖。米莊和當舖坐落在當街口上，後面有幾十間多餘的平房就出租給市民。

因為好婆的父親和兄弟都沉湎於鴉片，所以家中的大小事務都跌落在好婆母親的身上。十九世紀末，一個小腳女人能夠在寧波的商業市場上進進出出、拋頭露面，實在是一個少有的精明能幹的女人。

「當年輕力壯的轎夫們抬著我的姆媽奔走在寧波老街上的時候，伊很快就從隨風掀起的轎帘縫裡注意到儂的外公，外公的姆媽就是從南京來的教書先生的遺孀，伊拉住在我爹爹租出去的平房裡。」好婆說到這裡的時候，總會流露出靦腆的神態。

那時候的外公還只是一個十四、五歲的光頭少年，一身舊布青衣褲，倒漿洗得乾乾淨淨，斜背著一只同樣顏色的布書包，很有禮貌地向街坊鄰居打招呼，又畢恭畢敬地向好婆的母親請安，一眼就可以看出來這是一個規矩人家的讀書人。

外公在向好婆的母親請安的時候，總是先把提在手裡的一雙布鞋穿到腳上，再行大禮，等到好婆家的轎子過去以後，立刻把鞋子脫了下來，又提到了手裡。外公講，這雙布鞋是太嗯奶一針一線縫衲的，外公心疼太嗯奶的辛苦，怎麼也捨不得穿著鞋子走路，因此他總是一出家門就把鞋子提到了手裡，赤腳踏在石板地上，一路跑到學堂門口才把鞋子穿上。

到了學堂，外公便用功讀書，他很知道自己的讀書是來之不易的，於是暗暗發誓，一定要讀好書報答母親。外公是寧波老街上出了名的孝子，有時候下了學堂，老遠看到太嗯奶在井臺上洗衣服，他就三腳併兩步奔過去幫太嗯奶打水。

好婆說：「我姆媽的轎子路過太嗯奶的後門口，常常可以看到太嗯奶抱著針線淘籮為東家縫衣服，儂的外公便坐在伊的旁邊大聲讀書。滿房間的溫馨母子情，引起了我姆媽交關感慨，伊決定自己去向太嗯奶提親，伊要把伊的長女，也就是我嫁給這個窮苦的讀書人家。」

我的好婆知書達理、五官周正，上門求婚的公子少爺幾乎踏破門檻，其中鹽商的兒子人還沒有到，一箱子上好的鴉片菸和一副精製的西洋菸具已經送上門來。外表上看起來威嚴，卻已經被菸槍掏空了的好婆的父親，立刻把自己的老婆推到前面，也不顧街坊鄰居譏笑他懼內，任憑女主人客氣又堅決地拒絕了這門婚事。

好婆的母親在前門口剛剛拒絕了鹽商，別過身體就快手快腳地操辦起好婆的婚事，在我好婆十六歲那年，她就出嫁了。半個世紀以後，好婆講起她的婚事還是相當得意的，特別是她講別人家的女孩子一直要到洞房花燭夜才會第一次看到自己相公的面貌，而她，從小就認得了我的外公，因為好婆二樓閨房的花格子窗戶正好對著太嗯奶的後院，每天都可以看見外公在那裡讀書寫字，無論是寒冬還是酷暑，外公都是老清老早就在那裡大聲朗讀了。

好婆講：「姆媽對我說：『這個小囝雖然出身窮苦，卻一定會有出息。』」

我不敢詢問好婆是否當年就有意於外公，但有一點可以肯定，那就是——好婆大概是當時少有的，在婚前就可以每天偷看夫婿的小姐了。

好婆的婚事應該講是相當簡單又特別的，好婆的花轎從自己娘家的前街抬了出來，到了後街就進了婆家門。前面已經講過，外公家裡租賃的是好婆娘家後面的平房，那平房和好婆娘家只隔開一道矮院牆，而這道院牆早在好婆出嫁的前一天，已經開啟了一扇月牙門，並鋪上了一條青磚路。這條青磚路是好婆的專利，好婆前腳進了婆家的門，後腳就從這條青磚路上回到了自己的娘家。

以後的五、六年裡，好婆的小腳一天好幾遭地往返在這條青磚路上，而我的外公在完婚的第三天就赴南洋去讀書了。這當然是我好婆娘家出的資。

母親分析說：「我的好婆決定為儂外公出資留學當然是為了自己女兒的前途，而我的外公的肚皮裡面卻另有一個算盤，他在一開始就不願意女兒出嫁，為的是女兒可以永遠留在身邊伺候自己，因為只有女兒為他燒的菸泡才最過癮頭。這也就是他根本不在乎鹽商的鴉片菸和菸具的緣由，他講他有的是銅鈿，而能幹的長女卻只有一個。」

更何況好婆是遠近聞名的孝女，當年她的父親病入膏肓，棺材也抬到了客堂間裡，一個鄉下郎中竟然開來一副用人肉做藥引的方子。別人還丈二和尚摸不清怎麼一回事，好婆二話不說，菜刀一揮，手臂上酒盅大的一片肉，就血淋淋地落到了藥罐頭裡。也不知道是否好婆的肉的作用，還是她父親命不該死，那個老鴉片鬼又活轉了過來，而我好婆的左手臂上卻永遠留下了一個難看的疤。

我曾經一次又一次地撫摩好婆的手臂，暗暗為好婆大叫到委屈。因為喝了好婆的肉熬出來的中藥、又活轉過來的好婆的父親，竟荒唐地在自己女兒剛剛出嫁的第二天，就偷偷把女婿叫到鴉片床前，明示他可以出去收個小丫頭入房。表面上好像是為女婿著想，實際上卻是為了讓自己的女兒，更有理由留在自己身邊。

外公一邊感謝老丈人的恩惠、一邊卻下了決心，一定要把好婆帶出這間烏煙瘴氣的鴉片房。後來外公從南洋學成歸來，真的把好婆帶了出去。我以為外公所以對好婆如此專一，除了外公的品行之外，更因為好婆實在不是女子當中的等閒之輩，好婆一向是家裡的頂梁柱，從面對強盜的打劫，一直到軍閥混戰，後來又是小日本人的侵占，好婆總是挺身在最前面，應付最棘手的局面，反而出身貧苦後來又留過洋的外公處處躲藏在好婆的後面，這也實在是外公的福氣。

外公不僅是個有福之人，而且還是一個會享福之人。一九三五年，在他剛剛跨入五十虛歲之際，就立刻放棄了他的鐵飯碗，鐵路工程師的高薪職位，舒舒服服地退休了。退休以後，外公便更加堂而皇之地甩著織錦緞的長衫，充當起陶老太爺來了。陶老太爺在上海郊外江灣市中心——新上海（現在的五角場）購置了一大片土地，自行設計並建造了一幢花園別墅，這幢花園別墅如果能保留到今天，也仍舊是一樣前衛的呢！

好婆得意地說：「儂的外公相當洋派，常常喜歡在自己的別墅裡邀請朋友來開『派對』。那個後來成為世界著名音樂家的父親——馬先生和伊的兄弟，當年就曾經迷失在我們家的後花園裡。」

這座後花園是相當有特色的，當地人稱之為陶家花園。陶老太爺在那裡植樹種花，多數是南洋風格，還有一個人工湖，放養了不少生物，這大概是好婆的主意，好婆相信放生積德。

每一年的大年初三，老祖宗生日這天，好婆總是要放生的。

我還記得，一九六六年大年初三放生的是從小菜場買來的一串小烏龜。小烏龜放在客堂間南窗下面的一只方盒子裡，母親和我給老祖宗磕過頭以後，就走過去看了看這些小生命，母親講：「一歇歇寧波來的爺叔就會帶回到鄉下去放生了。」

一想到隔在玻璃窗外面凌厲的寒風，我不由縮了縮脖子說：「我是寧可待在這裡一輩子，也不要被帶回到鄉下去放生的。」

好婆聽見了說：「生命總是嚮往自由，哪裡能永遠縮頭縮腦地不經世面呢！」

正說著，客人就來了。

先是外公留洋同學薄先生的大小老婆——大薄師母和小薄師母，她們一高一矮、一瘦一胖，我總是納悶，這兩個原本應該像老式故事裡、恨不得咬掉對方一塊肉的冤家，為什麼相處得如此和諧，就好像親姊妹一樣？

好婆告訴我：「當年薄先生仙逝以後，這兩個大小老婆沒有錢維持她們原本的排場，便守著薄先生留給她們的唯一家產——一幢老式弄堂房子，閉門不出，坐吃山空。後來，家裡的傭人們紛紛逃離，這兩個習慣於飯來張口衣來伸手的懶女人幾乎餓死。還好居委會搞衛生，發現這家人家齷齪得像只垃圾桶，只好發動居民幫助伊拉大掃除。一共來了十幾部黃魚車，才幫伊拉車光垃圾，變成當日晚報上的頭條新聞。」

母親說：「儂的外公當時還健在，讀到這條新聞時哈哈大笑，當即讓阿莘按照報紙上的門牌號找到伊拉，請到家裡大吃一頓。以後家裡有飯局，這兩個大小老婆總是最早到達的，伊拉相挨著坐在長桌的一邊，然後開始等待享受美食。」

阿莘是最煩她們的了，她講：「這兩個什麼東西，太太不像太太，癟三不像癟三，還來得個疙瘩，一杯茶也要端上去兩三遍，一會兒不夠燙，一會兒不夠濃，根本不是想喝茶，而是想要享受差使傭人的樂趣，事實上她們家裡老早半個保母也僱不起，衣服也要自己洗的呢！」

胖媽說：「這兩個女人根本不洗衣服，去年白斬雞的醬油滴在下襬上，今年還是一模一樣留在同一個地方。」

我笑著對胖媽說：「這不是和儂留塊鍋巴在門背後一樣的嗎？」

胖媽回答：「亂講，我是有道理的，她們是懶惰。」胖媽說著，順勢一轉話題說：「妳現在不要懶惰了，幫我把這些剛剛炸好的合肥圓子端出去。」

胖媽把金黃色的合肥圓子堆放在一只新竹編織的淘籮裡，這是胖媽的家鄉菜，是用糯米飯和鮮肉製成的，因為好婆的娘家和胖媽是同鄉，所以胖媽總是專門為好婆製作這道菜。

我高興地抱起淘籮，走在過道裡的時候，先在那裡偷吃了一個。啊喲，真香，又鮮又脆。事實上這道菜裡只有一點點肉，因為和糯米和在一起，糯米吃透了肉的鮮味。又不知道是什麼道理，大拇指般的一個丸子，在油裡一炸就膨脹得像一個個乒乓球一樣大了。

我吃了一個，忍不住又吃一個，表哥和表姊們看到了，也過來一起吃。後來乾脆坐在樓梯上大吃起來。終於被胖媽發現，臭罵一頓，我們知道胖媽是善意的，也不怕，只是一哄而散。

這一年老祖宗的生日就這麼熱熱鬧鬧地過去了。

好婆家裡的逃難史

老祖宗生日的那天晚上我沒有跟隨母親和胖媽回家，而是留在好婆家裡了。和我一起留下來的還有桂花一家，桂花是當年好婆收養的丫頭，後來一直住在虹口好婆的老房子裡。以前幫好婆收收房租，公私合營以後，不用收房租了，好婆就送她一只小櫃檯，坐在門口賣賣香菸草紙小零食，倒也生活得滋滋潤潤。逢年過節，隔三差五她就會回來給好婆當個幫手，特別是老祖宗生日。每次都是她最後一個清點家什、安放歸位。

早上我下樓的時候，桂花已經把客堂間打掃乾淨了。桂花一向了解好婆的心思，她總歸會在客人們離開以後，把碗裡、桌上甚至地下的每一顆飯粒都蒐集在一只破舊的搪瓷盆裡，這只搪瓷盆就放在灶臺上。我端起搪瓷盆，用兩支竹筷子夾了幾顆飯粒餵金魚，又夾了幾顆飯粒去餵小烏龜，我發現小烏龜已經被帶出去放生了。

這時候穿戴整齊的桂花匆匆進來說：「東東，儂真早，除了好婆以外，大家都在睏覺。喲，金魚已經餵好了，我來餵雞。」說著便從我手裡接過搪瓷盆，往後天井走去，我立刻跟在後面。

石庫門房子的後天井是一塊在房子當中，房子和房子或房子和牆壁圍起來的露天空地，多數修建在灶披間的後面，具有採光的功效。好婆家的後天井裡，還利用樓梯下邊的斜空間，修出來一個小小的儲藏室，那裡保留了一輛很奇怪的車子的殘骸。我問桂花：「這部稀奇古怪的車子怎麼沒有劈開來當柴燒啊？輪子也沒有了，堆在這裡占地方。」

桂花說：「這話千萬不可以說，儂沒有看見上面一塵不染、乾乾淨淨的，這是好婆三天兩頭來擦洗的呢！」

「咦，真的呀！我過去怎麼從來沒有注意？」

「儂不曉得，這是一個紀念，是外公自己設計打造的一輛手搖八輪車。那還是長子鴻翔在寧波出生時的紀念品，可惜鴻翔有福沒命，不滿六個月就抽瘋夭折，不過這輛稀奇古怪的八輪車倒是非常的經用。當然啦，上面的鐵器都已經捐出去『煉鋼鐵』了。」桂花說。

母親最小的妹妹小孃孃剛剛起床，她走過來說：「這實在是輛晦氣的車子，自從有了這輛車子，我們家就開始逃難了，逃土匪，逃軍閥，最後逃日本人。所以大家稱之為『逃難車』。」

現在這輛「逃難車」擱置在後天井裡已經幾十年了，天井裡除了「逃難車」以外，另有兩隻老母雞。水斗裡還養了幾隻青蛙，桂花說：「青蛙是準備等到清明的時候放生的。」

桂花又說：「那年，日本人打進來的那一年，也是放生青蛙的。可惜放了再多，也救不了陶家花園。」

一九三七年，日本人的兵艦直別別從江灣五角場登陸，首先看中的就是那座陶家花園，他們的高幫皮靴輕而易舉踹開了外公精心鎖牢的橡木大門，在印度紅木的地板上留下了一串串骯髒的腳印。又把小鋼砲架起在二樓的陽臺上，當那張膏藥旗升起在三樓尖頂上的時候，陶家花園就正式變成日本人侵占上海的第一個指揮所了。

有很長一段時間裡，我一直以為陶家花園是燒燬在日本人之手，因為每次提到日本人，母親總是一副刻骨仇恨的樣子，甚至堅決杜絕我的兒子和他最要好的一個日本小朋友交往。母親點著我兒子的鼻子說：「記住，日本人不是人，伊拉的眼睛是漆黑的，心也是黑的，做出來的事情更加是嚇死人的，儂太好婆的妹妹，就是被伊拉活活燒死的。」

我的兒子聽得毛骨悚然，那一年他只有八歲。他偷偷在馬桶間裡照了半天鏡子，回來問我：「為什麼我的眼睛也是漆黑的？」我不敢告訴他，他父親的祖先就有一個是日本人。

假如母親知道這一事實的話，一定會厥倒。我是理解母親的，我知道好婆的妹妹當年因為晚期肺病，無法移動，主要是她自己不肯移動。逃難的時候，她留在陶家花園人工湖當中一座小島上的水榭裡，來不及離開，被日本人活活燒死了。

好婆告訴我：「這幢水榭，是專門為我的妹妹修建的。遠看過去那是在水旁邊架起來的一幢平臺，平臺一部分架在岸上，一部分伸入水中。平臺靠岸部分建有長方形的建築，雖然裡面只有兩開間，卻因為落地門窗，陽光充足，又敞亮又透氣。我的妹妹既可以躺在室內觀景，也可到平臺上散步。」

好婆每天都親自給她的妹妹送飯送水，一直到日本人的砲彈落到前街上的時候，才被外公拉出去料理逃難之事。「我在前頭忙上忙下，儂外公則在一邊不斷地長吁短嘆：『中國人的地盤不保險，下次再也不肯蹲在中國地盤上了。』這就是儂的外公，危急關頭怨天怨地，不知道做什麼才好。」好婆說。

至於好婆的妹妹活活被日本人燒死的消息，是最後逃出來的一個老傭人來報告的，老傭人是好婆當年從寧波帶出來的，她主動要求陪伴在病人的身邊，她講：「我反正也老了，日本人不會對我怎樣的。」

好婆立刻拿出一條「小黃魚」，讓她的男人帶回寧波鄉下做生意，又留下一條窮凶極惡的黑狗陪伴病人。結果好婆剛剛逃出江灣——那片中國人自己的地盤不久，老傭人就魂飛膽散地跟了進來，她語無倫次地說：「出人命啦！小小姐被日本人燒死了，我看到伊拉在別墅裡放火，火苗竄得老老高，燒得精光了呢！阿黑在那裡拚了命地叫，後來就沒有聲音。」

「我可憐的小妹妹啊，連屍骨也沒有留下來，……」好婆聽了痛心疾首。

她回過頭來對我的母親及其他孩子說：「記牢，永生永世都不要和日本人交往，深仇大恨入之骨髓！」

後來在寧波，好婆專門請人到她老家的墳地裡，為自己從未婚嫁的妹妹豎立起一座石碑，上面刻寫著好婆妹妹的名字：孫繼蓮，和那條狗的名字：阿黑。

幾十年以後，也不知道從哪一天開始的，那裡竟然變成了烈士公墓，孫繼蓮變成了與日本人拚刺刀的英雄。

再後來，就是那個老傭人的兒子，每逢清明時節，總會換上一身壓箱底的藍布衫褲，站在墓碑前聲淚俱下地控訴日本人燒死他父親的罪行。有意思的是，這時候的阿黑再也不是一條狗，而變成了他的父親，還是一個地下黨員呢！至於他身上那套被陶老太爺丟出去的逃難服，當然是烈士的遺物了。

荒唐的是，認狗為父絕對會有好處的，這個大字不識一斗的鄉下人，搖身變成了烈士後代以後，便神氣活絡顯起來，不但可以領官糧，他的兒子也當上了兵。那個年頭，鄉下人可以當兵，就好像是升上天一樣的榮耀呢！

可惜好景不常，文革初期，就在好婆家裡鬧得天翻地覆的時候，那個阿黑二世（自從他認狗為父起，也就沿用了那條狗的名字，我們便在背地裡戲稱他為阿黑二世），鼻青眼腫地從後門跌了進來，老老遠就撲通一聲跪到灶披間地下，對著好婆大叫救命，原來阿黑一世不再是烈士，而變成了叛徒、漢奸、特務。我還記得那個鼻涕眼淚糊了一臉的阿黑二世所發出的嘶啞的哭聲：「好婆啊，只有儂才能證明阿黑是誰啊，儂一定要救救我啊，不然，伊拉要打殺我啦！」

一直到我最近一次回上海，翻出一本好婆當年的流水帳，才發現其中斷斷續續夾著這麼一段段的記錄：

「八一三淞滬戰爭爆發，國民軍拚命抵抗，一夜重砲對準江灣五角場，老宅建築倒塌……

前日，老爺帶領長工數十名前往江灣，在老宅的斷垣殘壁當中，清理大木頭兩百餘根……

五角場老宅售出，得銀洋，建造虹口街面店鋪……」

我的視線久久滯留在那短短幾行蠅頭小楷上，這是我第一次發現的事實，原來陶家花園並不是被日本人燒燬的，而是後來炸毀在中國人自己的手裡。既可以清理出大木頭兩百餘根，又可以售出老宅建造虹口街面的店鋪，好像並不像老傭人形容的那樣「燒得精光」呢！至於好婆的妹妹及阿黑的紀錄，我翻來翻去翻不到。

我剛到美國的時候，曾經在當地的教堂裡學英文。看見一個亞裔女人，馬上湊上去搭訕，一開口原來是日本人。這個小個子的日本女人有一條高大的黑狗，常常可以聽到她親暱地呼叫黑狗「骷顱，骷顱」。

小女人待人倒挺客氣，每當小女人向人行見面禮的時候，這「骷顱」就凶煞惡神一般站在一邊齜牙咧嘴。我從來就不喜歡狗，更不喜歡牽狗的女人。後來別人告訴我：「這個小女人有中國人的血統，她的外婆是個中國人，而她的『骷顱』也是一條中國狗的後裔。據說戰前她的外婆在日本治病的時候就和一個日本醫生有染，回國以後戰爭爆發，那個日本醫生特別隨軍到上海，把她的外婆和黑狗一起從一富貴人家帶走。」

假如這個故事真和好婆有關，那對好婆太不公平，對那座無論是誰炸毀的陶家花園太不公平，這浪漫的故事對好婆來說實在是場大災難。

現在回想起來好婆以前總喜歡說：「一九三七的夏天，實在是一個窮凶極惡的大熱天。」

好婆就是在這一年的夏天，從江灣那幢豪華的西式別墅裡連夜逃難，逃到了虹口新記浜路上的一條老式弄堂裡。那條弄堂是好婆從娘家分得的遺產，為了這筆遺產，好婆曾經不顧傳統勢力，拋頭露面出入法庭，與本族長老打官司，理直氣壯地提出：嫁出去的女兒也應該有享遺產平等權。

當時，對方重金聘請上海最大的律師，好婆卻單槍匹馬自行辯護，一雙尖尖小腳站立在起訴人的位置上整整一天，最後居然全面勝訴，成為上海「申報紙」上的重頭新聞，為此好婆十分得意。

母親說：「那還是在『五四』之前的事，所以儂的好婆絕對是女人當中的豪傑、婦女解放的先驅呢！伊和後來那批擅長口誅筆伐的女學生相比，更加務實。」

只是好婆以務實爭取來的老式弄堂卻沒有好風景，好婆剛剛從江灣逃到虹口，還沒有坐定，日本人後腳就跟進來了，火燒虹口，這才發生了後來要「建造虹口街面店鋪」的故事，然而當時好婆只有不得不繼續逃難。

講到逃難，好婆好像非常專業。好婆的逃難車有八個輪子，都是用生鐵鑄成的，連在中間一根碗口粗的主軸上，主軸的盡頭有個機械機關，那上面升出了一根長長的桅杆，桅杆的頂頭橫戳一根手柄，兩個長工一上一下地壓動，車子就向前行了。

「八輪車應該是架在鐵軌上的，先前，日本人逼近上海江灣的時候，火車已經不能通行，我立時讓大家把這輛逃難車從庫房裡推了出來，又七手八腳地抬到花園後門外面的一條臨時鐵軌上，這條鐵軌也是儂外公的傑作，伊在建造幢別墅之前，就先鋪好了這條私人鐵軌，一直通到半里地外的正式鐵軌旁邊。一開始運運建築材料、花草樹木等等，後來火車不通的時候，就把這條私人鐵軌和正式鐵軌扳通，逃難車便可以順著鐵軌一路逃到上海去了。」好婆說。

從江灣逃到虹口完全倚仗這輛逃難車，一家大小已經把整個逃難車塞得鐵鐵滿了，外公仍舊不滿足，一定要在每一個空檔裡都塞滿了家什，一直到每個人的屁股底下都墊上一個硬綳綳的箱子，有木箱、鐵箱、皮箱，還有一只柳條箱立在車頭上。外公看了看，又在每個人的身上填進一個包裹，這才摸出一大串鑰匙，把大門上的明鎖和暗鎖一一鎖好。看著外公仔仔細細上鎖的樣子，好婆不由譏笑他說：「儂用的是什麼牌子的鎖啊？可以鎖得牢強盜？強盜來了什麼鎖也沒有用，還是快點逃命吧！」

外公攜著好婆坐到逃難車最前方的一只鐵箱子上，面對著自己的六個兒女，半靠在那只豎立的柳條箱上。柳條箱裡裝滿了銀器餐具，其中有一只鏤花的高腳果盤，後來變成我辦小人家家的玩具。但在當時，外公穩穩當當地靠上這只柳條箱，儘管疙疙瘩瘩的箱面嚙啃著外公的背脊，他卻感到十分踏實。當然啦，還有什麼可以比緊靠著吃飯家什更加踏實呢？外公便在陽光底下微微瞇上了眼睛。

突然他從眼睛縫裡瞄到跟在逃難車後面一路小跑的小丫頭桂花，便好像一粒子彈一樣竄下車子，他一隻手就把桂花拎到那只柳條箱上，讓她高高地坐在那裡，正面對著兩個壓手柄的長工，逃難車立刻就好像上緊了發條一般，奔將了出去。

小丫頭桂花是在她七歲的時候被好婆從杭州買來的棄兒，共產黨來了以後，好像她的親生父母從鄉下找過來，桂花跪在好婆腳邊死活不肯出去相認，倒有一點像《紅樓夢》裡的丫嬛死心塌地跟定了主人的鏡頭。

而當年買桂花來，是為了給年邁的太嗯奶當跑腿，因為她手快腳快嘴又甜，很討太嗯奶的喜歡。後來太嗯奶去世了，好婆就把她收在自己的身邊。當時桂花只有十三歲，大眼睛圓面孔，後背甩著一條長辮子，走起路來一陣風似的，經過好婆的調教，倒也有一番大人家的風範。

現在又有兩年過去了，小丫頭愈加豐滿起來，上身一件淺藍色的大襟中袖短衫，配上一條同樣顏色的長褲，腳上卻套著一雙搭攀黑布鞋，立刻就出落得不一般了。只是當她高高地坐在那只柳條箱上的時候，一定很不舒服，隨著逃難車的顛簸，柳條的接頭時不時冒出來戳她的屁股，但桂花仍舊像一口鐘一樣地垛在那裡，兩隻眼睛直視前上方。

在她的前下方是壓手柄的年輕長工阿祥和德林，那時侯阿祥和德林都暗地裡看中了這個小丫頭桂花，為了在桂花面前顯示自己的臂力，他們赤膊上陣，使出了吃奶的力氣，爭先恐後地壓手柄，恨不得讓車子飛起來。

這一切都看在外公的眼睛裡，頓時使他在驚恐之餘又忍不住有些沾沾自喜，他覺得自己相當聰明，現在看來還很懂得運用心理學。一個小丫頭所製造的動力可以使這輛逃難車不出半個時辰就逃到虹口，逃到好婆的老房子裡去了。虹口屬於公共租界，公共租界總比中國人的地方保險。

外公沒有想到，亂世當中是沒有地方保險的。小日本開始反撲，窮凶極惡，千百枚炸彈把上海的閘北和南市幾乎炸平，公共租界的虹口也危在旦夕。好婆說：「儂外公還死抱著虹口的房子不肯放，我已經做出決定：繼續逃難！這次一定要逃到真正的外國人的租界裡去。」

母親告訴我說：「好婆在外公一塊一塊數銅板的時候，想也沒有想，就拎出一鐵桶的銀洋，交給了世交的兒子，馬家大少爺，請伊出去交涉，頂下了蒲石路上的一幢三層樓的石庫門房子，這就是現在的長樂路34弄13號。」

當好婆的黃包車率先到達34弄門口的時候，正值黃昏時刻，那裡早有馬家大少爺恭候著了。他三腳併兩步地趕上前來，先甩著袖子給好婆行了個大禮，又小心翼翼地把好婆扶下車子，然後便垂手低頭地站到了一邊。

馬家大少爺畢恭畢敬地對好婆說：「對不起啊！這幢房子的門牌號不太好，但如果不是這個門牌號，大概就找不到了。只好請先將就幾天，等戰事鬆懈一點，房子不這麼緊張的時候再換，好不好？」

「在這種兵荒馬亂的時候，可以在『法租界』裡找到這麼一幢獨門獨戶的石庫門，真是很不容易了。」好婆連忙說。

「儂的好婆那時候感激涕零，恨不得當即就要從自己的女兒當中，拎一個出來嫁給這個老實頭呢！」母親說。

母親每次回想起那個時候的神情，總會摻雜著一種悲涼的感傷，她說：「當年『法租界』這三個字聽起來好像滿洋派的，但對我們住慣了花園洋房的陶家小姐們來講，34弄的老式石庫門弄堂就好像是鴿子籠一樣。」

當外公帶著他的一大家子第一次到達34弄的時候，家家戶戶都在淘米燒夜飯了。這大概是一天裡最鬧忙的辰光了吧！那些磨刀的、鋦碗的、箍桶的、賣臭豆腐的、炒白果的、搓酒釀湯糰的……小販川流不息，各種各樣的叫賣聲，把這個小小的弄堂妝點得像個大世界。

母親那雙穿著高跟皮鞋的腳剛剛踏進這條弄堂就尖叫起來：「喔唷哇！痛煞人，這是啥狗皮倒灶的路啊，哪能一塊一塊凸進凸出的啦？」

母親的小弟弟跟在後面說：「儂這只洋盤懂啥？這叫臺硌路，只有上海才有的，不要大驚小怪、鄉下人兮兮的。」

所謂的臺硌路是用大大小小的石頭鋪在爛泥地上修築的，天長日久，也不知道過了多少年月，地上的石頭被路人們的腳磨圓了，又加上風吹雨淋，爛泥縮了下去，光溜溜的石頭就一塊一塊凸出在爛泥上面。這種路看上去別有一番情趣，而走在上面就不那麼有趣了。

我曾經是那麼憎恨這條路面，每一次踏出腳之前，總是左看右看找不到一塊可以插進我那雙紅皮鞋的平面。最後，只能苦著臉踮著腳，一腳高一腳低地跳過去，腳底板的疼痛至今記憶猶新。至於下雨下雪天就更加倒楣了，滑汲汲的，弄不好摔個跟斗，腳骨也要別斷的。

而好婆家裡的「逃難史」就此被這條臺硌路割斷，儘管大門口頂了一塊13號「霉氣」的牌子，卻讓那部逃難車徹底賦閒。我的母親和她的兩個姊妹，就是在這條臺硌路上進進出出幾十年。無論是高跟皮鞋還是平底繡花鞋，無論是落雨還是落雪，她們都可以踏在上面疾步如飛，甚至四平八穩地走成一條直線，一點也不失體態，練就了真正的上海小姐。

一直到後來的那場「文化大革命」，那場大革命把13這個數目字裡面的「霉氣」兜底翻了出來。出生在這幢房子裡的表哥樂樂發了狠地說：「我是一輩子也不會回到那幢房子裡去的，我連看也不要看一眼。」

我倒是回去過一次，那是在九〇年代末，我同母親舊地重遊，「差頭」一直停到34弄門口，但母親的兩隻腳剛剛踏出「差頭」，就立刻想縮回去了，她驚愕地盯著面前一大片白糊糊的洋灰地，半天也說不出一句話，她的眼睛似乎是要盯穿這新舖的洋灰，把埋在底下的臺硌路掘出來一樣。最後，她嘆出長長一口氣說：「沒有了，再也沒有了，再也沒有臺硌路，再也沒有真正的上海小姐了。」一臉的絕望，就好像要和她骨肉相連的大半個世紀訣別。

回家的路上，我咀嚼著母親的話，真的，真的是什麼也沒有了，馬路旁邊再也沒有一爿一爿上了排門板的鋪面，取而代之的是茶色玻璃的摩天大樓，拖著辮子的無軌電車也沒有了，到處是兩層車、空調車和小汽車。特別是和家家戶戶都休戚相關的菸紙店沒有了，過去那種把鍋子架在煤氣灶上，還來得及奔出去另拷兩分錢醋、五分錢醬油、甚至一分錢辣貨的日子，都在那臺硌路被埋進洋灰地的同時，深深地埋進了被記憶遺忘的角落。閒蕩在淮海路步行街上現代建築的夾弄裡，穿梭在熙熙攘攘的人群當中，我的嗅覺裡充滿了「Artificial」的味道。

我開始尋找，尋找真實，哪怕是腳底板踏在臺硌路上真實的疼痛，我找不到。從我的身後追趕上來、又超越我而前去的年輕小姐，在萬紫千紅的華燈映照之下同樣摩登，甚至更加摩登。儘管她們竭盡全力地掩飾自己的南腔北調，憋足氣模仿上海話裡的第五聲，但就是沒有一丁點從臺硌路上走出來的上海小姐的味道。用我母親的話說：「這樣的上海小姐，就好像是擱在碗櫥裡好幾天，已經發了餿的泡飯。」

胖媽

再過兩天寒假就要結束了，我也要回去上學了。在好婆家吃過中午飯以後，胖媽就來接我回家。出了好婆家的後門，胖媽講：「今朝太陽真好，我們走回去吧！」她看我有些猶豫又講：「我來的時候，襄陽北路小菜場的大餅油條攤在炸臭豆腐，香得一天世界。」

看著胖媽一副討好的樣子，我勉強回答：「好吧！」

老實講，我並不是不願意走路，這一點點路，不會超過二十分鐘，但胖媽走這條，弄不好需要兩個小時。無論是颳風下雨，只要有機會，胖媽總歸會找出理由來走這條路。小時候我走不動，她就背著我走，兩隻大腳呱嘰呱嘰地拍打著地面，高興得就好像唱歌一樣。一路上，她給我講故事，她講故事的方式是一邊講一邊唱的，用她的安徽腔唱著她的家鄉調，中間還夾雜著獨白，滿有滋有味的樣子。從孟姜女哭長城到花木蘭從軍，似乎所有這些天上人間、妖魔鬼怪的民間故事她都知道。

和往常一樣，胖媽一上路就開始講故事，這次她講的是梁山伯祝英台，這個老掉牙的故事她都講了一百遍了，但每一次從她的嘴巴裡重複出來，總有另外一番味道。和往常一樣的還有，胖媽一上路就開始焦躁，夾緊了兩條腿，走得特別快，我在後面幾乎小跑起來。終於發起脾氣：「儂啥事體啦？走得這麼快，好像要尿在褲子裡一樣。」

胖媽有點窘迫地放慢了腳步。這時候，我們已經從長樂路轉到了陝西路，又來到了新樂路口的高教局門口，胖媽向新樂路轉過去，我叫起來：「不要走新樂路，走淮海路。」

胖媽有點可憐巴巴的樣子看著我說：「我急著要上馬桶呢，就從這裡彎一彎吧！」

永遠是這種愚蠢的理由，不是上馬桶，就是要喝口水，一走到這裡，胖媽就會往新樂路轉。我知道這個馬桶是要上半天的呢！可是無奈，只好跟在她的後面。轉上新樂路，沒走兩步路，就到了一幢黃禿禿的大樓下面，推開一扇滿是污垢的玻璃大門，正面是大樓梯，旁邊有一個木頭的矮門，矮門矮得要縮了頭頸才能進去。

那是一個半地下室，只有一間房間，房間很大，一大半堆放著沒有用的老式鍋爐。年份久了，早就長滿了鐵鏽。不知為什麼，大煉鋼鐵的年代漏網了，沒有被回爐，以後也就一直半埋在這裡了。推開這扇木頭小門，立刻就有一股烏糟糟味道衝出來。低下頭去，在這個廢棄的鍋爐房的水門汀地板上，有一塊安著四個輪子的木板，木板上面坐著一個沒有腿的老男人。

胖媽告訴過我，這個講著她家鄉話的無腿男人的腿，是被汽車壓掉的，嚇得我都不敢一個人過馬路了。我不知道胖媽是怎麼和他搭上的，只記得，這個男人一向都在那裡，好像是看門的，也不像，或者是撿垃圾的，也不像，胖媽每次來都讓他代筆寫信，胖媽把他連木板一起弄到凳子上，就開始寫信了。信總是這樣開始：「永發……」

永發是胖媽的男人，在鄉下。通常寫一封信三分錢，胖媽總是寫兩、三封信，有給她母親的、兒子的，有時候還有給她弟弟的。胖媽好像從來也沒有給過他錢，只是每次來都會幫他打掃打掃，甚至燒個飯。我在旁邊無聊之極，胖媽就會打發我到外面，和大樓裡的小孩子一起去玩。我在那裡可以做那些平常胖媽不允許我做的遊戲，一直到天黑了才想起來去找胖媽。每次胖媽從小門裡走出來的時候都會和往常不太一樣，面孔是潮紅的，講話也變得柔軟了。

然而這一天，大概是因為剛剛過了年，或是天氣太冷，沒有小孩子在外面玩，我站在冰冷的太陽底下百般無聊，不知做什麼好。一個男孩子過來對我說：「喂，儂又來啦？我帶儂去看西洋鏡好嗎？」

我站著不動。

「不騙儂的，就在後面，走啊！」男孩子繼續說，我不理他，兩隻腳卻疑心疑惑地跟了過去。

我們沿著牆腳繞到大樓的後面，男孩子輕手輕腳地來到一扇貼在地上的矮窗旁邊，他詭詐地轉過面孔向我招了招手，我走了過去。那裡用舊報紙糊滿的玻璃窗上有一個破角。破角上的報紙被戳了一個洞，我用我的一隻眼睛看了進去。

一時間，我心驚肉跳，汗毛根根倒豎起來。

這就是那個廢棄的鍋爐房的後窗。

後窗裡面一片煙霧騰騰，一只煤球爐子上的銅吊正冒著熱氣，熱氣當中那個半截頭的男人正光著身體，坐在寫信的凳子上，胖媽脫光了外衣，背對著窗子跪在男人的前面，腦袋卻插在那男人沒有腿的腿根中間，男人彎著背脊，兩隻手緊張地在胖媽的前胸蠕動，而胖媽的後腦勺則隨著男人的動作上下抽動著。男人的眼睛是血紅的，嘴巴半張著，憋著喉嚨，發出了哭一般的號叫。

突然，那男人把胖媽從地上拖了起來，胖媽便叉開兩條腿，坐到那男人的身上。凳子在原地轉來轉去，可以看到男人咬著胖媽的奶頭拚命吸吮，兩隻手緊緊抓住了胖媽的後腚，兩條肉就好像扭成一條麻花。屆時，天搖地動，乾柴遇烈火，愈燒愈烈。空氣裡蔓延出一股青汲汲的蛋清味，胖媽的面孔朝著天花板，像母狗一般地哽咽，一副昏昏迷迷的樣子。

旋即，我只感到口乾舌燥、頭腦發暈。別轉身體，正和那個小男孩打了個照面。男孩子的兩隻手搗著褲襠，眼睛溼漉漉地盯著我。我不加思索地舉起右手，給了他一個耳光，然後頭也不回地跑了出去。我沒有去敲打那扇小門，而是一口氣跑回家裡，躺倒床上，我發燒了。

我發燒了，直挺挺地躺在床上。朦朦朧朧當中，我好像看到胖媽回來了，在我旁邊忙來忙去。她讓我喝水，我別轉了身體，我不要她的手端水，我感到她很髒。私家醫生來過了，那昂貴的藥一點也不管用，我聽到母親焦慮的聲音：「十塊洋錢的出診費算是白花了，祝醫生這次一點也不靈光。」

而胖媽卻認定這是父親來摸過了我的頭了，她找出父親用過的碗，放上半碗水，安置在我的床邊上。我看到胖媽蹲在我的床頭，兩隻手攥著三根筷子，不斷地在半碗水裡戳。她一邊戳一邊說：「先生，先生，如果你的陰魂在，就把這三根筷子扶起來……」

我暗自發笑，因為這是不可能的事情。不料，胖媽話音剛落，三根筷子果真筆挺地站立在小碗的當中了。胖媽見狀立刻撲突一下，跪倒在這三根筷子的前面，一邊磕頭一邊說：「先生，先生，你在這裡，東東不得安寧，她會發燒生病受折磨的。」

三根筷子動也不動地站在那裡。胖媽繼續說：「先生，先生，讓我來為你泡一杯你喜歡的紅茶，喝了茶你就去吧！你不要不放心，我會照顧好東東的。」

我好像聽到筷子咯了噔響了一下，但是仍舊固執地站立在那裡。這時候胖媽突然意識到了什麼，她帶著哭腔講：「先生啊，你最英明了，你這是來警告我這個賤人，你一直在東東身邊保護著她，我做了齷齪的事體，嚇到東東了，你就現身了，如果我不改，你就要殺掉我了。」

「先生，先生，我不敢了，我發誓，再也不去那裡了，不然的話，千刀萬剮下十八層地獄啊！」三根筷子撲通一聲倒了下去。

我聽到胖媽也撲通一聲癱軟到了地上，隨即嘶啞著聲音說：「先生去了！」頓時，悶在被子裡的我渾身冒汗，摸了摸腦袋，果真燒退了。

我的燒退了，我的心也平靜下來，因為我證實了一個祕密、一個天機，那就是我的父親真的從來也沒有離開過我，他一直就在我的身邊保護著我。太陽升起來的時候他在，太陽落下去的時候他也在；海浪撲過來的時候他在，海浪退回去的時候他也在……，有了父親，我什麼也不在乎了，我可以寬容一切、原諒一切。包括我的保母胖媽。

事實上，在我的生活裡，不是我要寬容胖媽，而是胖媽一直在寬容甚至保護我。

保母這個詞在詞源裡的解釋是：古代宮廷裡管撫養子女的女妾，地位僅次於慈母，後來泛指為人撫育子女的婦女。除了那個「妾」字以外，這樣的解釋正適合我的保母胖媽。

胖媽是在我出生以後來我家的，這是大家都知道的。乾淨利索的一位中年婦女，自稱是李鴻章的老鄉。實際上，在她踏進我家大門之前，老早就在上海灘上混得頭頭是道了，既有鄉下人的憨厚，又有上海人的機靈。雙臺下巴上面貼著兩片厚嘟嘟的嘴唇，大概就是張愛玲在《金鎖記》裡所形容的那種「切切一大盆」的嘴唇皮了。對此，我母親是滿意的，可是對於胖媽嘴巴裡鑲的一顆金牙，母親極為反感。她心裡發毛，一開始總想找人替換她。母親對好婆說：「這只牙齒看上去有點兒不正經呢！」

可是無奈，大熱天裡，胖媽手快腳快地把長滿了膿頭痱子的我梳洗得伏伏貼貼，以後，胖媽就正式變成了我家的一員了。不過，胖媽有兩件事是我母親始終不能接受的：一、是她的「迷信」；另一、現在分析起來可以說是她的「不迷信」。

胖媽的迷信，按照我母親的形容是「無可救藥」。她倒不是燒香拜佛，而是相信鬼怪。頭痛腦熱，不去醫院看病，卻不知道從哪裡找來一張皺皺巴巴的黃裱紙，花一角錢，畢恭畢敬地讓小弄堂裡的測字先生描上個字不像字、畫不像畫的東西，抑或貼牆壁上，抑或燒成灰咕咚咕咚地吞嚥下去。有時候她捨不得一角錢，兩、三分也可得到一片小的，她就伸出舌頭舔了舔，小心翼翼地把這片小紙頭按到太陽穴上，或者眼皮上去了。

至於胖媽的不迷信則是另外一個故事，按照我母親的形容也是「無可救藥」。那一年，胖媽回鄉探親，不到一個星期就逃了回來，她驚恐萬狀地告訴我的母親：「太太，餓死人了，種地的人餓死了都沒有人埋呀！」

母親驚慌失措地說：「儂發瘋啦，竟敢在光天化日之下攻擊共產黨的社會餓死人！」

母親一邊急急忙忙把一扇半開的窗戶關緊、一邊阻止胖媽說：「不要聽信謠言，要相信新社會……」

母親還沒有說完，胖媽立刻反駁：「這是事實，我胖媽不說半句假話，我是親眼看到的！種地人苦啊，從來也沒有這麼苦過……，連樹皮、樹葉都吃光了，舊社會不吃的爛污泥（觀音土）也搶來吃呢……」

母親打斷她說：「這是因為自然災害，儂要相信政府……」

「這個政府不可以相信，連當年的地主還不如！想想，還是我們村子裡土改時候，被鎮壓的大地主李老太爺好，有善心，有一次他看到我祖父三九天氣在田頭凍得發抖，連忙把自己的棉袍子脫下來送給了我的祖父。可憐他的孫子這次第一個餓死……」胖媽愈講愈不入調了。

母親想打斷她，胖媽不示弱，她說：「不要相信報紙，太太，妳要相信我胖媽的眼睛啊！」母親面對她一臉的誠實，啞口無言。

但是，胖媽的「迷信」與否，對我來說是無關緊要的。自從我的保母奶無奶離開以後，我就整天跟在胖媽後面。冬天的火爐旁邊，胖媽一邊給我剝花生、一邊給我講鄉下人的傳說。夏天的月光底下，胖媽一邊給我打扇子、一邊指著天上的星星告訴我「董永和七仙女」的故事。

胖媽也有追求新生事物的時候，她喜歡看電影，特別是打仗的，描寫抗日戰爭、解放戰爭的電影，《地道戰》、《南征北戰》之類的電影看了無數遍。看到最後，我都暗戀上了《南征北戰》裡的張軍長了，當那個在我看來世界上第一威武的國民黨軍長，灰頭土臉舉著雙手從坦克車裡鑽出來的時候，電影院的黑暗裡一片掌聲，而我卻淚流滿面。

在電影院的黑暗裡淚流滿面的還有胖媽，胖媽是為了共產黨的勝利而激動得淚流滿面的。後來我才知道，胖媽原來是一個女新四軍，跟著她的哥哥和情人打日本人，一次她的哥哥在打游擊的時候，不慎從房頂上滾落下來摔死。她的情人捷足先逃，棄她而去。而她因為已經懷孕，體力不濟沒有跟上，只能回到自己家裡。胖媽回到家裡的第三天，就帶著新四軍的種子，下嫁至鄰村的農民永發。又過了三天，胖媽竟和永發大打出手，打掉了永發的一顆門牙，隻身逃到上海幫傭，後來又當了燒飯師傅，最後才落到我的家裡。

父親和母親得以知道這段歷史，是在我們搬入淮海路的復興花園以後。因為我家是復興花園的第一家，廚房的玻璃窗又正對著大弄堂口，於是走進走出的鄰居們，都逃不脫站在窗前淘米洗菜的胖媽眼睛。

很快，胖媽發現，一個住在後面大樓裡的機器廠書記，就是她兒子的父親。對於這個現在坐在一輛黑色轎車裡進進出出的男人，胖媽是又恨又怕。她恨他當年棄她而逃，又怕他發現了她，會來搶走她的兒子。兒子是她的生命支柱，胖媽有些六神無主了。母親知道了，吃驚之餘便安慰胖媽說：「這個沒有良心的男人，身邊圍著五個女孩子，老早忘記儂了，不會來要儂的兒子的。」

而胖媽則說：「太太妳是不曉得的，在鄉下人的眼睛裡，兒子有多麼重要。這個男人只有女兒沒有兒子，一定會來搶兒子。怎麼辦呢？」

在世的父親想了想說：「我來想想辦法，對了，外地有一所高級軍校，供給制的，畢業出來就當軍官，我來推薦妳的兒子好不好？」

「太好了，太謝謝了！」從此胖媽對我的父母感恩戴德，一門心事撲到我家裡。

胖媽一門心事撲到我家裡以後，除了關照我的飲食起居以外，對我的功課特別上心，如果我的考試成績在九十分以下，胖媽面孔就會變得相當難看，那兩片厚嘴唇簡直就像兩塊鐵青的磚。有一次我的算術得了個七十八分，因為怕胖媽發現，偷偷把「七」改成了「九」。結果弄巧成拙，胖媽決定罰我做一百道算術題才給我吃飯。

她說：「記牢，這是胖媽要妳記牢：永遠不能說謊。」

「要死啦！殺千刀的（這是胖媽自己的罵人口頭禪）！」這一天我是一邊咒罵胖媽、一邊完成這一百道算術題的，我恨不得她馬上就滾回鄉下去。但是我很快就發現，我是絕對不能讓胖媽離開我的家的，胖媽變成了我的保護神和救命稻草，因為「文化大革命」開始了。

一想到文化大革命「破四舊」，就會想到胖媽。那時候，每當那些外來紅衛兵在我們這個「黑五類」集中的地區，挨家挨戶抄家的時候，胖媽就穿著一套破得不能再破的短衫褲堵到了大門口。胖媽的身體幾乎把整個門洞塞滿。她理直氣壯地對那些企圖闖進來的紅衛兵說：「這裡是『革幹』，不許進來！」

我躲在她的背後渾身發抖，心想胖媽是否吃了豹子膽了，怎麼敢扯這麼大的彌天大謊。不知紅衛兵是被她的話語還是被她的氣勢震住了，一批一批地退了回去。後來胖媽發現國家主席的臉上也被畫上了個大叉，「革幹」這個擋箭牌不靈了，於是我家在胖媽的嘴裡就又變成了「革軍」。隨著我家頭銜的不斷改變，胖媽身上那套行頭愈來愈破爛了，渾身的肉隨時都有跳出來的危險。

終於，我忍不住了，我要讓胖媽把這套衣服扔了，胖媽看了看我說：「小丫頭真笨，妳以為紅衛兵真是被『革幹』、『革軍』嚇走的嗎？一大半是被妳胖媽的這身衣服嚇回去的，誰敢進來，先要碰到我，誰碰到我，我的衣服就要裂開來，所以他們是不敢碰我的呢！」

接著胖媽又說：「其實每次去擋紅衛兵，我心裡都是很害怕的，胸口怦怦亂跳。如果沒有這套衣服，我大概是擋不住的。」現在想想，胖媽當時真是大可不必，她完全可以一走了之，沒有必要和我們在一起擔驚受怕，也只有胖媽才會這麼做。

一天晚上，一群白天被胖媽擋出去的外地紅衛兵又敲響我家的後門，他們說：「大媽，我們一整天沒有吃飯，餓得發昏，想請妳幫我們煮一點麵條，好嗎？」

胖媽立刻好心腸起來，她慈母一般把他們都放進來了。我躲在反鎖的廚房門背後，從門縫裡可以看到，煙霧騰騰的廚房間，胖媽甩著胳膊為這批中學生做了一大鍋噴噴香的蔥油麵，我氣得直咬牙。事後，胖媽換下了她的那套破爛服對我母親說：「這些孩子也有些可憐，應該坐在教室裡讀書的時候，卻像遊魂一樣在外面盪來盪去。吃不好，睡不好，幾天沒有洗澡了，身上臭不可聞啊，爸爸媽媽不知道會有多少擔心呢！」

接著又說：「也不知道什麼人想出來的，不讓他們讀書，以後變成沒有用的東西，只好到鄉下去種地呢！」

母親嚇得目瞪口呆，連忙用手堵住了胖媽的嘴巴，然而，事實卻不幸被胖媽言中。幾年以後，這批人多數被送到農村。

我的名字叫東東

一九六六年三月二日是我真正的十歲生日，但到了這一天，對我來說已經一點新鮮感也沒有了。因為自從過了新年以後，一個多月來，幾乎每一個見到我的人都會說：「啊，十歲了，大姑娘了……」所以，我自己也就習慣自己是個十歲的大姑娘了。

和平常的日子一樣，我一起床就到父親的遺像前面鞠躬。不一樣的是，在父親的遺像下面多了一個「老大昌」的蛋糕盒子，裡面是一塊巴掌大的栗子蛋糕。栗子蛋糕上面裱了一層高高的奶油，還有一行小字：

親愛的小東東，生日快樂！爸爸和媽媽

我知道，這是母親為我準備的，自我記事以來，每次過生日，母親就會把四個手指豎在面孔中間，對著我說：「記牢，儂不是缺少爸爸的孩子，我面孔的左面是爸爸、右面是媽媽。」這是在我記憶當中，母親在我面前流露出來思念父親的唯一方式。她用自己的一副肩膀，擔當起「父親」和「母親」的雙重責任。大家都在背地裡稱讚母親的堅強，她確是個非常「堅強」的女人，這是乾媽在她的書信集裡這樣描寫的。然而，今天早上，當我輕輕把蛋糕盒子捧下來的時候，第一次感覺到了母親肩膀上沉重的負荷。

正在這時候胖媽進來了。胖媽告訴我，母親一大早已經到建築工地去做現場檢測了，晚上盡量早一點回來吃麵。我暗自苦笑了一下，我知道，這是無望。

「今朝會下雪嗎？」我機械地問。

「我希望下雪。」我的眼睛穿過玻璃窗，望著花園裡的雪松又說。

「做夢，春天快到了，怎麼可能下雪？」胖媽回答，她已經忘記了，十年前的今天是個下雪天。

按照常理，這個時節，南方的上海正按捺不住早春的欲望。然而，十年前的今天，來了一場大雪。這個在寒冬臘月也罕見下雪的江南城市，竟在一夜之間變得白雪皚皚了。不知道是大雪牽引我來到這個世界上，還是我牽引來了大雪，總之，在這寧靜的大雪當中，半夜三更，我在母親黑暗的子宮裡上竄下跳，決定要提前出生了。

母親急起來了，她完全忘記了自己大小姐和名夫人的功架，一點風度也沒有地大喊大叫：

「王醫生，王醫生，救命啊！救命啊！啊！啊！……」

明明曉得王醫生不可能值夜班，人家王醫生在上海灘上也是赫赫有名的婦產科主任，具有相當身價地位，怎麼可能隨叫隨到？特別是在這種惡劣的天氣裡，母親有些絕望了，便開始罵我：「壞東西，還沒有到預產期，啥事體這麼急著出來，害煞人！啊喲！不好了！王醫生，王醫生，快來啊！」

「來啦！來啦！我來啦！」

母親有些不相信自己的耳朵，然而確確實實一陣踢踢踏踏的腳步帶進來了一個白衣白褲的胖女人。母親有些眼花，她抱著自己一陣緊一陣的大肚子問：「儂是啥人啊？我要王醫生！」「我是王師傅，廚房間裡的王師傅，一樣的，一樣的，我生小囝的時候連接生婆也沒有，都是我自己弄的。」王師傅一邊說、一邊三腳併兩步地趕到母親的待產床邊，掀開母親下身的被子……

「啊喲喂！不好了，真是一個急煞鬼，哪能已經出來啦！」

這時候的我，正拚足娘胎裡的最後一口氣，用力一蹬，撞出了母親的身體。隨著母親撕心裂肺的叫喊，王師傅急中生智一把扯下腰間的飯單，手忙腳亂地兜牢在母親的兩腿當中，於是我就像一只剝光的熟雞蛋，撲通一下，跌落在那張齷齪兮兮的飯單上面了。

這就是我，看起來我逆轉的命在我生命的一開始就注定了：生在一家豪華的醫院裡，卻跌落進一張污穢的飯單上，原本應該由著名的專家接生，最後竟由一個燒飯師傅咬斷了我的臍帶。我大概以為脫離了娘胎，可以到達更加溫馨的世界，不料那張粗糙不堪的飯單冰冰冷地硌棱著我的皮膚，火燒一般地疼痛。我張開眼睛，第一個撞進我眼簾的是一個拍手拍腳的胖女人，這個女人在我後來的生命當中無人可以替代，而在當時我卻被這個肥胖的女人嚇得大哭起來。

就在我聲嘶力竭的發出第一聲哭叫的同時，窗外響起了一聲鞭炮，緊接著又一聲，一聲接著一聲，很快就連成了一片。我以為我的哭聲相當洪亮，事實上，老早就被著鞭炮聲淹沒了，連我的母親和王師傅都沒有注意到我在發脾氣。她們都被窗外的炮竹聲吸引了，「又不是過新年，也不是國慶，為啥要放炮仗？」王師傅有些自言自語地發問。

虛弱的母親，自作聰明地回答：「一定是有人結婚。」

「亂講，現在剛剛敲過三點，大家都在睡夢裡面，啥人發人來瘋，乒乒乓乓放結婚鞭炮？」就好像是回答王師傅的問題，一群嘈雜的腳步，來到母親待產室的門前。

王師傅來不及把門鎖拉上，就有兩三個不信邪的年輕人相繼擠進了待產室，不知為什麼他們一個個非常興奮，開口就是「祝賀」。剛剛被王師傅包進蠟燭包的我有些得意起來，這麼多人來祝賀我的出世，當然是件好事，便安安靜靜地等待著眾人們的讚美。

不料，來人們並沒有注意到我的存在，他們的祝賀與我的誕生毫無關係。而是因為到北京去開會的父親，要接受國家最高領袖的接見，這實在是天大的榮幸。

在那個個人崇拜的年代，可以得到領袖的接見，好像是最大的幸福了。如果可以進一步握一下領袖的手，那是恨不得一輩子也不要洗手的了。因此，前來祝賀的人們，多數是為了等待我父親回來的時候，搶先握一下領袖握過的手，也可以分享一下握手的幸運。

王師傅看到這些亢奮的人，不斷想湧進房間，立刻用自己肥胖的身體插在門框當中，她擺出一張威嚴的面孔，把已經擠進房間的幾個領頭人又一個個頂出門外，這時候，窗外露出了第一線的晨曦。

父親後來告訴母親說：這一天的半夜三更，他從睡夢當中被人叫醒。說是最高領袖馬上要和大家一起拍照。當時父親怎麼也想不通，領袖為什麼會有這樣的癖好，喜歡白日當夜間、夜間當白日的日夜顛倒。他深深地打著哈欠，昏頭搭腦地起床洗臉刷牙，又跟隨了上千個代表，排著長隊一起來到中南海。

儘管這裡是北方的早春，天寒地凍，但是這批睏痴懵懂的男男女女，一到中南海，就好像被打了一針興奮劑一般，一個個興奮起來。大家忘記了寒冷，按捺不住地在原地走來走去，興奮地等待著領袖的到來，他們反反覆覆地相互詢問：「快了嗎？」

「快了！」

「快了！」

他們像是在相互鼓氣、相互安撫，這樣的詢問一直延續到天光都要升起來的時候，領袖仍舊沒有出現。人們開始洩氣。

有人唱起了中國的聖歌「東方紅」。

「東方紅，太陽升……」大家唱了一遍又一遍，父親用他票友的京腔跟隨著大家一起高唱，唱得精疲力盡，一直唱到在這亢奮歌聲裡，洩露出一種莫名其妙的無奈。父親自己也覺得奇怪，這聲音怎麼好像是跳大神的竭盡了最後的力氣，也無法掙脫妖魔鬼怪的束縛，終於敗下陣來，剩餘的只有無奈的嘆息呢。

領袖出現了，我出生了。我出生這天沒有出太陽，是大雪。而接受了領袖接見的父親，原本還和領袖一起合影留念，不幸的卻是：因為大雪，照片曝光不足，報廢了。

父親同時聽到了這兩個消息，不知為什麼腦袋一脹，決定用領袖的「東」字來做為我的名字，於是，我的名字就叫「東東」了。在我不諳人事的時候，父親加冕了我這麼一個具有政治色彩的名字，我以為這是他對我做出的最糊塗的一件事。

父親在我出生以後的第三天，風塵僕僕地從北京趕回上海，他第一眼看到圍在粉紅色花邊裡的我便滿腹狐疑，忍不住問母親：「這個女孩怎麼這麼難看？面孔漆嘛黑，頭髮長一塊短一塊，特別是頸脖後面還鼓出來一坨肉，是不是駝背啊？會不會被人掉包了？」

母親有些生氣地回答：「不可能，這個孩子整個的生產過程都在待產室裡，連產房也沒有進，出生以後又一直放在我身邊，誰來掉包？儂還是摸摸儂自己的後頭頸，是不是也鼓出來一坨肉，儂也不是駝背呀！這個女孩像儂。不信，去問問胖媽。」

「誰是胖媽？」父親問。

胖媽就是王師傅。

那天，母親出院的時候，看到王師傅正挎著一只四方方的藍布包裹站在醫院門口東張西望。母親還以為王師傅在值班護士溜出去吃陽春麵的時候，搶救了一對母女的性命，會受到醫院的嘉獎，不料結果恰恰相反。因為她違反了醫院的規章，一個燒飯師傅未經消毒，自說自話進入待產室，為產婦接生，被醫院除名了。王師傅對此深感冤枉，母親想了想，決定把王師傅帶到家裡來當保母，這樣王師傅就變成了胖媽了。

「先生，太太，客人來啦！」正說著，胖媽進來通報。

父親站了起來，一轉眼，一群自稱為是熟客的客人自說自話地衝進了母親的臥室，「啊呀，這是一個多麼漂亮的小公主呵！」

「章先生，這真是一個文靜的小姑娘！」

「兩隻眼睛那麼有神。」

……

這些人七嘴八舌地稱讚著襁褓當中的我，而我則正拚足了力氣在摒大便。父親有些尷尬，母親則暗自發笑，她心裡說：「真會拍馬屁。」

殊不知再過一些年，父親去世以後，也就是這些最會拍馬屁的人，一個個過門不入，哪怕是面對面相遇，也會只當看不見。為此，母親說：「我是看夠了人間的勢利和冷漠。」

「她叫什麼名字？」有人當時問。

「東東。」父親簡短地回答。

「好啊！這真是一個好名字。」眾人們歡呼起來。

我卻狠狠地放了一個響屁，如果那時候我可以發表我的意見的話，我一定會大叫起來：「我要改名字！」

「不可以！」母親沒有半點餘地的拒絕了我，這時候剛剛過了五歲的我，已經是上海市少年宮小夥伴藝術團的團員了。那裡的女孩子們都有一個個花兒一般的名字：蓓蓓、蕾蕾、露露、朦朦，只有我頂著這麼個難聽之極的名字。

然而母親的回答讓我大惑不解，倒不是拒絕的本身，而是母親拒絕時的神情。當時她正趴在寫字檯上做她的工作計畫報表，左手下面的算盤珠子噼啪亂響，右手緊攥著的金星鋼筆尖裡便流出一串串數目。聽到我的要求，她頭也沒有抬一抬、眼皮也沒有翻一翻，甚至連嘴唇皮也沒有動一動。「不可以」這三個字就從她的舌頭上跳了出來，頓時把我好不容易才找到的種種理由全部都噎回到喉嚨裡。

我知道，「東東」這個名字是父親給我的，也算是父親留下來的一件遺物了。對於父親的遺物，哪怕只是一張信紙、一支蘸水筆，母親和姊姊都會精心保存，絕不允許毀壞，當然是不會允許我自說自話拋棄父親給我的名字了。

可是又有誰會知道，幾年以後天翻地覆，父親後來在上海和領袖一起的合影都不知了去向，更何況其他遺物了呢！我說過在我出生的那天，父親和領袖的合影報廢了，但過了幾天，領袖到上海視察工作，專門和部分文藝界人士合影，父親也在其中。

我曾經很仔細地查看了這張從報刊上翻拍下來的照片，我發現，坐在領袖對面的父親身著一套最普通的布衫布褲，雙手插在胸前，十分隨意，一點也沒有興奮的表現。倒是同座的其他文人，顯示出相當的激動，幸福無比的端坐在那裡，兩隻眼睛緊緊跟隨著領袖。只有我的父親甚至都沒有看著領袖，我以為這時候的父親，似乎已經看破了紅塵。

我的看破了紅塵的父親——一個清高又單純的知識分子，在當時紅色氣氛的包圍當中，刻意表現出來的不隨俗。可是我的不隨俗的父親，為什麼還要讓我這麼個無知的孩子，頭頂一個如此隨俗的名字呢？一場悲劇！

「我要改名字！」當我再次說出這句話的時候已經是文革後期了，我的母親，一個「資產階級」的小姐，也已經變成一個「無產階級」的勞動大姊了。原本一條馬路也要坐三輪車的人，現在就是十條馬路也會用兩隻腳飛奔過去。此刻她一身舊衣褲，挎著個小菜籃子正要上菜場。她熱中於小菜場，她有菜場情結，因為在那裡她可以找到老朋友。聽了我的話，母親停住了腳，她看著我說：「好吧，和儂姊姊一起去問問乾爹吧！」

母親出乎意料之外的回答又讓我大惑不解。這一次倒不是因為母親說話時的神情，而是這句話的本身。

那時候，乾媽剛剛去世，大家還沉浸在失去乾媽的痛苦當中。乾媽，是在我的姊姊還沒有出世的時候就成了她乾媽的，而我也就自然而然地跟在姊姊後面叫乾爹和乾媽了。父親去世以後，他們對我們更加關心。所以，讓乾爹來決定我的名字，確實順理成章。只是當時他還沒有恢復自由，頭上那頂「黑」帽子也沒有甩去，此時去找他改名字似乎有些不太妥當，相信他一定會找出些理由來當場拒絕。

不料他沒有這麼做，居然仔細地聽完了我的要求，然後說：「好，好，讓我想一想。」我心裡咯噔一下，暗自喜歡。

幾天以後，我又偷偷溜進了文康路上這位長輩的寓所，當時他家的二樓已經查封，我們就坐在一樓的門廳裡。黃昏已過，暮色降臨，黑暗裡我看不清他的面孔，只聽到他一口濃厚的四川話，他說：「這幾天我一直想找一個好的名字……」

聽起來他是認真的，我期待著下文，他接著又說：「一個好的名字要有三個條件：一，簡單；二，叫得響；三，忘不掉。我想來想去實在想不出另外一個比妳爸爸給妳的『東東』更加好的名字了……」濃郁的四川口音繼續著，我卻一句也聽不見了，耳朵裡只有成群的蚊子像轟炸機一樣嗡嗡叫。

一九八〇年初，我嫁入孔家，公公是父親的好朋友，一向視我為自己的孩子。在我結婚的第一天，我就向他提出：「我要改名字！」

公公一時語塞，那是在上海一家文化俱樂部裡，他把手裡的一杯熱巧克力遞到我的面前，想了想說：「『東東』，聽起來確實不像一個女孩子的名字，但卻是個堅強的名字。妳爸爸給了妳這個堅強的名字，也許就是要妳堅強地面對坎坷的人生……」

聽到這裡，我只有大叫冤枉，為我自己大叫冤枉，也為我的父親大叫冤枉。我為自己大叫冤枉是因為：我原本是一個最膽小、最懶惰的人了，遇事最好躲在別人背後，甚至兩隻眼睛一閉，什麼也不要管，可是命運偏偏和我作對，十歲以後就沒有太平過，樣樣事情都要我衝在前面。後來又漂洋過海到了異國他鄉，更加手足並用，咬緊牙關地拚打。

我為我的父親大叫冤枉更是因為：我的父親在給了我那麼一個堅強的名字以後，自己也「堅強」地下放到棉紡廠勞動了。一開始被發配到棉紡廠的父親還不視之為體罰，他和當時的大多數知識分子一樣，不信邪的父親像煞中了邪一般，那是賽過宗教信仰的虔誠，甚至更加主動地接受教育。老清老早已經站在棉絮飛揚的車間裡撕棉花。那裡面的灰塵、短纖維一起鑽進了他的鼻孔。父親的呼吸受阻，短短的幾個月，心臟病復發三次，一次更加一次的劇痛，最後終於帶走了他的生命。

父親生命的最後一段時間似乎相當痛苦，這痛苦不僅僅來自他的軀體，而且還來自他的內心。當時父親的姊弟當中一半是右派，每天都眼睜睜地看著自己身邊的親友一個個變成右派，甚至強行送出去勞改，喪失生命……

深更半夜，他把母親推醒，他說：「我實在不能忍受了！假如我……」

母親嚇得連連阻止：「不要講，不要講呀！當心自己就好了。」

父親沒有繼續，他沉默了下來，在黑暗裡沉默。這是母親跟隨父親幾十年，第一次，也是最後一次，看到父親的焦慮和擔憂。母親和父親的年齡相差十歲，樣樣事情依賴父親，做夢也不會想到自己一個地地道道的上海小姐，中學時代就離家出走，在戰爭的歲月裡跟定了父親走南闖北，今後將要獨自擔負起生活的重擔……。事後，上海市委的周先生告訴母親，那一天，父親得知一頂右派的帽子正懸空在自己的頭頂上，隨時隨地都有可能扣倒下來。

…………

而我，在很多年以後聽到這些故事的時候，只有面對著父親的遺像，為我的父親感到疼痛。這是他最後的疼痛，在這疼痛裡面，是不是會想到，要讓我屏棄那個紅色的名字呢？

又過了很多年，我曾經有過一次名正言順的機會可以改名字，就是加入美國籍的那天。當時我站在星條旗下，右手放在聖經上，年輕的移民官突然嚴肅地問我要不要改名字。剎那間我感到天旋地轉、時光倒流，酸甜苦辣一起湧到喉嚨口。我所走過的路就好像電影一般出現在我的眼前，透過移民官背後碩大的玻璃窗，我看到了一片藍天，在藍天的頂端，我彷彿看到了我的父親、乾爹和公公，這些故去的、愛我的親人，正牽引著陽光對著我走過來，歡天喜地的樣子，就好像當年他們在北海公園合影時一模一樣。

我想起來好婆講過的名字可以「避邪」的故事，父親在給我這個名字的時候，是否下意識地想保護我呢？只有父親才會有這樣的愛女之心啊！於是我說：「不用了，我不再需要改名字。我的名字就叫東東。」

文化大革命開始了

一九六六年八月裡的最後幾天，對我來說，簡直是天崩地裂。忘記了是什麼人這樣形容過：復興花園前面的「淮海路就好像一壺燒開的水，突突地翻滾著」。

窗子下面有人叫我出去看熱鬧，跑到馬路上，只見那些平時摩登的男男女女，此刻正狼狽到了極點，他們抱著腦袋、赤著腳拚命地逃竄。在他們的後面，緊跟著一群群帶著紅袖章的中小學生，他們興奮地高舉剪刀，一邊叫喊一邊追逐，有的還會把手指塞在嘴巴裡，發出尖利刺耳的呼嘯。至於那些被追逐的倒楣者，一開始還會掙扎，到後來只有苦苦哀求的份，這就是文化大革命開始了。

身處在這麼一片尖叫、哭喊的聲音當中，我不知不覺地跟隨著人群奔跑起來。我應該知道自己並不屬於那個逃竄的人群，他們和我毫不相干，我也不屬於那些帶著紅袖章的中小學生，因為我沒有這個資格。但是我卻莫名其妙地發了瘋一般地和他們一起奔跑，無法控制地緊張得大汗淋漓。

突然，一個頭髮豎起的女人飛一般從我身邊跑過去，我目瞪口呆地發現，這個人是母親。母親平常從來不穿小褲腳管和尖頭皮鞋，只是她的髮型頗為考究。因為她的頭髮不多，所以每個禮拜六下班以後，頭等大事就要到錦江飯店下面的理髮店做頭髮，每次都讓大家等待到不耐煩的時候，才頂著一頭高高聳起、蓬蓬鬆鬆的捲髮回來。父親在世的時候曾經譏笑這種頭髮為「男人萬歲」，「男人萬歲」當然屬於阿飛頭了。而讓我吃驚的是母親平時從這裡到那裡一點點路也是要叫三輪車的人，今天怎麼會跑得如此飛快？她筆筆直地衝進復興花園，老遠就大叫起來：「胖媽！胖媽！快點！快點！」

胖媽立刻像一只皮球般從後門裡滾落出來，她張開雙臂把母親塞進門洞，剛剛要關門又聽到另外一個聲音：「胖媽！胖媽！慢點！慢點！」這是小孃孃。

小孃孃老早就變成赤腳大仙了，她的面孔通通紅，一瘸一拐又連蹦帶跳。胖媽連忙迎了上去，夾起小孃孃的胳膊，幾乎把她拎起來，丟進了後門。然後反手關上了木頭門，別轉身子，面對那群追過來的學生，指著前面的淮海路大叫一聲：「快，那裡，那裡有尖頭皮鞋，快點追！」說時遲那時快，自己已經帶頭奔了出去，不明真相的學生們立刻爭先恐後地跟了上去。

一會兒，胖媽喘著粗氣回來了，看到我便板下面孔大聲說：「啥人叫妳待在外面的，快點給我回去。」我只好跟在胖媽後面進了大門。

進了大門以後發現，母親和小孃孃並不在房間裡，原來她們倆還狼狽地坐在後樓梯的臺階上喘氣。母親一邊喘氣、一邊苦著臉用五根手指當木梳，梳她那亂七八糟的頭髮；而小孃孃則一邊喘氣、一邊抱著她的兩隻腳哈哈大笑。小孃孃一邊笑一邊講：「小姊姊，儂奔起來像隻兔子，我怎麼也追不上。」

母親回答：「不要忘記，儂的小姊姊，當年還是大區運動會短跑比賽第一名呢！」

「哈哈哈哈，」小孃孃笑得更加起勁了，「我當然不會忘記，那個運動會的短跑比賽我也去看了。發令槍一響，起跑線上跑出來的只有一個人，就是儂，儂當然就是第一名啦！不過儂今朝跑得真快，比在運動會上得第一名還快呢！」

「當然啦，這是性命交關的事。儂最好不要笑了，今朝給這群學生追逐，不是好玩的，誰知道明天會出什麼花頭。這就叫文化大革命嗎？」母親擔憂地說。

小孃孃回答：「多擔心掉的，明天再講明天的事，今天我們來燒牛舌頭，我剛剛逃的時候，把那雙藍棠皮鞋店新買來的尖頭皮鞋也丟掉了，牛舌頭倒還緊緊拎在手裡。胖媽，儂來幫我一下，我會燒的。」

這天的牛舌頭沒有燒酥，晚上吃了四粒食母生才睡到床上。一夜不得安寧，一直到了清晨才迷迷糊糊入睡，朦朧當中聽到母親在關照胖媽，讓我繼續服用食母生，我翻轉身體又睡著了。再醒過來的時候，已經是下午時分，胖媽告訴我，晚上母親開會，我們先吃飯，不用等她了。

第二天晚上母親又是開會……

第三天晚上母親又是開會……

我已經有整整一個星期沒有看見母親了，她每天都是早出晚歸，天天開會。因為放暑假，我不用早起。加上原本的小朋友開始疏遠我，甚至大膽地隔著馬路對我扔小石子、打彈皮弓，我的身分地位在幾天裡發生了巨大的變化。我害怕出門，每天都早早地上床，我真希望等我睜開眼睛的時候一切都恢復了原樣，這當然是不可能的。

這天早上睜開眼睛的時候，我的右眼皮撲通撲通亂跳，母親十分嚴肅地走了進來。我有些吃驚，因為母親和往常不一樣了，她的原本一頭蓬鬆的捲髮被壓得筆筆直，統統貼在頭皮上。身著一件藍布上裝，有點像是胖媽的，腳上穿著一雙搭攀塑料底鞋子，看上去還滿乾淨，只是我過去從來也沒有看見過母親這身布衣、布褲、布鞋的打扮，以至於一開始都沒有意識到這就是母親。

母親走到我的床邊，不知是對我還是對正在拉窗簾的胖媽說：「怎麼辦，小孃孃剛剛打電話來了，好婆家裡昨日夜裡被弄堂裡的造反派抄家，並勒令二十四小時之內自行『掃地出門』。」

「『掃地出門』啊！要掃到哪裡去？」胖媽問。

「原本是要趕出家門，徹底清除出去的。還算好，不幸當中的大幸，好婆是掃在自己家裡。就是好婆當年支持弄堂生產小組，免費提供給伊拉糊紙盒子做作坊的灶披間和客堂間。」母親說。

「哦喲，這不是恩將仇報嗎？」胖媽又問。

「是啊，想起來就氣煞人，下次這種『好人』絕對不可以做，簡直就是引狼入室！好了，現在這些糊紙盒子的人搖身一變，變成弄堂裡的造反派了，第一件事就是衝進好婆的房子，熟門熟路地抄了家。」母親忿忿地說。

「好婆現在怎麼樣了？」胖媽繼續問。

母親說：「儂想想，這種災難落到自己頭上還能怎麼樣？要把好婆和小孃孃一家大小都壓縮到一間房間裡，三代同室，就算人可以擠得進，那一大幢房子裡幾十年的家當怎麼擠得進？又怎麼來得及立時三刻地搬下來呢？怎麼辦呢？」母親十分焦急。

「沒有關係，陶同志，放心，我去！」胖媽自告奮勇地拍著胸脯講，我突然發現，向來具有農民狡黠的胖媽，不知道從什麼時候開始，已經及時地把對母親的稱呼從「太太」改成了「陶同志」。

母親迅速地上下打量了利手利腳的胖媽說：「不可以，儂的目標太大了，還是讓東東去！」

我聽了渾身一抖，但我知道我是無法逃避的，我必須面對。

「一九六六的夏天，實在是一個窮凶極惡的大熱天。」我後來總習慣這麼說。

我不會忘記這天正午，我一個人頂著火辣辣的太陽，赤腳穿著雙半高幫的套鞋，一門心事往長樂路34弄13號趕過去。現在回想起來，我想來想去也想不出，那天為什麼一定要穿這雙笨重的黑套鞋，這使我看上去非常非常奇怪。我的上身是一件舊的新方領衫，這件「舊的新方領衫」應該這樣解釋：那是母親春季新做的一件旗袍，做工非常考究，老裁縫阿根師傅花了整整三天才完成。盤花鈕釦，嵌線包邊。可是還不到半年，就被胖媽用廚房裡一把剪魚的大剪刀，三下五除二改成了一件方領衫。這是一種上海弄堂裡最大路的老少皆宜的女人衣裳，就好像是只米袋開了三只洞。

這一天，十歲的我承擔起相幫好婆掃地出門的重任，身著方領衫前往長樂路34弄13號去了。臨行前胖媽又從她自己的抽屜裡，翻出一條她自己也久不穿的中式大襠褲。她拎起這條灰不溜丟的人造棉大襠褲，前看後看，終於還是用那把剪魚的大剪刀，咔嚓、咔嚓兩刀，把過大的褲腰剪了下去，又粗針大麻線地把兩邊合在一起縫了縫，然後便快手快腳地把這條褲子不像褲子，裙子不像裙子的東西套到了我的身上。

我兩隻手一邊一個拎起了這條腰身大得像個銅鼓一樣的褲子，眼睛朝下一看，立刻看穿整條褲子，一直看到自己兩隻穿著黑套鞋的腳背上。胖媽雖然已經把這條大襠褲的褲腰剪去了一半，但穿在我的身上，仍舊要在肚皮上摺來摺去摺個五、六摺，再綁上一根黑腰帶，這使我變得更加奇怪了。

穿著這麼一條褲子，我感到委屈，太難看了。可是一向考究的母親卻默認了我的這身打扮，也許她根本就沒有心思好好思量，她已經自顧不暇了。當時，她只是急匆匆地夾著她的高帽子和紙牌子要到單位去開會。無奈，我也只好就這麼出門了。

我感覺到自己就好像是一隻過街的老鼠，隨時隨地都會被挨打。這麼一身稀奇古怪的打扮是無論如何也不能從前弄堂的淮海中路招搖過市的，只有繞道走後弄堂的復興中路。我縮小了身體，沿著牆腳，飛快地穿出弄堂。

穿出弄堂我便鬆了口氣，一則是因為離開了熟人區，二則是因為當年僻靜的復興中路一向是我的摯愛。馬路兩旁茂密的法國梧桐樹，覆蓋了整個天空，就好像試圖要把那紅色的年代隔離開來，儘管周圍的建築物上時而也被刷上幾條標語，或者貼上幾張大字報，卻遠遠比不上淮海路上的殺氣。畢竟是居民區，再加上午休時間。總之，這一天的中午，這條當年曾經歸屬法租界的復興中路，似乎只屬於我一個人。

我一個人行走在復興中路上，伴隨著我的只有那雙半高幫的套鞋，拍打著柏油馬路，發出了砰嚓砰嚓的聲響。我感到非常充實，又十分安逸。金色的太陽透過婆挲搖曳的綠影，柔軟地披灑在我的身上，我什麼也沒有想，我什麼也不要想，我只想這麼一路平靜地走下去。儘管不合腳的套鞋內襯已經開始啃嚙我的腳後跟，但我一點也沒有想要停下來的念頭，甚至一時忘記了自己的目的地。

突然，我發現我是走錯路了，我怎麼會稀里糊塗地走到「白塔」公寓前面來了？平時我總是設法要繞開這幢公寓的。樓上鄰居家的孩子千紅告訴過我：「這幢公寓裡面多數住的是四十九年解放上海的新四軍的戰士，這些來自貧瘠土地上的小兵沒有什麼文化。後來幾經補習，認得了幾個大字，卻無法掌握大權，又因為攻打上海有功，就會得到一個小科室的支部書記當當，相當一個小科長。」

雖然這些小科長官銜不高，但是絕對不能小看這些小科長的子女，他們個個都不是小角色。常常耀武揚威地擺出一副比高幹子女還要凶狠的模樣，腰眼裡紮一根他老爹當年用過的舊皮帶，時不時解下來揮兩下。幾乎每一個出身有些問題的同齡人，都吃過他們的苦頭。講老實話，我一向害怕他們。

可是就在那一天，在那一個夏日炎炎的正午，鬼差神使一般，我已經不知不覺地走到了這幢「白塔」公寓的面前，而且正面對著那群小紅衛兵。我知道我要倒楣了，特別是穿著這麼一身不倫不類的服裝，我真希望天上會掉下一塊遮羞布，把我嚴嚴實實地包裹起來。

簡直是出了奇蹟了，就在這個時候，我看到「白塔」公寓的屋頂上真的飄落下來一件衣服。這件衣服似乎很沉重，直別別地衝著我跌落下來，這件衣服又似乎很大，幾乎把我頭頂上的那片天空統統遮蓋。我眼前一黑，「啪」一聲，這件衣服撞到我腳尖前三尺開外的花崗石地上。

在我還沒有意識到發生了什麼事情的時候，就聽到有人開始叫喊：「跳樓自殺啊！」「新華的爹跳樓自殺啦！」

我嚇了一大跳，卻來不及逃走，人們已經從四面八方奔了過來，把我和那個自殺者的屍體包圍在中間。我實在離這個自殺者太近了，那個人簡直是貼著我的面孔掉下來的，他的衣襟幾乎刮到我的鼻子。

這個人的兩隻腳在我眼前「咔嚓」一聲豎到地上，小腿骨立刻從皮肉裡戳了出來，露出灰白的骨殖。緊接著，「呼砰」一下，他的後背對著大地倒了下去，後腦勺狠狠地敲在花壇上，在那裡敲出一個無底的洞，白呼呼的腦髓飛濺到四處，就好像是一塊一塊打翻在地的嫩豆腐。

我彷彿聽到，這個自殺者最後落地的那瞬間發出了一聲慘叫，這慘叫是沙啞短促的，似乎剛剛要發出來就被喉嚨口的什麼東西堵了回去，堵得他的兩隻眼珠子一起爆了出來，顯得非常痛苦。

立馬，我的鼻子就好像「砰」一下，撞進了一堵熱呼呼的腥臭無比的牆壁裡。那裡面有的是血腥、有的是糞便，緊接著，這個生靈塗炭的自殺者就像一堆爛肉般攤到了我的面前。一張灰白色的面孔對著我。他的嘴巴張得很大，裡面還有一顆蛀牙，似乎要說什麼，又什麼也說不出來。人的生命怎麼會如此脆弱？脆弱得就好像是一只熱水瓶膽，「啪」一聲，什麼也沒有了。甚至還不如一只熱水瓶膽，熱水瓶膽破裂了，起碼會留下閃光的碎片，而人的生命一旦破裂，留下的只是一堆像垃圾般的白骨、爛肉和糞便……，醜陋、惡臭，不堪目睹。

我的兩隻腳插在自殺者的鮮血當中，就好像被那個死鬼拽住一樣，動也不能動，只是一個勁地發抖。幸虧我穿的是雙半高幫的套鞋，一大灘的鮮血不僅沾滿了我的套鞋，還濺在我的大襠褲上、方領衫上，甚至我赤裸的小腿肚上、手臂上。這是在我十歲的生命裡，第一次看到一個活生生的人在我的眼面前變成了一個死人，我想哭。

照例說，這個自殺者正是那個最會欺負人的小紅衛兵的父親，我應該幸災樂禍才對，但我卻被一種無緣無故的悲哀震懾了。我開始哆嗦，巨大的哽咽衝擊著我的咽喉，我感到昏眩。我當然很清楚，在那個時代，眾目睽睽之下為一個自殺者哭泣，簡直就是引火燒身，但是我無法控制。在我意識到已經無法控制自己的時候，愈加恐怖得要大哭起來，我真不知道該怎麼辦才好。

正在這個時候，我發現我的胳膊被一隻手抓住了，而且很快地被這隻手拖出人群，我看到一張年輕人的臉，他叫孑風。

孑風是翻譯家的兒子，比我長八歲。用現在人的眼光來看，孑風一點兒也算不上是英俊少年，反而有些蒼白，微微泛黃的頭髮搭拉在前額，不知道是否有些營養不良。但是在我的眼睛裡，孑風始終是強壯的、可依靠的。事實上，他也始終是讓我信賴的、依靠的兄長。在以後的二十多年裡，他總是無聲地幫助我，一直到他離開這個世界的最後幾天。但是在我十歲那年的夏天裡，當他把我拖出是非之地的時候，我根本不知道，孑風的生命將是那麼短暫，短得連我為他掉一滴眼淚的時間也沒有。我到現在還可以清楚地感覺到，那一天孑風的手臂是那麼有力，有力得使我無法抗拒。我好像完全沒有反抗的餘地，只有在他手臂底下退出了人群。

緊接著，孑風半推半夾地帶著我在復興中路上奔跑起來。我們自西向東跑，我從來也沒有跑得這麼快，而且愈來愈快，好像鬆一口氣，那個自殺者的鬼魂就會追上來一樣。我們一直跑過了汾陽路、襄陽路，又一頭鑽進一條臺硌路的小弄堂。很奇怪，這條小弄堂離開我家不出一里地，可是過去我從來也沒有注意過這個地方。弄堂口房子的水泥牆上，印著三個篆字「錢家堂」，字跡已經磨損了，一定有些年代了，但仍舊可以看得清清楚楚。那一天，我一踏進「錢家堂」，就再也沒有力氣奔跑了。孑風說：「這裡安全了，妳哭吧！」

可是我哭不出來，只是大口大口的喘氣，我說：「我想吐。」

孑風說：「妳吐吧！」可是我又吐不出來了，只是對著牆根乾吼。

不知什麼時候，牆邊的門洞裡爬出來了一個胖女人，這使我注意到這裡的房子非常奇怪，一半是陷在地底下的，剩下的那一半雖然還冒在地面上，卻是矮極了的，就好像是蹲在地上一樣，這大概就是所謂的「滾地龍」改造的吧！孑風的一隻手架著我的胳膊，另一隻手已經擱在人家的屋簷上了。離開他手臂不遠處的屋頂上，又東倒西歪地撐起了一塊油茅氈，還帶著一片豁口的玻璃。

看起來那裡面是一個讓人直不起腰的閣樓，一個長得光鮮水靈的小姑娘正在玻璃後面偷看我們。當小姑娘發現我注意她的時候，馬上拉下一塊花布窗簾，只留下一個破痰盂在外面。破痰盂裡種著一棵絲瓜，這是我有生以來看到過的最茂盛的一棵絲瓜。後來我在美國也種絲瓜，施了各種的化肥，從來也長不出這麼肥大。但那棵長在破痰盂裡的絲瓜，碧綠的葉子，滿滿登登地覆蓋著整個的屋頂，一朵朵金黃色的鮮花，怒放得足有一個個巴掌大，其中的花蕾，充脹得幾乎破裂開來，我看呆了。

孑風不知道和那個胖女人說了些什麼，胖女人便把我們帶到一個公用水龍頭面前，孑風擰開水龍頭，自來水嘩嘩地噴了出來。我甩掉了套鞋，彎下身子，把整個腦袋都伸到了水龍頭底下，那水便順著我的脖子流到頭髮裡、臉上、手臂上和腿上……

水是清晰的，透過晶瑩透明的自來水，我看到「錢家堂」實在不是一條小弄堂，只是狹窄了一點。彎彎曲曲又枝枝杈杈的，一眼看不到底。那些蹲在地上的房子雖然是傾斜的，但是因為一家擠著一家，使這些傾斜的房子變得沒有一點危險感，反而有一種相互依賴的安全。

特別是面對面的房子之間，從這家的老虎天窗裡會伸出幾根酒盅粗的竹竿，架到對面人家的屋頂上，又從那家的屋頂上拉出幾根繩子，牽到對面的電線木桿上，更使人感覺到這裡的一切都是不可拆散的。在這些竹竿和繩子上，還掛滿了各種各樣的衣褲，從男人的工作服一直到女人的奶罩、三角褲，甚至月經帶，所有的隱私都無遮攔地、粗魯地暴露在光天化日之下，處處讓人感到「家」的溫馨。

這簡直是世外桃源，後來我移居海外又回國省親的時候，專門去尋找過這條小弄堂，結果完全和我記憶當中不一樣，這裡根本沒有什麼「錢家堂」，而是一大片商業市場。我詢問了很多人，得到的只是茫然的目光。所有的人都忙於買賣，討價還價，無人顧暇我的問題，我好像是從老古董裡爬出來或者是從神經病院逃出來的一樣。最後，連我自己也懷疑起我的記憶來了，我是不是在做夢啊？

不對，我不是在做夢，我記得很清楚，當我終於從自來水龍頭下面爬起來的時候，孑風已經不知從哪裡弄來了一輛自行車。很多年以後他告訴我：「妳曉得嗎？那一天，妳水淋淋地站在太陽下面，純淨得就好像但丁筆下的Beatrice。」

我怦然心跳，我以為他會說，他愛上我了。我等待著，可是他沒有說。

我有些沮喪，因為就是在那天，當孑風讓我坐在他自行車的前槓上，帶著我穿過「錢家堂」的臺硌路的時候，我第一次懂得了這個字。那時候，我雖然剛剛過了十歲，但是不知道是遺傳基因，還是小時候充足的營養，我已經是一個一米六十三高度、亭亭玉立的少女了。曾經偷讀了德國作家歌德的《少年維特的煩惱》，其中主人公噴湧的激情讓我陷入莫名其妙的憧憬，那是一種朦朦朧朧的感覺。此刻，我只感到口乾舌燥，小肚子下面發緊，我的臉紅了。

還好孑風並沒有注意到我的變化，只是載著我，在小弄堂裡轉來轉去。他的一隻手握著我的肩膀，另一隻手擋著車龍頭，看上去有些心不在焉的樣子。我那一頭剛剛曬乾的短髮，順著迎面吹來的風飄起，不斷地撣拂在他的臉頰上，他並沒趕開，只是更加小心地扶著我。我偷看了他一眼，只見他微閉著的雙眼，直視著遠方，彷彿一時忘記了我的存在。就這樣，我們有很長一段路沒有說一句話。

很久很久以後，就在孑風命絕的那一年，他又用自行車載了我一次，那時我已經為人妻了，而孑風卻一直為我出國尋夫的事奔忙。這一天他蹬著自行車載著我到人事部門去開證明，順著麗娃河的林蔭道一路騎下去。這一次我是坐在他車後的書包架上，微風吹起了我的長髮和長裙，孑風仍舊和二十多年前一樣，一隻手擋著自行車龍頭，只是另一隻手卻空擋在身體的一側，彷彿隨時都準備著反過來保護我，不要讓我甩出去一般。我們又有很長一段路沒有說一句話，我感覺到孑風和我正在回想同一天的事。突然，孑風很輕很輕地問我：「我是在哪裡把妳錯過了？」

我的心跳了，因為頓時我明白了那天朦朧的感覺是正確的。只是後來我們錯過了，再也沒有抓住那種感覺，相處得像兄妹一般。

我不會忘記就在孑風去世前的一天，我和他坐在他家的客廳裡聊天，事實上是我坐在沙發裡，他半躺在一張藤椅上。他發著高燒、出著鼻血，但一點也看不出重病在身的樣子。孑風就是有這種本事，在任何艱難痛苦的逆境裡，都不會顯示出脆弱。當年他在學校裡被紅衛兵追打，滿臉的鼻血染紅了雪白的襯衫，但是他站在那群紅衛兵的面前，眼睛裡呈現出來卻仍舊是一種居高臨下的優越感，或者可以說是一種主人公的姿態，一點也沒有萎靡頹廢。那種超脫就好像他老早已經知道，他不是這個世界上的人。可是這天以後，孑風就落下了頭痛出鼻血的病根。

記得，那一天孑風的自行車載著我終於穿出了「錢家堂」，他的頭痛毛病又復發了，他用他的拳頭敲打著自己的腦袋，我有些心疼。我問他是否要到醫院去看看，他輕描淡寫地回答說已經看過了，沒有什麼關係，然後便蹬著自行車，毫不迴避地直駛巨鹿路。巨鹿路是上海文化人的老巢，各個「家」協會都聚集在這裡。孑風問：「妳怕嗎？這裡有鋪天蓋地的大字報，大字報裡會跳出我們至親被打上黑叉的名字。」

我說：「儂不怕，我也不會怕的。」

「那好，我帶妳去看一張大字報。」孑風說著便載著我，穿越在這些大字報當中。終於停到一張漫畫前面說：「就是這張。」

畫上畫了兩個大胖子，一人半個屁股，斜著身體擠在一輛三輪車裡。孑風說：「妳知道嗎？這就是我們的爸爸。」

我說：「我也聽到姊姊講過這個故事。」

「站在這張漫畫前面，有沒有一種特別的感覺？」孑風說著長長地噓了口氣，支撐起自行車。我從自行車上跳了下來，閉上眼睛，靠在自行車的三角架上。我好像看到父親和他的老朋友有說有笑地就在我們的面前。我們是那麼深情地看著他們，他們又是用同樣的神情看著我們，漫畫上下是兩種完全不同的時空，此時此刻無論是我們還是他們，都久久不願離去……

過往行人紛紛頓足，他們看到的是兩個纖細的少年依靠著同一輛自行車上，那麼專心孜孜地面對著兩個胖子塞在一輛三輪車裡的漫畫，似乎忘卻了一切。

終於，我和孑風同時跳將起來，我們想起了我今天的重任，孑風說：「走吧！」

我說：「好。」

自行車連拐了兩個彎便停了下來，長樂路34弄到了。孑風和我幾乎一起跳下自行車，我說我要進去了，孑風說：「別怕，進去吧！」

我深深地吸了口氣，為自己壯膽，孑風則把自行車的撐腳架放了下來，看著我一個人走進34弄。

我曾經回頭，看到孑風一直沒有離開，始終目送著我。他穿著一套洗得發白的夏裝，前襟上有幾粒剛剛飛濺上去的鼻血，那鼻血鮮紅到了漂亮的地步，深深地刻在我的腦子裡。他的雙手隨意地抱在胸前，站在長樂路34弄的弄堂口，他讓我感到充實。

後來，每當我遇到困難的時候，或者緊張的時候，總是希望孑風還會雙手抱胸地站在我的背後，支撐著我。一直到我即將離開那片生我的土地，最後要踏出海關的時刻，我一次又一次地回頭。我明明知道孑風不會出現，因為他根本不知道我的離別。

我曾經特別去向他告別，然而到最後一分鐘也沒有告訴他我的行程，不是因為他正在發高燒，而是因為他突然講起那一天的事，講到「錢家堂」、「巨鹿路」，他講這些話的時候神情有點隔世的感覺。客廳裡無人觀看的電視機裡正在播放日本連續劇「阿信」，孑風的妻子，一個漂亮的女工，坐在隔壁廚房間的一張小板凳上揀青菜，不知道為什麼，我每次看到她都會聯想起那個

「錢家堂」、「滾地龍」裡的小姑娘。我一邊看著她、一邊盤算著怎樣對孑風說再見，結果始終沒有說出口。

然而，再也沒有機會了。得知孑風去世的消息是在我的一隻腳已經踏出海關的時刻，我最後一次回頭，看見棲棲急急匆匆跑進機場大廳，棲棲是九葉詩人的女兒，大概因為是我丈夫的老朋友，便自然地擔當起教訓甚至監督我的角色，我有些害怕她。這一天她直接跑到我的面前，看上去一副氣急敗壞的樣子，她說：「孑風昨天半夜去世了，得的是鼻咽癌，確診的時候發現，這個惡瘤埋在他的身體裡已經有二十多年了，就是在那個最可怕的十年裡冒出來的……」

我的一隻腳站在海關的另一邊，一隻腳還留在孑風離世的土地上，我的腦子裡一片空白，沒有一滴眼淚，我不知道自己是怎樣離開海關的，我只知道我看見孑風一直沒有離開，始終目送著我。他穿著一套洗得發白的夏裝，前襟上有幾粒剛剛飛濺上去的鼻血，那鼻血鮮紅到了漂亮的地步，將永遠刻印在我的腦子裡。

掃地出門

早上睜開眼睛的時候，都忘記自己是在哪裡了，高高的天花板上為什麼有幾根彎曲的孔雀毛貼在上頭，就好像是一隻隻眼睛，正俯視著我。我翻身坐起，「啊喲！」一小慧一聲呼叫讓我想起來了。我想起來，這是我和表姊們一起擠在好婆的大床上。我想起來，昨天的掃地出門。一想到這裡，渾身上下都像火燒一般疼痛起來。

火燒一般的疼痛又把我帶回到了昨天……

昨天，當我離開了孑風以後，就三腳併兩步直衝好婆家後門，老遠便看到一個面熟陌生的矮婆娘正抓著把醮著紅墨水的禿掃把，不斷地在原本藍底白字的門牌上刷來刷去，「13」這兩個阿拉伯數字已經被一片大紅覆蓋了。她興奮地說：「這叫血洗『青天白日旗』。」

看著這深一塊淡一塊的血淋淋的鮮紅，使我聯想到甩在公共廁所茅坑裡的月經草紙，我感到厭惡，又不敢吱聲，只好縮頭縮腦地溜進了敞開的後門。這時我才注意到，這裡不僅是後門，連大門、腰門都統統敞開著，一些陌生人的面孔在房間裡晃來晃去。接著又聽到一個人惡聲惡氣地對著我的好婆吼叫：「快點，快點，天黑以前把東西通通搬到一樓來，不然的話全部沒收！」

一個戴著紅袖章的造反派的身體遮擋了瘦小的好婆，使我無法看見好婆的面部表情。事實上我也根本不忍心去看好婆的面孔，我不知道我的好婆，一個清末出身的大小姐，怎麼能面對這麼一個粗人的吆三喝四，我感到心痛，但又無可奈何。

終於造反派們帶著他們的髒話和好婆的細軟離開了，我擔心經過這麼一場刁難，好婆會呈現出狼狽不堪，結果出乎我的意料，好婆的髮髻仍舊一絲不亂，一套月牙色的中式夏布裝，雖然不如綾羅綢緞，倒也乾乾淨淨地別有一番風度，這使我鬆了口氣。

「倩倩、樂樂，還有東東，一起過來，去把門關好。」好婆不慌不忙地邁動著她的小腳，先去把後門關上。又招呼著我們來到前門口，把橫在地上的棗木門栓抬起來，齊心合力插上了大門。倩倩和樂樂是小孃孃的孩子，倩倩比我長三歲，因為長期生活在好婆身邊，待人接物總有些大家閨秀的風範。樂樂比我長一歲，可那時候卻比我矮一節，為此，我有很長一段時間都不情願公開承認他是我的表哥。但後來的事實證明，樂樂的聰明和勤奮，特別是在逆境當中的堅持抗爭，實在是我最為佩服的了。

當我們把大門插牢以後，整個34弄13號呈現出一片寧靜。我有些不能相信自己的感覺，不知道這種寧靜能夠持續多久，甚至懷疑自己是否在夢幻之中。

但我對此、對任何賜給我這寧靜的神靈，甚至妖魔鬼怪都充滿感激。這種在嘈雜的夾縫裡，享受一下片刻的寧靜是我久違的，又是我渴望的。我真希望能夠讓時間在此時此刻停留住，但是嚴酷的現實告訴我，平靜和安寧再也不屬於我，我不知道我將會有怎麼樣的明天，但有一點很清楚，我的好日子已經過去了，而且永遠不會再復返。

這時候樓梯上走下來了一個結結實實的北方姑娘，倩倩連忙走過來，壓低了聲音對我說：「這是天津二姨媽的女兒小慧，伊是剛剛護送好婆從天津回上海的。」

我走過去說：「我都聽說了，儂真偉大！」我一時想不出用什麼詞可以形容自己對她的敬佩。只好用了一個文革的語言「偉大」兩字。

好婆原本在天津看望二姨媽，不料文化大革命開始了，牧師出身的二姨父首當其衝地被揪了出來，立刻慘遭抄家。北方紅衛兵的心狠手辣是不可言喻的。當時無法脫身的二姨媽，只能委派比我大不到三歲的小慧，護送好婆連夜逃離是非之地。沒想到前腳剛剛踏進上海34弄13號的家門，後腳就跟進了那些生產組裡糊盒子的里弄造反派的抄家。簡直是活脫脫的逃出虎口又進狼窩。

小慧聽到我的讚揚苦笑了一下說：「東東，偉大的不是我，是我們的好婆。妳真不知道有多麼可怕，幾乎就是九死一生呢！」

當時全國性的大串聯還沒有全面鋪開，但北京的高幹子弟已經開始南下。小慧和好婆雖然買了對號入座的火車票，可是根本沒有用。

小慧說：「火車站上人山人海，我只能手足並用地先把好婆塞進火車，自己又從窗子裡跳了進去。費了九牛二虎之力才找到座位安頓下來。不料，舉目環視，嚇得我連大氣也不敢出了，只見前後左右甚至頭頂上的行李架上都擠滿了殺氣騰騰的紅衛兵。他們不停地喊口號、唱革命歌曲，終於他們感到光喊喊口號、唱唱歌不過癮了，便想出了新的花頭，他們決定在火車上搜查『四舊』、搜查『黑幫』，甚至揚言，如果有窩贓，就會毫不留情地連人帶物一起丟出火車去。」

聽到這裡不由為好婆和小慧捏了一把汗，甚至想都不敢想當時的情景，不僅因為七十多歲的好婆，一眼就可以被看破不是一個「革命」中人，更何況好婆的手腕上還帶著一個通體透亮的玉手鐲。

小時侯，我常常乘好婆空閒的時候，便搬個小板凳坐在好婆的身邊，摸一摸玉手鐲。這個玉手鐲晶瑩溫潤，富有光澤略帶透明，內又夾帶著青綠色。好婆告訴我們說：「這是清末年間我的爹爹親手套在我的腕上的，那時候我只有八歲。後來隨著年齡增長，骨骼粗大起來，這個玉手鐲就再也拿不下來了。」

這實在太危險了，小慧在火車上一聽到紅衛兵要搜查「四舊」的消息，立刻就意識到這只玉手鐲將會帶來巨大的災難。好婆當然更加清楚，夏日裡的一件單布衫，絕對掩藏不了這麼個硬物。

小慧說：「我是六神無主了，好婆倒臨危不亂，她帶著我站了起來，趁大家的注意力都集中在車廂前頭剛剛開始的搜查，想方設法一點一點地挪到在車廂另一頭的廁所裡。」

小慧一進廁所立刻忙亂起來，她先是企圖把玉手鐲從好婆的手腕上退下來，結果毫無希望。車廂裡的愈來愈逼近的搜查聲摻雜著皮帶抽打在皮肉上的聲音，再加上哭喊聲和求饒聲，簡直讓人毛骨悚然。小慧急得要發瘋了，她用牙齒咬、用鑰匙圈上的小剪刀絞、用車窗夾，玉手鐲仍舊完好無恙。這是塊真正的玉，而不像現在的新玉甚至假玉，看上去也滿有剔透的質地，摸上去卻完全不一樣，輕輕一碰就碎了。

很會把弄古玩的老作家施爸曾經告訴過我：「現代人做起假來本事也真大，明明是塊石頭，也會用伊拉的『新』技術打進一絲翠綠，看上去像真的一樣。但是真正的玉，摸上去的手感是不一樣，是『糯』的。儂曉得啥叫『糯』的嗎？儂這種年紀的人，大概從來也沒有體會過『糯』的感覺呢！」

「誰說沒有？」我馬上連想到了好婆的玉手鐲。甚至仍舊可以感覺到好婆那只玉手鐲摸上去的感覺，這就叫「糯」。

但這只非常「糯」的玉手鐲最終還是碎了。不知道小慧最後用的是什麼方法把玉弄碎的，總之當我們再見到好婆的時候，代替那只玉手鐲的已經是幾條被碎玉刮出來的血印。三十年以後，我曾經再次詢問過小慧當時的情景，她竟然睜大了眼睛對我說：「真的嗎？我怎麼全部都忘記了呢！我實在是不要記住的呢！背負著如此痛苦，怎麼活下去？」

我憤怒地叫了起來：「我絕對不會忘記，我就是依靠這些痛苦來活下去的！這些痛苦就好像熊熊烈火，一直在嚙噬我的肉！」

我不會忘記，當時倩倩和我抱著好婆出血的手臂，心痛得幾乎要哭出來，好婆則平靜地對我們說：「爹爹把這只玉手鐲戴到我的手腕上的時候，就是希望有一天，當我的肉體要遭難的時候，讓這塊玉來代替我，現在玉碎了，我還是健全的。這玉，碎得也是值得的。」

說著，好婆從灶披間的煤氣爐上拎下來一只銅吊，好婆講：「這裡面是甘草湯，過去有錢人家吃人參，沒錢人家吃甘草，都是補氣的。一人一碗喝下去，一會兒要用力氣了。」

好婆把甘草湯倒進一只只粗糙的大碗裡，看著我們一口口喝乾淨，又憐愛地說：「有的東西，搬得動就搬，搬不動就不要了，不要因為一點點身外之物，迸傷了身體。記住，任何身外之物，都是生不帶來、死不帶去的。物是為人服務的，千萬不要讓人為物服務。從今天開始，你們都長大了，要學會面對生活，將來成家了，也要這麼對待生活。」

倩倩悄悄對大家說：「凡是值錢的首飾全部抄光了，凡是可以搬得動的東西全部搬走了。」我自嘲說：「我們這些沒有嫁妝的女孩子都嫁不出去啦！」

樂樂在旁邊冷笑起來：「儂以為像儂這樣的『黑人』，有嫁妝就可以嫁出去啦？做夢去吧！還是現實一點，留心自己的腳底板，那裡很多地板已經被抄家的人抽掉了呢，伊拉講要掘地三尺挖『黑材料』。『黑材料』倒沒有挖出來，地板變成一個個洞……」

樂樂話音未落，我一腳踏空，跌到抽掉了地板下面的洞洞裡。地板下面的擱柵又正好緊緊地夾住了我的「腳饅頭」（膝蓋），拔來拔去拔不出來，痛如刀割。大家看着我狼狽不堪的樣子，哭笑不得。最後還是好婆想出辦法，她讓樂樂把擱柵拆卸開來，倩倩和小慧一起用力，把我拖了出來。我顧不得皮肉的疼痛，拉着她們倆，跟在樂樂的背後，上了二樓。

上了二樓才發現，這裡真的是一無所有了，剩下的都是些笨重的老家具，和一些不值錢的日常用品。我講：「真是弄不懂，當年日本人打進上海，外公從虹口逃到市中心，是怎樣把這些老家具一起帶出來的，特別是那個實墩墩的紅木酒櫃和核桃木大立櫃，簡直是讓人望而生畏呢！」

倩倩講：「這些都是從日本人砲火裡搶出來的財產，經過一次又一次的災難，都保留下來了，千萬不要斷送在我們這一代的手裡啊！」

小慧說：「動手吧！」

小慧畢竟是已經有過一次被抄家的經驗了，看著我們幾個面對著亂七八糟的屋子不知所措、無從下手的樣子，她一邊收拾東西、一邊招呼我們把衣物都集中在大床上，又把床單的四個角扎在一起，打成一個大包袱，然後抬到樓梯口，想也沒想一下，就從樓梯上扔了下去。

我們四個人一句話也沒有講，無聲響地埋頭操作，動作非常快。大床、小床、五斗櫃等都被我們搬到了樓下，最後要搬那口大立櫃了。那口核桃木的大立櫃頂天立地占據了整整一面牆，雖然可以分解為三體，但每一體都要比我們四個人加起來還重。

樂樂有些悲壯地說：「我是男人，我在最下面。」

倩倩說：「我最大，我殿後。」

小慧說：「不用搶了，有三個分解體呢！大家輪流。」

緊接著，我們用繩子把自己和立櫃緊緊捆綁在一起，拚足一口氣，開始下樓梯。

「工東工東……」一級又一級……，站立了大半個世紀的木頭樓梯，和我們一起肩負起好婆家裡的歷史的哀慟。

我感覺到我的眼睛裡冒出了金星，那根麻繩已經嵌進了皮肉當中。我看到樂樂的頸脖上爆出了一根根的青筋、倩倩的嘴唇咬出了鮮血、小慧的面孔鐵青。我們一個個用盡了自己最後的力氣，沒有一個人敢鬆一口氣。因為我們很清楚，只要有一個人鬆氣，其他人就可能送命。

這一天，我們四個年齡加在一起剛剛「四十」歲出頭的孩子，就像成年人一樣，承擔了家裡的「掃地出門」。我們的心態隨著我們沉重的腳步，一步一步超過了我們的歲數，我心裡很清楚，就是從這一天開始，我們別無選擇地徹底和自己的童年永別，不得不成熟了。

等到我們手足並用、齊心協力，把所有可以搬下樓梯的家具都搬到一樓以後，我們四個人只有坐在原地出氣的份了。靠在牆壁上，我以為我的脊梁骨斷裂了。

正在這個時候，母親回來了。

母親一腳踏進家門，就把她的高帽子和紙牌子甩到了門背後，然後直衝二樓的後房，那裡還有一張巨大的歐洲式樣的沙發床沒有搬下樓，這是母親當年在「清華」同學會工作的時候去拍賣會上買來的。

沙發床的質地相當結實，四支半尺見方的實心木頭腳，穩穩當當地垛在地板上，上面一幅猩紅的粗花呢蒙緊了厚實的彈簧和鬃絲。母親直挺挺地橫倒在床上，看上去她非常疲憊，但是她的眼睛卻瞪得老大。

屆時正值黃昏時刻，西窗外面最後一席夕陽跌落在剛剛從牆上卸下來的一個鏡框上，鏡框是黃楊木的，玻璃已經破裂了，裡面鑲裝了一張梵谷的向日葵，當然這只是一張複製品，卻因為是母親中學時代的至愛，所以總是保存得相當仔細。此刻，這張向日葵正靜靜地橫倒在牆腳邊，我突然感覺到這捧向日葵在夕陽的親吻之下似乎要噴出鮮血，那一片片枯焦的花瓣和花蒂，就好像被尖刀雕刻出來的一樣，張牙舞爪地要跳出鏡框，那裡所呈現的一種不甘心、一種掙扎，正和母親臉面上的神情相對應。我的心一陣抽痛，痛得幾乎跌到地上。

母親向來是頑強的，當她意識到她身體底下的那張沙發床是不可能搬出她的小房間時（當年是用升降機從曬臺上吊進來的），便立刻從床上跳了起來。她噔噔噔衝到一樓灶披間隔壁的樓梯間裡，拔出一把我從來也沒有看到過的板斧，又噔噔噔回到了她的小房間。還沒等我們幾個弄清楚她的舉動，那把鏽跡斑斑的板斧已經劈進了沙發床。最後的夕陽滅亡了，小房間裡一片黑暗。我們幾個站在黑暗裡，無聲地看著母親——一個真正的上海小姐——在黑暗裡用她那雙纖細的手高高地舉起了笨重的板斧，一下又一下劈了下去。我們只知道這是一雙會琴棋書畫的手，此刻卻顯示出如此巨大的摧毀力。我好像第一次認識了我的母親，一種寧折不屈的執著把我震懾。

當時，我們誰也沒有上前幫忙，只是不由自主地手握著手，暗暗使勁，一直到最後一條沙發腿變成碎片，我發現我的手掌心裡深深地印進了倩倩的指印。

母親在黑暗裡無聲地離開了她的小房間，這房間是從好婆一搬進34弄13號就屬於母親的了，那時候，母親還是個十幾歲的中學生，出嫁幾十年了，母親仍舊習慣把這小房間當成自己的天地。無論父親後來是搬進了豪華的洋樓，還是那幢「國家重點保護」的花園洋房，每隔一段時間，母親總習慣要回到她的小房間來。

母親愛好參加「拍賣」，無論是在她經濟拮据的時候，還是寬鬆的時候，她總習慣地把那些她喜歡的東西搬進她的小房間。母親「拍賣」來的東西，絕對不會注重物品的本身價值，只注重它的實用。當年她從「和平飯店」——逃走的猶太人手裡拍買來了一只裂紋過濾水缸。進門就對她的爹爹講：「儂看，稀奇吧？這只缸身足有三尺高、一尺多粗，缸壁一寸厚，裡面還有一個內套缸，內套缸的底部伸出兩根粗壯的實心沙石。」

後來好婆稱這只過濾水缸為沙濾水缸。大概就是這兩根沙石的關係，經過這只一百多年沙濾水缸的冷開水，絕對要比經過任何現代的過濾器的清爽。我曾經企圖把這只相當笨重的沙濾水缸帶到美國來，但拚足了吃奶的力氣，眼睛裡都綳出了金星也無法把這只東西抱起來。

我實在記不清當年我是怎麼會有力氣一個人把這只水缸從二樓的過道裡扛到一樓的，而且恰恰塞進門背後的一口立鐘和那口巨大的立櫃之間。立鐘是好婆的陪嫁，有一人多高，因為頂部套了一只雕花帽子要比整身寬出一節，靠在立櫃旁邊便留出一個空檔，正好嵌進這只過濾水缸。

十歲時經歷的「掃地出門」使我練就一套獨門功夫，那就是我的目測能力，任何一個角落或者是空檔，我只要看一眼，就可以準確地塞進一個物件。同時，這又成為我的一個毛病，那就是一看到一個空檔我就想要塞進一個物件，不然的話，我就會感到不自在。在美國，我把我的寓所從客廳一直到馬桶間的每個角落都塞滿了，甚至每一面牆壁掛滿了藝術品、畫軸、照片，我不習慣浪費空間。

空間是多麼寶貴，當年，我們要把全部的家當都集中在一樓的一間房間裡，簡直是竭盡全部的智能，機關算盡每一寸空間。大立櫃上放樟木箱，五斗櫥上放書架，一直到走路都只能側著身子的時候，樂樂又捧出一只黃銅的高腳痰盂罐。他自言自語地說：「床底下已經塞進一張拆卸了的西洋大菜臺和康樂球桌，桌面幾乎頂到棕綳上。這只痰盂罐還可以塞到哪裡去呢？」

樂樂後來成為上海紡織業資本家，但無論他是西裝革履還是綢衫綢褲，我一看到他，就會想到那一天，他赤著膊抱著痰盂罐左右為難的樣子。樂樂赤著膊的抱著痰盂罐無從安放的樣子相當滑稽，我笑起來了。我說：「菜櫥頂上的一只立式沙鍋旁邊不是還有個位置嗎？正好可以塞進這只痰盂罐。」

「只有儂想得出這種餿主意，痰盂罐頂在小菜櫥頂上，這實在不是我們好婆家的規矩。」樂樂說。

我又說：「我有辦法，讓我去把剛剛丟在垃圾堆裡的孔雀毛撿回來，插在痰盂罐裡就好了。」

倩倩說：「不好，孔雀毛插得這麼高，被紅衛兵、造反派發現了又要講是小資產階級情調了呢！」

小慧說：「插得這麼高，也許他們不會注意。」

事實被小慧言中，孔雀毛插在痰盂罐裡竟然安然無恙。這大概也是外公的意願。這些孔雀毛是外公早年從南洋帶回來的，一支支挺拔修長，插進那只小菜櫥頭頂上的痰盂罐便直衝天花板，又被天花板壓彎了頸脖，彩色的毛冠橫貼到了天花板上，就好像是外公的眼睛，在陰府裡默默地俯視著我們。俯視著我們一次次地被打倒，又一次次爬起來，我曾經無數次虔誠地對著這只痰盂罐祈禱，請求外公給我們勇氣、給我們力量。

這一天，我就是和我的兩個表姊及好婆一起，橫擠在孔雀毛底下的一張大床上過夜的，那個地方正是當年安放外公靈床的地方。好不容易把自己的身體擺平，乾枯的眼睛久久盯著看不見的天花板，悶熱的空氣讓人感到窒息，渾身上下疼痛得就好像在烈火裡燃燒一般。

不知道過了多久，恍恍惚惚彷彿看到兩排誦經的和尚又站立到了我的前面，那些曾經讓我聽不懂的經文在我的頭頂上空響起來。同樣好像是從千里之外傳送過來的一樣，低沉厚重，又有些委委婉婉蕩氣迴腸。雖然是斷斷續續、顛顛倒倒，但每一個字都讓我聽得清清楚楚，明明白白，就好像是用一把鐵榔頭，一記又一記敲進了我的腦袋裡：

「全部都是火燃燒……；耳朵是火燃燒，鼻子是火燃燒，舌頭是火燃燒，感覺是火燃燒……；無論是苦還是樂都是火燃燒。其身正著火……；火妄想用什麼來輝耀？我告訴你，出生、老齡、病痛、死亡、悲哀、悲嘆、痛苦、苦惱和絕望……」

我醒過來了，跳將起來對著天花板大叫：「什麼?!還有什麼?!難道就沒有希望了嗎？快回答我啊！」

回答我的是天空當中一個忽閃，緊接著一個落地雷，天井裡「哐噹」一聲巨響，我撲到窗臺上，只看到那棵生機勃勃的無花果樹活活被劈倒，樹幹的斷裂之處滲出乳色的白漿……

第二天一大早，天還沒有亮，我悄悄地從兩個表姊當中爬了出來，小心翼翼地避開地上的雜物走出了擁擠的房間。我發現好婆老早就已經起來了，她好像什麼事也沒有發生一樣，梳洗得整整齊齊，正在灶披間裡忙碌。

那裡的灶臺、鍋碗瓢盆都被擦洗得乾乾淨淨，我默視著好婆的背影，不得不感到敬佩。我沒有驚動她，只是自己擁抱著自己疼痛的身體，一步一步爬上樓梯，我要最後看一眼我所摯愛的母親的娘家。

我最先蹬上了假三層，所謂的假三層，實際上就是屋頂上再加上去的一層，朝陽處開了一大排老虎天窗，整個天花板都被撐起來了，相當敞亮。

造反派在這裡抄家的時候，不僅挖地三尺，還把天花板掀掉了，結果一無所得，只留下了一個沒有天花板的屋頭頂。晨風吹過，屋頂上的瓦片嘩嘩作響，愈發增加了淒涼的空曠。我小心翼翼地踏在被抽掉地板的擱柵上，一步一步移到窗子旁邊。

記得一年以前，對過人家討新媳婦，我們幾個孩子偷偷從老虎天窗裡爬出去，坐在屋頂上企圖窺伺洞房花燭夜，結果一席大紅窗簾遮擋得嚴嚴實實，什麼也沒有看見。倒是頭頂上一片密密麻麻的繁星，牽引了我們各自的遐想。只是萬萬沒有想到一年以後，事過境遷，星斗倒轉，那種只有在《紅樓夢》裡讀到過的抄家故事，竟實實勃勃地跌落到自家的頭上。

萬壽無疆

九月一日，開學的第一天，教室裡沒有一個人，所有的老師和學生都集中在操場上召開批鬥大會。我獨自坐在操場旁邊的角落裡，因為我已經沒有一個朋友了，大家見到我就像是見到了瘟神。那些住在老虎灶旁邊的野小人，還會專門跑過來對著我彈口水，此時此刻我只希望遠離大家，讓所有的人都忘記我。不料，剛剛坐定，頭頂上那只啞殼的高音喇叭突然響了起來，哇啦哇啦地震耳欲聾。一聽上去就曉得那是體育老師的聲音，平常他叫起「立正，稍息」的時候，總喜歡把第一個字的元音拖得老老長，現在他的聲音比以往更加高昂，幾乎到了聲撕力竭的地步。

「革命小將們，造反派戰友們，紅旗招展，戰鼓擂，讓我們把隱藏在我們學校裡最大的走資派、大叛徒、大特務、國民黨分子、生活腐化分子，揪上來！……」

「？」

「？」

「？」

我好奇起來，不由自主地踮著腳擁到前面。那裡有一只用乒乓檯臨時拼攏的大臺子，臺子上面有一張條凳。這時候，只看到一群打掃衛生的工友，前呼後擁地把一個剃掉了半邊頭髮的老女人，快速地從儲藏室裡押了出來。老女人的兩隻手高高地別到了背後，腦袋被推到褲襠下面。到了大臺子的跟前，幾個彪形大漢就好像老鷹捉小雞一樣地把她拎到臺子上，又按到條凳上跪下。屆時有人帶領著大家高聲喊起了「打倒韓XX」的口號。

怎麼可能？怎麼會是她？長期以來，她都是眾所周知的革命母親，據說電影《不會消失的電波》裡，講的就是她的故事。每年清明節，她都要帶領同學們到烈士公墓為她的丈夫掃墓。每次掃墓，她都會為大家講述當年她的丈夫是如何被殺害的故事，講到悲慟之處，常常慷慨陳詞、聲淚俱下。現在回憶起來，其中的故事早已忘記得精光，留下的只有那隻帶領大家高喊口號、在頭頂上空揮來揮去的手。

此刻，這手正被高高地扳到了背後，這叫「坐飛機」。滿操場上響起了滿腔義憤的口號，除了「打倒走資派」以外，還有「打倒大叛徒、大特務、反革命分子」等等，這使我感到有些震驚。一個帶著紅衛兵袖章的年輕人跳上臺去揭發，活龍活現地講述這個「革命母親」是怎樣背叛革命，變成特務，甚至和敵人一起殺害了自己的丈夫等等。聽上去，這個年紀輕輕的紅衛兵就好像當年親眼看到的一樣。突然這個紅衛兵神祕兮兮地話裡有話地說：「你們知道為什麼她會這樣做？這是因為她老早就和那個看守監獄的特務搞腐化，通姦！」頓時，全場嘩然。緊接著群情激昂，有人喊口號，有人謾罵，站在我背後的老班主任嘴裡發出嗤嗤之聲。

她說：「太不像話了，太骯髒了。」

我不知道老班主任指的是什麼，只知道自己也被激化了，莫名其妙地跟隨著大家叫喊起口號。我看到一隻穿著迴力球鞋的腳，踏到了這個從革命母親變成和反革命特務搞腐化的走資派的頭上。這雙迴力球鞋還是幾個月之前，這個還沒有變成反革命的革命母親，看到有個家境不好的同學鞋子破爛，找出自己孩子穿不下的迴力球鞋送給他的。當時，她一定做夢也不會想到，再過幾個月，這球鞋就會踏到自己頭上。

很快，有人糊出一個高帽子戴到這個反革命的頭上，又有人把一塊寫著反革命名字的小黑板掛到了她的脖子上。當我看到那根掛著黑板的細鉛絲陷入她皮肉裡的時候，喉嚨被堵塞了，一時忘記了她是一個下流的腐化分子，我感到口乾舌燥。

批鬥會之後，體育老師宣布停課鬧革命，於是大家一哄而散。剛才還是人擠人的操場，一下子變得碩大並且空空落落，有一種鬱悶淒涼的感覺。我因為不願意和大家同道走，便在那張用乒乓檯臨時拼攏的大臺子後面找到一個角落，把自己安頓在那裡。透過臺腳的空隙，影影綽綽地看著一片片遺棄的廢紙，被一股不知從哪裡吹來的清風，掀過來又掀過去。我看著看著發呆了，彷彿自己也變成了一片紙屑，毫無自主能力，只有隨風逐流，也不知道最終將飄流到哪一個地方。一會兒，我看到一雙女人的腳從教室樓後面轉出來，一把竹子掃帚隨著她身體的擺動，在地上劃來劃去。她似乎掃得很專心，因為每一粒垃圾都逃不過她的掃帚，甚至掃到我的跟前也沒有發現我的存在，倒是著實讓我慌了手腳。

我看到的是一張浮腫的面孔，頭髮已經被長長短短地剪去了一半，短袖子底下露出的胳膊上布滿了青紫的傷痕。想到剛才「通姦」兩個字，我本能地跳將起來，向後退去。她倒沒有一點點驚詫，就好像是三十多年以後發明的掃地機器一樣，在我腳旁邊轉了一圈又繼續掃了下去。

我想起來了，過去大概是因為父親的關係，她對我似乎有些特別關心，她曉得我是上海市少年宮小夥伴藝術團的團員，早兩天還問起過我那裡的情況。並特別關照我：要當心自己，凡事要動動腦筋，不要做錯事。而此時此刻她就好像從來也不認得我一樣，只是全神貫注地掃地。我腦子裡有些糊塗，不知道她是動了腦筋做錯事，還是做錯了事才來動腦筋。看著她頸脖後面被細鉛絲勒出的血印，我有些悸痛，卻又因為「通姦」兩個字而鄙視她。我真不知道自己應該怎麼做才好，終於躡手躡腳地溜走了。此後，我再也沒有見過她，假如她現在還活著，那麼應該超過九十高壽了。

我大概是最後一個離開學校的學生，我自己把學校的木頭後門扣上，然後才往回走。到了襄陽路，原本準備繞道淮海路，不要讓那些同校的學生欺負我，卻看到剛才比我先走一步的同學們都擁擠在路口的老虎灶前面。老虎灶拆卸下來的排門板上，貼滿了大字報。

「想不到吧！平常穿得破破爛爛，原來是個狗腿子。」

「啥叫狗腿子？」

「就好像《白毛女》裡的老四，跟在地主後面拍馬屁的人，那副吃相，比地主還可惡。」

「不要看伊平常一副點頭哈腰、膽小如鼠的樣子，結果這兩天家裡窩藏了一個鄉下逃出來的地主！」

「膽子也太大了！太小看群眾的眼睛了。」

有句老話叫做「遠親不如近鄰」。然而在毛發動的群眾運動當中，街坊鄰居總歸是最可怕的了，連小菜碗裡多放一點油，也逃不過「群眾的眼睛」，上升為資產階級生活方式，弄不好拖出去「鬥」一頓。真正是一舉一動、一言一行都沒有自由，更何況家裡多出來一個人。此刻，看到這麼多人圍在一起，我便不知不覺地擠到了人群當中，那個剛剛還在學校裡翻我白眼的老虎灶的女兒，現在正躲在門後面哭。老虎灶裡實在是沒有地方可以躲藏起一個人的，老虎灶只有一間門面，排門板卸下來的時候，一眼可以看到底。吃飯、會客、做生意都一目瞭然。

冬天的時候洗澡，常常叫他們送水，一擔水兩角五分，再加一桶三角五分，有時候三角也是可以的，看著這個駝背的老頭子哼嗤哼嗤地把水背到洗澡間，好婆就會再塞幾分錢給他。老頭子倒總是感恩戴德的樣子，因為他在老虎灶賣水，只有兩分錢一瓶呢！沒有想到他的女兒是在學校裡第一個罵我的人。現在好了，她變成了狗腿子的女兒，那些本來是針對我的謾罵，現在都對準了她，真是風水輪流轉，我有些幸災樂禍起來，也理直氣壯地跟隨著紅衛兵們揮動著手臂，高呼口號。

我一旦幸災樂禍就開始亢奮，興沖沖地往家走去。不料，胖媽早就已經得到了學校停課的消息，一臉焦躁地等在門口。

「妳為啥磨嘰磨嘰這麼晚才回來？別人老早到家了。快點、快點吃飯，吃了飯，我們一起出去。」

「又出事體啦？要到哪裡去啊？」

「去看熱鬧啊！木齊路小菜場那裡有家人家，家裡被紅衛兵抄出一個水晶宮呢！還有一家人家關了一個白毛女！還有……總之大家都去看了，剛剛妳的奶無奶帶著她東家的小人已經去看了，我就是因為等妳才沒有去。」

「隨便可以進去看的嗎？」

「啊喲，現在是什麼時候？這叫破四舊。凡是被抄過家的人家，都可以隨便踏進去看看的。」

「糟糕，好婆家不也是被抄過家了嗎？隨便什麼人也都可以破門而入了嗎？」

「好婆家裡已經是掃地出門了，沒有東西好看了。妳反過來想一想，別人撞到妳的房子裡，妳也可以撞到別人的房子裡，不是平等了嗎？好了，閒話少說，聽說看的人交交關關，要排隊進去呢！快點，快點。」

我在胖媽的「快點，快點」的催促聲中，呼湯呼水、連菜帶飯把眼面前的食物一起送到了嘴裡，這大概就是我後來吃飯飛快的緣由。結婚以後和丈夫坐在一起吃飯，他終於跳將起來大叫：「慢點，慢點好不好？要噎煞啦！救火啊？」

我笑了，當年真好像比救火還要緊呢！我跟在胖媽後面緊趕慢趕地來到木齊路，怎麼像是迪士尼樂園一樣？隔三差五就有一小堆人在弄堂房子的門口排著小隊，好像裡面有什麼好看的西洋鏡。這種公開「合法」闖入別人私宅的場面倒是千載難逢，怪不得會有這麼多的人看熱鬧呢！

當然「水晶宮」是我們的首選，那裡排隊最長。外面看看倒沒有什麼特別，弄堂口的糞坑堵塞，糞便夾帶著草紙到處橫溢，臭不可聞。排在我們前面的是一群從徐家匯工人新村裡步行過來的女人，因為聽到胖媽的差不多的口音，便主動上來搭訕。

「那塊媽媽的，走了一個多鐘頭，水晶宮沒有看到，大糞倒踩了一腳。」

「黃金萬兩，恭喜恭喜。」

「快了，快排到門口了，你們看，還有紅衛兵小將維持次序，裡面一定很大。」

總算排到了頭，進了後門兩眼一片漆黑，破舊的木頭地板咯吱咯吱響，穿過狹窄的過道又爬上樓梯，這才進入主臥室。主臥室的家具也是一般的，蹩腳的假紅木，邊角上已經磨出了本色，是不是這兩天上千的人來摸過了，把油漆也摸掉了呢？不管怎麼樣，我也來摸一下，質地好像還不如好婆家裡保母阿莘的用具呢！

「那塊媽媽的，哪裡有水晶宮啊？」

「這裡，這裡……」

「哦，是馬桶間啊！讓我軋進來看一看。」

所謂的水晶宮，原來只是一個帶浴缸的廁所間。大概是因為這間廁所的採光條件不大好，只有半扇小窗，而且面對隔壁人家的馬桶間，窗簾是永遠拉上的，所以主人便挖空心思地把牆面的馬賽克換成一片片的小鏡子。一點點光影就會折射出無數的亮點，倒也是滿聰明的節能設計。只是左看右看，怎麼也看不出這間鏡子廁所和水晶宮有什麼牽連。也不知道是什麼人在裡面放了個臭屁，胖媽拉著我就逃了出來。

「還是去看白毛女吧！就在斜對面。」

剛剛踏進那個白毛女的大門，就看到奶無奶摟著她東家的小男孩走出來，那小男孩一路走一路哭，奶無奶則一路安慰著他。

「不要怕，不要怕，阿拉去吃棒冰。哦喲，胖媽也來啦！我看妳們就不要上去看了，作孽的。」

「啥事體啦？」

「一個有白癲瘋的神經病，二十幾歲的一個大姑娘，怕見人、怕見光的。一下子這麼多人去看她，就好像看西郊公園裡的動物一樣。大姑娘嚇得鑽到臺子下面發抖，她的爸爸媽媽都要跪下來求人了。」

「啥人想出來看白毛女的？作弄生病人，遭天雷！」

「不要亂講話，這是紅衛兵小將的革命行動。阿拉還是去吃棒冰吧！對了，聽說復興路上有個老華僑，七、八十歲的老頭子，討了七、八個老婆不算，還買了一個七、八歲的小女孩，抱在腿上玩呢，作死吧？」

「什麼亂七八糟的閒話？這家人家的保母是我安徽同鄉，她告訴我，這個小女孩只有兩、三歲，是老華僑的嫡親孫女，祖父抱抱孫女總是正常的吧！真是大白天講瞎話。東東，我們回家！」

胖媽氣呼呼地拉著我的手回家去了。剛剛從淮海路拐進復興花園，就看到一大群人圍在我們的家門口。

「不得了，又出事情了。」

「啥人站在當中？怎麼會是穆老先生啊！」

走到近處，只看到後弄堂的西洋畫家，穆老先生被團團圍在中間，住在旁邊汽車間裡的一個造反派正指著他的鼻子破口大罵，大家曉得這個造反派原本是一個修弄堂的泥水匠。

現在被這個泥水匠罵得狗血淋頭的穆老先生是一個極其敦厚和藹的老人，據說早年在上海避難的時候，路過一個宰牛場，聽到殺牛時牛的哀叫，從此不吃牛肉；後來過年的時侯，聽到廚房裡殺雞時的雞叫聲，從此不吃雞。平時走路因為年邁力衰，駝著背，喘著氣，手杖杵在地板上，發出沉重的呻吟。每走一步路，都要挪動三次腳，卻仍舊努力地抬著頭，為的是不要遺漏和熟人打招呼。從小就習慣了，遠遠看到他，還沒有來得及向他行禮，就聽到他善良的聲音：「妹妹，妹妹好？」那時候我還不知道他是一個著名的畫家。

穆老先生是我們這條弄堂最早被抄家的，當時我也混在看熱鬧的人群當中擠進了他家的客廳。敞開的大門裡，黃顏色的花崗石門廳和我家一模一樣，不一樣的只是那裡堆滿了藝術品。房子裡的格局也應該和我家一樣，大概是因為東西太多了，顯得有些昏暗狹窄。我的手輕輕撫摩著一架陳舊的三角鋼琴，想像著老先生坐在那裡自彈自唱、自我陶醉的樣子，眼睛裡看見的卻是那些紅衛兵的大打出手。

那時，我的眼睛就好像是架自動照相機，把那一幕幕殘酷的景象一一拍攝了下來。我不會忘記的是：一件件精緻的石膏雕塑從牆壁上、從架子裡被拎了出來，又從我的鼻子前面飛出門洞，敲在水泥地上破碎的聲音。「摩西」憂鬱的眼睛，「大衛」健美的軀幹，斷臂的「維納斯」又在這裡折斷了頭顱。穆老先生勾著背、垂著腦袋站立在大門口，臉上塗滿了麻木。這裡的一切毀滅了我的自制能力，我害怕到了極點，想逃走，卻邁不開腿，只是杵在那裡一陣陣痙攣。

我想像不出穆老先生當時的心境，這一具具藝術品都是早年他在歐洲學習期間，節衣縮食，購置並運回來的。只有自己也到了異國他鄉，才能體會到這「節衣縮食」的不易，當他終於積攢起來的五百件著名雕塑石膏像和萬餘冊圖書，又裝上了義大利開往上海的郵船的時候，穆老先生想到的只是讓自己國家的青年藝術家們可以開闊眼界。穆老先生把這些石膏雕像，完全按照歐洲雕塑博物館的陳列模式陳列起來，使他家鄉的蘇州美術專科學校，成為當時全國設備最完整的學校，大家都到這裡來翻造石膏模子。有人說：「這些石膏雕像，就好像是美術界裡的唐僧取回來的經書。」

但是穆老先生做夢也想不到，這五百件著名雕塑石膏像，先是日本人侵入蘇州的時候被當作槍靶，後又被自己國家的年輕人通通砸爛。

穆老先生節衣縮食，購置並從歐洲運來的石膏雕像原件全部銷毀。穆老先生的家裡已經變成一片廢墟了。這是我第一次看到最凶狠的抄家，第一次感覺到抄家的摧毀力。我被嚇傻了，回到家裡緊緊抱著那個父親從蘇聯帶回來的大洋娃娃，蜷曲在角落裡，一點聲音也沒有，任憑漸漸降落的暮色將我擁抱，一直到姊姊發現了我，把我從黑暗裡拖了出來……。

此刻，穆老先生已經一無所有了。這麼個平時走路也怕踏死螞蟻的善良老人，為什麼還會在我家門口遭到圍攻呢？

我鑽進了圍攻的人群，只看到老先生站在西下的太陽底下，滿頭大汗一滴一滴順著他的鼻尖跌落到水泥地上，立刻就蒸發得無影無踪。我覺得老先生馬上就要癱下去了，他渾身發抖，面孔上的老人雀斑都變得蒼白。然而那個瘋狗一般的造反派，仍舊在他的面前上竄下跳。看上去，這個造反派也已經到了黔驢之技、口乾舌燥的地步了：

「儂，儂這個反革命，現行反革命，想作死啊！」

「不敢……」

「啥人要儂寫這條反革命標語的？」

「……」

「啥？儂還想抵抗？儂寫反革命標語，啥用心？……」

「不是，是，不是……」

「敬祝毛主席萬壽無，儂是想毛主席無萬壽啊！槍斃儂！」

「沒有……不要啊……」

老先生有些語無倫次了，遇到這種事情，哪怕是個年輕人，也會暈倒，更何況這麼一個七、八十歲的老人了。

十多年以後，那個當年讓穆老先生寫標語的里委會幹部的女兒告訴我說：「那時候我媽媽也是好心，別的黑五類都要挖陰溝掃弄堂，媽媽看不得駝了背的穆老先生還要去幹這種體力活，就想出來讓他在牆壁上寫標語。不料，老先生認真至極，一個上午一句標語也沒有寫完，還差一個字。媽媽看看已經過了一點鐘了，也沒有注意那條標語寫到哪裡，就讓老先生先回去吃午飯。想不到出了這麼一檔子事。媽媽當時也在現場，又怕又急又有講不出的內疚，因為她沒有膽量出來承認……」

這件事在當時確實是弄不好就會被槍斃的。穆老先生雖然站在那裡像篩糠一樣地發抖，卻始終獨自承擔著可怕的後果。這時候，我看到我的哥哥剛好騎著自行車從外面回來，他停頓了一下，又迅速地行駛到人群的後面，在大家不注意的當兒，面對牆壁，飛快地用一枝粗鉛筆在「無」字後面補上一個「疆」字。然後丟掉了鉛筆轉過頭來大聲對那個造反派說：

「喂，喂，儂是不是眼睛不好啊？這裡明明有個疆字，儂為啥看不見？只是來不及用紅漆描上去，儂在這裡哇啦哇啦，耽誤了描油漆，是不是有心讓這條沒有描好油漆的大標語，晾在這裡一個下午啊？我看，我來描吧！」

那個造反派目瞪口呆，他剛剛回過神來要發作，哥哥又把自己描了一筆的紅漆板刷遞到他的手裡說：「敬祝毛主席萬壽無疆是大家的事，儂也來一筆吧！」

造反派無話可說，只得訕訕地接過板刷刷了幾下，隨後那個里委會的幹部也主動上來描漆。最後，當哥哥描完最後一筆的時候，穆老先生走上來，他像木頭一樣，毫無表情地在完成的標語後面，又十分認真地添加了一個驚嘆號。特別是驚嘆號下面的那個圓點，老先生用紅漆描了一遍又一遍，一直到這個點，好像是一輪紅得要滴出血來的太陽，活生生地從牆壁裡跳了出來。

八〇年代初期，我到北京探親，一個偶然的機會得到了一張畫展的票。我去了，不是為了畫展，只是為了看一看首都的美術館。不料，一進大門就被迎面一幅大畫吸引了，那是穆老先生文革以後的作品《祖國頌》。大海的波濤，洶湧澎湃，撞擊著堅韌的岩石，濺起帶著泡沫的浪花。在那浪花的上面，是一輪太陽。太陽並不光彩奪目，帶著初升的朦朧，好似一層霧氣遮擋在面前，卻有一股噴薄的欲望。我感覺到這個太陽是那麼的眼熟和親切，忍不住要伸出手去撫摸一下。終於我想起來了，這就是那個經過了如此可怕的生死衝擊，仍舊一筆又一筆塗滿的一個絕世驚嘆號的最後一個圓圈。

我很後悔，當時沒有能把那幅標語拍攝下來。這是一位著名的西洋畫家，用紅顏色的油漆遺留在我家外牆上的歷史，特別是那個驚嘆號，在我的眼睛前面膨脹。

紅舞鞋

哥哥從廚房裡端出一大鍋胖媽剛剛煮好的羅宋湯，卻找來找去找不到那支家用的湯匙。只聽到胖媽在水池旁邊「霍霍」磨刀，走過去一看，原來胖媽不是磨刀，而是磨一堆大大小小的粗瓷湯匙。胖媽說：「家裡的舊湯匙都是英國貨，被外面人看到一定會又要弄出麻煩，我已經包好放在垃圾箱旁邊的角落裡了，說不定將來還會拿出來用。這些本色的湯匙是鄉下人挑著擔子到弄堂裡叫賣的，只要兩分錢一個呢！就是粗了一點，剛剛把我的手也刮破了，所以讓我先來磨一磨。」

哥哥拿起一個看了看說：「滿好，滿好，上面還有兩行字：『造反有理，革命無罪』。」說著他就用一支新的湯匙舀出一大勺湯在我的碗裡。他一邊舀一邊告訴我說，下班的時候，他經過了市少年宮，那扇通常緊閉的大門敞開著，看樣子可以隨便進出，裡面熱鬧得像過節一樣。哥哥坐在飯桌旁，喝了一大口湯說：「去看看吧！那裡畢竟是儂長大的地方。」

羅宋湯變得酸澀，我想說一天以前我就去過了，在那裡我已經和我童年的小夥伴、童年的輝煌告別了。

上海市少年宮底樓的展廳裡，曾經懸掛著這座大房子的歷史畫片，那裡面說它始建於一九二四年，是一個英籍猶太人的私宅。這個猶太人因為開辦跑狗場，從癟三變成富翁，等等。後來我到了國外，發現有關資料上記載，上海的跑狗場和這個猶太人毫無關係。無論有沒有關係，這幢西洋宮廷式樣，外表極為壯觀，內裝修更為豪華的「大理石大廈」，一九五三年後歸國母宋慶齡創建的中國福利會少年宮使用。

我成為其中小夥伴藝術團的團員，是八年以後的事。那是因為紅色蘇聯大馬戲團訪華演出，母親帶我前往觀看，由於我全神貫注的模樣，被現場轉播的電視臺緊抓不放，引起一名叫花花的雜技演員的興趣。花花想方設法地找到了我，當她叩響我家那扇厚實的橡木大門的時候，立刻知道要帶我走出這裡並不是一件容易的事情，但是她仍舊硬緊頭皮，筆筆挺地坐進了我家的沙發裡。

記得，那天她一襲大紅顏色馬海絨披肩，渾身上下都散發出濃郁的香水氣。姊姊鐵板著面孔坐在乾媽送給她的藤椅裡，藤椅比沙發高出許多，這使姊姊有一種居高臨下的氣勢。母親客氣地坐在花花的對面，中間那張罩著鏤花桌布的玻璃茶几散發著不可逾越的寒氣，連我這個不諳世故的孩子也感覺到了茶几兩邊的隔閡。我有些可憐那個漂亮的雜技演員，於是自作主張地捧出一只丹麥餅乾盒，不料還沒有走出房間，就被胖媽一把捉進廚房間，隔著廚房的轉門，我聽到女演員一遍又一遍地講述著自己出國演出時所受到的優厚待遇。她講得舌敝唇焦，卻沒有得到任何回應。女演員離開以後，新成立的上海芭蕾舞學校也來上門招生。

母親有些生氣了，她給乾媽打電話說：「我的丈夫雖然去世了，但還沒有窮到要送女兒出去賣拳頭的地步。」

我聽不懂「賣拳頭」，偷偷糾纏著乾媽說：「我喜歡在舞臺上。」乾媽說：「讓我想一想。」

幾天以後，也是秋天時節，我背著一只腰鼓形狀的紅色皮包，第一次踏進了上海市少年宮裡那座大理石大廈，從此開始了我在小夥伴藝術團的舞臺生活。

我有些亢奮，每次踏在這裡的光滑地板上，都會產生同樣的亢奮。我的兩隻腳站立在中央大廳的正中央，頭頂上是富麗堂皇的水晶吊燈，我聞到了一股濃郁的地板蠟的味道。這是一股奇特味道，這味道一直跟隨著我。以後，只要一踏進這幢大廈，就會聞到這股味道，甚至只要一想到這幢大廈，我也會聞到這股味道，就好像是現在，此時此刻，我又被這股奇特的味道包圍了，我感到昏眩。

少年宮的活動時間是在放學以後，我第一次去的時候因為是乘坐小汽車，所以比規定的時間早到了些，那裡沒有一個小朋友。走廊裡的吊燈關閉著，我跟在一個拖著長辮子的女人後面，黑暗當中，那個女人無聲無息地向前移動著。轉了一個彎，我就被一片漆黑籠罩住了。

我跟隨在女人的背後，事實上，應該說是我的感覺跟隨在她的背後。她腳上的軟鞋沒有一點聲響地在剛剛打過蠟的地板上游動，很長一段時間，我以為我緊跟著的只是一個幻影。我看不見她的身段，只有她那散落到腰際的辮梢上，別了一個閃亮的髮夾牽引著我。我的眼睛緊緊盯牢這個綠色的亮點，那亮點忽隱忽現，好像隨時都會消失一般。只有我的小牛皮鞋敲打在硬木地板上，發出了咯噔咯噔的聲響，才使我感到自己的存在。我向前走著，甚至忘記了自己的存在、忘記了時間和空間，我遐想到這是一條無止無盡的走廊，我將永遠在這黑暗當中走下去。

那亮點忽上忽下地跳動著，讓我感到激動。大概就是從那一刻開始的，我傾慕黑暗，傾慕黑暗當中的閃亮。我跟著這個亮點，轉了一個彎又一個彎……

突然，我的眼睛一亮，我似乎已經不習慣這樣的光亮了，在我的面前呈現出兩扇緊閉著的、對開的玻璃大門。我停下了腳步。玻璃大門背後是一層薄薄的雪白喬其紗，這使門外的眼睛張望不到裡面。於是在我的想像裡，玻璃大門的背後就好像是一個神祕的世界。正想著，玻璃大門打開了。那個女人先一步走了進去，我看到在我的面前呈現了一排敞開的百葉窗，千絲萬縷炙白的陽光正從那裡噴射了進來。這是一間碩大的房間，房間的側牆上鑲嵌著一面頂天立地的鏡子，另一邊是一座超高的大理石壁爐。在大理石壁爐的旁邊，坐著一個瘦小的女人，一架立式的鋼琴幾乎把她淹沒。

帶我進來的女人這時候才向我自我介紹說：「我是舞蹈隊的指導員，這位是我們的琴師。」

從那天開始，這個長辮子的女人便成為我的新偶像。很久以後，當我和指導員談及到我的第一天的時候，這位曾經是我偶像的女人，驚愕地看著我這個海外來客說：「妳進少年宮的時候，我正在產假當中，我根本不可能是第一個帶妳進入舞蹈室的人。」

她說她記得很清楚，因為她制訂的一個規定被我打破了，那就是：小夥伴藝術團的團員必須是白衣白褲白鞋，只有我趁她不在，訂製了一雙紅色的舞鞋。後來她沒有辦法改變我乾媽的選擇，只好讓我的紅舞鞋踏上舞蹈室當中那塊特製的木頭地板上了。我想我應該感謝我的乾媽，她讓我的虛榮心得到充分膨脹。

據說，舞室裡這塊特製的木頭地板，是國母專門請求國家總理，把修建人民大會堂多餘的木頭撥運過來的。這些本色的木頭地板，通條沒有一個接頭，彈跳力極強。我的紅舞鞋就是在這塊地板上旋轉、跳躍。多少次，國家領導帶領著另一個國家的領導前來觀看我們的活動，每逢這種時候，舞室裡的吊燈和壁燈便被扭轉到最大光亮。我喜歡這種光亮，特別是舞臺上的燈光，站立在這種白炙的燈光下面，有一種通體透亮的感覺，使我忘記了自己、忘記了一切，完全進入到了自我宣洩當中，興奮不可自制。

有一次，大廳裡的臨時演出少了一檔節目，主持人跑到我們舞室裡要求幫忙。那時候還沒有到活動的時間，我們幾個不同團隊的小夥伴想也沒想就上了舞臺，燈光底下各自發揮，湊出一臺「快樂的小夥伴」。我雖然穿錯演出服，長褲幾次要脫落，另一個小夥伴穿錯鞋子，摔了個跟頭，臺下臺上一片大笑，倒也成功。少年宮主任特別表揚我們說：「很有生活氣息！」那時候的生活裡，鮮花、鼓掌屢見不鮮。

還記得，一位非洲男人曾經抓住了我的紅舞鞋，讓我站立在他攤開的手掌當中，當我單腿獨立施展造型的時候，突然發現這個黑人的手心板是粉紅色的，這是我第一次知道黑人的手心不是黑的。後來我告訴了胖媽，胖媽自作聰明地推測：「那麼黑人的心也一定不是黑的，是粉紅的。」

假如人心真可以是粉紅的，一定是善良的。也許在一開始是那樣的，「人之初，性本善」。那麼，什麼時候會變得那麼凶狠呢？我想起了潘朵拉的匣子，我更加相信潘朵拉的匣子！

《潘朵拉的盒子》這個希臘神話故事，就是我躺在那塊特製的木頭地板上閱讀的。這天和往常一樣，我比應該到達的時間到得更加早一些，舞室裡沒有一個人，我換好了我的紅舞鞋，獨自躺在木頭地板的當中。我直挺挺地躺在那裡，面對鏤花的天花板，看著上面的小天使開始遐想。後來，我的手觸摸到身邊的小書，開始閱讀。我的兩隻手高舉著《潘朵拉的盒子》，一口氣地閱讀著。不知過了多少時間，我的手臂開始痠疼，便側轉身體，面對著玻璃的大門。就是在這個時候，突然，我發現玻璃門最下面的喬其紗，被掀起一個角落，外面有一隻緊張的眼睛正盯著我。

我和這隻眼睛對視了幾秒鐘，這隻眼睛裡充滿的羨慕，甚至是一種嫉妒，讓我感到驚慌。幾十年過去了，我仍舊不能忘記這隻眼睛。而當時，我只是對自己的驚慌，有一種說不出困惑，不知道為什麼，不能控制地去揣摩那隻眼睛後面的情感。幾個月以後，我和這隻眼睛的位置整個的翻了個面。

當我最後一次踏進舞蹈室的時候，那塊特製的木頭地板上布滿了污垢的腳印，幾個不知道哪裡來的男女學生正在上面大跳造反舞，他們身著複製的綠色軍裝，用力揮動著拳頭、跺著地板。我的眼睛和其中的頭領相交，我打了個寒顫，我以為，我看到的，就是那天和我在玻璃門下面對視的眼睛。她的拳頭在我的鼻子前面揮舞，「老子革命兒好漢！老子反動兒混蛋！」我被逼迫地向後退縮，一直退到了玻璃門的外面。

我清楚地知道，這裡的一切不再屬於我，我已經被排擠了出去。

暮色漸漸降臨，我一個人灰溜溜地離開了這幢曾經帶給我巨大輝煌的大理石大廈。我感到一點力氣也沒有，沉重的雙腿無法支撐我整個的心身，不得不在大理石大廈前面的臺階上坐了下來。秋風瑟瑟，我用我的雙臂自己擁抱著自己。糾結的腦袋斜靠在臺階旁邊的花崗石雕塑上，用手支撐著這尊健美的、吹著少先隊號的女孩子的塑像，我和我童年的小夥伴們告別。這時候，我的手觸摸到了塑像的鞋子，突然……

突然我想起來了我的紅舞鞋，那是我童年時代的最愛。我跳將起來，我要找回我的紅舞鞋。我從大理石大廈的邊門繞進舞蹈室背後的更衣室，那裡一片黑暗。

我試圖扭亮電燈，沒有成功，我猜想電燈早被砸爛。這倒反而讓我感到欣慰，因為黑暗代表著安全。我摸著黑打開了衣櫃。我的手漸漸伸進了屬於我的那個衣格，這是右邊最下面的一個格子。格子不大，卻很深。我的希望隨著我手指的深入，漸漸下沉。原本塞滿的衣格已經被掏空了，我不甘心，雙腿跪倒在衣格的前面，佝僂著身子，繼續把手深入進去。

一直到我的手指觸摸到了衣格的最盡頭，在一個角落裡，我觸摸到一件硬物。立刻，我的心慌亂地跳動起來，我找到了我的紅舞鞋。我不能相信，但卻證實了，這就是我的紅舞鞋，我狂喜。因為這是我童年往事的唯一見證。

我慌慌張張地把紅舞鞋塞進了衣服底下，別轉身體只有一個念頭，那就是盡快離開這裡。然而，就在我拉開邊門的那一刻，猛然間一個黑影砰一下撞到了我的胸前，頓時嚇得我魂飛魄散，還沒等我驚叫出聲，我的嘴巴已被一隻手狠狠堵塞。這是一隻纖細的手，卻如此有力，那鐵絲般的手指，幾乎把我的牙床捏碎。我兩眼冒出了金星，無法叫喊也無法呼吸，我以為我要死了。就在我幾乎窒息的時刻，那隻手鬆散開來，又抓住了我的胸襟，把我的身體搖來搖去。

我聽到一個急促的憋在喉嚨裡的聲音在呼叫：「啊喲，這是東東啊！東東，東東，儂千萬不要死啊！我不是有心的！」

藉助微弱的月光，我看到了一個男孩子的面孔，他是比我高出幾班的小夥伴藝術團員，在《上海之春》的開幕式裡，曾經是我的舞蹈搭檔。那時候，他的身上總歸會散發出一股清新的檀香皂的味道，雪白的襯衫漿洗得十分挺括。據說當年，他的祖父是南京路上商家巨頭，父親是一位相當有名的胸科醫生。後來因為嚮往新中國，攜帶老婆背叛了逃往香港的家人，隻身留在大陸報效國家。此刻，這個胸科醫生的兒子，鼻梁上橫著一條血印，白色襯衫的領子已經被撕裂。他看到我張開了眼睛，便把我放到一張椅子上，他告訴我，他的母親上吊自殺了。

我已經記不得這個男孩子的名字了，只記得他那副被痛苦扭歪的面孔，他說，是他把他的母親抱下上吊繩子的，自己鼻梁上的血印，就是在抱母親的時候，不小心磕破的。一開始，他母親的身體還是柔軟的，有些溫熱。漸漸地在他的手臂當中變得僵硬冰冷。在他講述的整個過程當中，他的兩隻眼睛血紅，兩隻手不停地撕抓著自己的頭髮。

我告訴他，我很記得他的母親，每次大型演出以後，他那位年輕漂亮的母親總會到後臺來，為大家送些精美的點心。這些點心都是她專門到「新雅」去訂製的。她把點心分發到每一個小夥伴的手裡，然後幫她的兒子收拾衣物，順便也會幫我們梳理一下頭髮，或是擦乾淨臉上餘留的油彩。

指導員看到了就會和善地責備我們說：「不可以這樣，總是煩勞別人的媽媽呀！」

而我們則愈加撒嬌地圍在他母親的身邊說：「誰說是別人的媽媽，是我們大家的媽媽！」

他的母親聽了開心地大笑，於是把我們一個個都抱進懷裡，覆蓋在她身上那股淡淡的香水味當中。我不能想像，如此和藹可親的面孔，現在會變成怎麼一副可怕的模樣。

我看到過一個上吊自殺的人，那是後馬路上一家天津餃子舖老闆的父親，因為紅衛兵從他家裡抄走了一條「小黃魚」，這個老男人便在店堂門口哭訴「強盜」搶走了他畢生的積蓄，為此，紅衛兵極為光火，合夥把他按在牆壁上，活生生拔光了他的鬍子。

第二天這個老頭子上吊自殺了，他被放下繩子的時候，身體已經變得繃繃硬。我並沒有刻意要去看這個吊死鬼。而是這家人家大概真的窮得叮噹響，一時連喪葬費也湊不齊，就把這具死屍，頭朝大街放在店舖裡做餃子的面板上。當時，吊死鬼那隻沒有鬍子的下巴朝天翹著，一條發黑的舌頭拖了出來，兩隻眼珠子幾乎要跳出眼眶，惡狠狠地盯牢過往行人。這眼睛就好像是從陰府裡發放出來的鬼火，過路者想逃也逃不掉，無不毛骨悚然。以後，知情者再也不敢到這家店吃餃子了。此刻，我怎麼能把那個嚇得死人的吊死鬼和這個小男孩美麗的母親相提並論呢？

我找不出任何語言來安慰這個男孩，只是反覆告訴他，他有一位非常好的母親。我不知道他有沒有聽到我的話，只是忽一下跳了起來，他說他到這裡來是為了尋找他的練功腰帶的，因為那是他母親為他縫製的，上面繡了他的名字和他母親的名字。他走到了那個巨大的衣櫃前面，仔仔細細地搜索，我以為他幾乎就要把衣櫃拆卸開來，最終他絕望了。

我為他感到心痛。

我想了想，走到這個心身衰竭的男孩子的前面，把衣服底下的紅舞鞋塞到了他的手裡。我告訴他，有一次，我紅舞鞋的鞋帶斷裂了，是他的母親幫我縫補的，而且還順手繡了一排花邊和他母親的名字。他說他記得這件事情，他的母親習慣把自己的名字繡在自己的繡品上。

接著，他珍惜地把紅舞鞋揣到身上，突然他轉過身體，強行把我的腦袋拽到他的臉前說：「仔細看著我的面孔，我要儂記牢我的面孔！」我的眼睛幾乎要貼到他的皮膚上，我看到在他人中的左邊有一顆小小的黑痣，鼻梁上面橫著一條血印，黑痣和血印在我的眼睛前面膨脹。

一分鐘以後他鬆開了雙手，如釋重負地說：「好了，這個世界上起碼會有一個人記牢我的面孔了。」接著連再見也沒有說一聲，就在暮色當中消失了。

回想起來，男孩子的故事就好像是為我少年宮的生活拉上了最後的大幕，一切都結束了，我的輝煌也結束了，我只有無奈地嘆了口氣。

記得那一天，哥哥讓我最後一次回去看看我長大的少年宮，我只是用那支印著「造反有理，革命無罪」的粗瓷湯匙，機械地把羅宋湯一口一口送到嘴巴裡，哥哥一邊喝湯一邊讀小報，突然哥哥驚叫起來：

「真是不怕死的！三百多個資本家的子女，買通一條到寧波的客輪，企圖出逃香港呢！不料有人臨陣告密，被公安警察一網打盡。喂，儂看看照片，這個人是不是儂認得的，是不是上次在《上海之春》裡和儂一起跳舞的？真是戇大，一輩子完結了。」

我沒有湊過去看照片，而是看著從嘴巴裡拔出來的湯匙大叫了一聲：「哦喲，不好了，上面兩排『造反有理，革命無罪』的字沒有了，被我咽到肚子裡去了！」

三十多年以後，我因為膽囊炎急性發作，送入費城的一家醫院動手術。一個帶著白口罩白帽子的麻醉師過來為我上麻藥，就在我還能辨別來人的最後一刻，突然看到了那顆人中左邊的黑痣和鼻梁上面橫著的一條傷疤，我不會看錯的，就是這顆黑痣和這條傷疤，我想支撐起身體，卻已經力不從心了。五個小時以後，我睜開了眼睛，我看到穿著便服的麻醉師正站在我的腳後跟。

我用中文發問：「你是從上海來的嗎？」

「我從來也沒有去過上海。」他用英語回答。

「你會說上海話嗎？」我步步緊逼。

「我從來也不會說上海話……」他不卑不亢。

我看著他中國人的面孔說：「請你把那雙紅舞鞋還給我，它是屬於我的。」

「紅舞鞋已經被那條橫在中國和香港之間的羅湖吞嚙了，那是我最後一次游泳……」他突然用我熟悉的語言回答。

等我再次清醒過來的時候，一個金髮碧眼的女護士站在我的身邊，我焦急地向她詢問麻醉師的事情。

她有些莫名其妙看著我說：「啊呀，妳整整昏睡了六個小時，動也不動一動，什麼人也沒有來過，我一直守在妳的身邊，現在我要扶妳起來上廁所了呢！」

低頭認罪

半夜裡被母親壓低的聲音吵醒過來，張開眼睛的時候發現房間裡沒有開燈，母親和小孃孃正面對面地坐在我床腳邊的寫字檯旁邊，氣氛十分緊張。

「小姊姊，半夜三更把我叫過來，又是出了什麼事體？」

「壞事體了，今朝伊拉鬥我的時候，冷不防冒出一個新的花頭，有一個人凶神惡煞地對牢我大吼了一聲講：『妳老頭子是幹什麼的？』」

「『老頭子是幹什麼的？』什麼意思？」

「就是啊，我想來想去想不出來，伊拉倒好像掌握了重要的材料一樣。而且還丟下一句話，讓我明天老實交代，不然的話，就『嘿嘿』。」

「『嘿嘿』又是啥意思？聽上去嚇死人，看樣子儂是逃不過去了，快點想辦法交代吧！」

「問題就是在『老頭子』這三個字上，這老頭子是啥人啊？是爹爹呢？還是東東的爸爸？」

「不會是爹爹，聽伊拉的口氣一定是重大問題，不是叛徒特務，就是有血債的。爹爹膽小怕事，最多自己享享福，不會傷害別人，不會做出什麼出格的大事，不會引出個『嘿嘿』來的。」

「亂講，儂的意思是東東的爸爸？伊是一個文人，連享福都不會的人，家裡又沒有什麼財產，最多就是一點書。」

「啊呀，這下慘了！小姊姊，儂想一想，文化大革命，就是要革文化的命啊！書在文化裡面占首位，所以，儂的這點書出了問題。」

「這怎麼辦？怎麼辦呢？這麼許多書，讓我怎麼辦呢？」母親焦急得暈頭轉向。

胖媽披著衣服走了進來，她講：「不要急，不要急，離開天亮還有幾個小時，妳們快點去清理，把東東叫起來幫忙。」

我從床上跳起來說：「不用叫我了，我已經起來了。」這時候胖媽抱出了家裡所有的棉被，把窗戶捂得嚴嚴實實，又在我們每人手裡塞上個電筒，我們就開始忙碌起來。母親一邊整理一邊心痛地告訴我說：「儂爸爸一生沒有什麼大積蓄，有一點點鈔票就花費在書籍上，古今中外什麼都有。儂看，這套大部頭的心理學，就是儂爸爸在經濟相當拮据的時候，省下生活費買下來的，還是舊書，新書實在買不起。」

母親記得，父親抱回這套書的時候是那麼的高興，捧到母親的鼻子前面，讓母親和他一起分享。

「閒話少講，快點動手吧！」動作最快的還是小孃孃，她講要把家裡的書兜底翻是不可能的了，只有挑最要緊的先處理。她非常迅速地把那些屬於最要緊的書挑揀出來了，很快就在地上堆起了一座小山，最上面是一套嶄新的繡像本《金瓶梅》。母親圍著這座小山團團轉，不知道怎麼處理才好，這時候天已經濛濛亮了。把這些書背出去，丟進垃圾箱是不可能的；放在廚房裡焚燒，就是不失火也會被人發現，這叫燒黑材料，惹發的事情更加大；塞在抽水馬桶裡，紙張太好，又厚又硬，抽不下去，馬桶還會堵塞，怎麼辦？怎麼辦？

胖媽講：「不要急，我有辦法！」

說著，她便赤著腳跳進浴缸裡，先把水龍頭用一塊浴巾包好，她說：「這樣放水不會有聲響。」

接著又一邊放水一邊把書籍放進水裡。我們立刻都明白了，紛紛脫下鞋子擠到胖媽的身邊，八隻腳連踩帶搓，父親含辛蓄苦幾十年的積累，就在我們的腳底板下面，變成了紙漿。

太陽升起來的時候，我們一個個從浴缸裡跳了出來。我一屁股坐到馬桶旁邊的板凳上，抱起自己冰冰冷的兩隻腳，發現腳底板發白，布滿了皺皮。我用手指頭按了下去，木呼呼的，一點兒感覺也沒有。我傷心地把腳貼到面孔上，讓面孔上的熱氣溫暖腳底板，這是我有生以來唯一的一次，心痛自己的腳。

胖媽走過來，在我們手裡一人塞上一碗薑湯。母親不知什麼時候摸出一只皮鞋盒子，裡面裝有各種首飾、香水等等屬於「四舊」的物品。

她從當中摸出一根有些泛黃的三排式珍珠項鍊說：「這是我的爹爹在南洋留學時帶回來的，原本是散珠，後來加工而成三根一模一樣的項鍊，分送給了伊的三個女兒。」

小孃孃看見了講：「我的那根已經在抄家的時候抄走了，大姊姊那根一定不會留下，儂這根也是保不牢的。」

母親說：「這些珍珠雖然不是滾滾圓的、不是上等貨，但一定是真貨。爹爹那時候沒有那麼多錢，卻是伊的心意，這也是珍貴的。東東，儂來摸摸看，一粒粒放在手心裡冰冰冷，這就是真正的珍珠啊！胖媽，等一歇去買一碗豆腐漿，把珍珠放在裡面泡一泡，然後磨碎了，我寧可吞下去，也不要讓伊拉拿走。另外還有一點人參、天麻、當歸、杜仲等補藥，通通吃掉。」

母親說完就和小孃孃一起出門上班了，胖媽蹲在浴缸旁邊，用洗衣服的搓板把紙漿又搓了一遍，然後一桶一桶地衝到了馬桶裡。我們家那只可憐的馬桶，「殼龍通，殼龍通，殼龍通」地勞作了整整一個上午，我便在這「殼龍通」的聲音當中睡著了。

睡夢當中又被胖媽推醒：「快點，快點，起來了。」我眼睛還沒有睜開就問：「是不是抄家的來了？」耳朵裡仍舊聽到抽水馬桶不停地「殼龍通」聲，於是一骨碌從床上跳了下來。

睜大眼睛焦急地又問：「不得了，紙漿還沒有抽完哪？」

胖媽穿戴整齊地站在我的床邊，她搖搖頭又點點頭，用手指了指天花板，我發現抽馬桶的聲音是從樓上傳下來的。看樣子，住在樓上的那家紡織廠的廠長，也在銷毀什麼東西呢！同時，我又聽到他家的大門被敲得像打雷一樣。呼啦一聲，大門被撞開，緊接著是嘈雜的腳步聲和怒吼聲，我感覺到天花板要癱下來了，倒楣的千紅家被抄了。千紅是他家唯一的孩子，長我幾歲，也是我的好朋友。我們從小就在一起辦小人家家、辦小人醫院，我有些依賴她，她也有意保護我，只是這幾天老沒有看見她了，不知道現在她在哪裡，我有些擔心。

胖媽則緊張地督促我穿好衣服，然後把家裡的前門、後門、廚房門通通反鎖，便拉著我從花園的側門溜了出去。不料門一開就撞上一個人，她大叫一聲：「啊喲，你的門夾到我的腳了！」我還來不及講對不起，就發現這是我的同班同學，她是一個外地來的借讀生，我現在已經忘記她的姓名了，好像是姓金，或者是張，還是先姓金，後因為要和她壞分子的父親劃清界限，改姓了母姓張？只記得，當時她一看到我就忘記了腳痛。

我問她：「儂怎麼會躲在我家後花園的門口？」

她說：「我就是來找妳的，因為你們家前門都是紅衛兵，他們是到你們樓上抄家的，我想到這裡來告訴妳不要走前門。」

我說：「樓上是『新四軍』出身，為什麼也會被抄家？」

她做出一副很有內線的樣子回答：「妳是不會知道的，就是因為『新四軍』才會出問題。剛剛解放的時候，新四軍軍長陳毅是上海市市長，手下大批的跟從占據了南方的重要位置。後來陳毅到北京去了，土『八路』當然不甘心屈居『新四軍』的下面，總歸暗地裡『捉扳頭』，講講是人民內部矛盾，鬥來鬥去比敵我矛盾還要凶。我的爸爸就是『新四軍』，因為有一次內急，走錯馬桶間，到了女廁所，就被當黨委書記的『老八路』捉出來，變成了壞分子了，現在正在當地被迫勞動，挖茅坑呢！」

看看她好像是講別人的故事一樣，我有些不得理解。胖媽看著她講得頭頭是道，便問：「妳是不是曉得我們樓上的『新四軍』出了什麼事？」

她做出一副很知情的樣子回答：「他偷偷吃補藥。」

胖媽大驚失色：「什麼？吃補藥也會變成壞分子的嗎？他吃補藥我倒是知道的，他有腰痛的毛病，當年打仗的時候，常常趴在水溝裡弄出來的。他的老娘來問我鄉下人的偏方，我就讓他試一試杜仲豬腰湯，是不是這件事出了問題了呢？」

「有人講是豬腰，有人講是鹿腰、熊腰，還有人講是人腰子呢！」那個同學神祕兮兮地回答。

「要出人命了！」胖媽的面孔抽動了一下，顯示出張皇失措的樣子。

正在這個時候，馬路上一片喧嘩，那個同學飛一般地奔跑出去，一會兒又跑回來，老老遠就向我著招手說：「快，快，快來看，馬路上有遊鬥，新式的，從來也沒有看見過呢！」我糊里糊塗地跟著她跑了出去。

這時候大弄堂前面的淮海路上已經擁擠不堪了，我的那個同學，拉著我的手從人縫裡鑽到了最前面，我朝前張望，只見一部紅顏色修電線的升降車，正遠遠地開了過來。那高高的升降臺的前面是一排掛著牌子人，牌子上是打著叉叉的倒寫的自己的名字，他們的身後是綁著紅袖章揮舞著毛語錄的紅衛兵。這些紅衛兵一邊用高音喇叭喊著「打倒」的口號，一邊把他們前面階下囚的腦袋狠狠地往下壓，有的甚至還要踩上了一隻腳。升降車愈開愈近，我抬起頭來，不料壓在最前面那個飄著一頭銀髮的腦袋和我打了個照面，這是我的乾爹！

在他旁邊的是一個梳理得乾乾淨淨、頭髮油光錚亮的腦袋，這是父親生前的好朋友羅先生。父親去世以後，羅先生和他的夫人是我家的常客，家裡有什麼難事，母親也常常找他商量，記得每次他一來就安慰我們說：「不要急，不要急。車到山前必有路。」

此刻他的車子已經在大上海的市中心轉悠了大半天了，一路上所遭受的凌辱，實在是無路可逃的呢！羅先生早年生活在洋派的哈爾濱，一向比較講究，再加上一表人才的樣子，更加招人顯眼。據說當年在文化俱樂部裡開舞會，女青年都搶著和他跳舞呢！只是不知道他是在什麼地方得罪了那個文革的紅人，眾目睽睽當中被當作上海文化走資派的首選。

「不妙！頭髮油光光的，一定會惹火燒身。」我心想，後來得知他的頭髮天生出油。

但是當時，果然不出所料，有人拎出來一桶墨汁，對著他的腦袋倒了下去。立刻口號聲四起，我以為他會摔倒，但是他沒有，只是搖晃了一下，又站穩了。倒是我的乾爹，在此起彼伏的「打倒」聲中顯得十分蒼老單薄，我的心感到疼痛。

我對我的同學說，我的肚子有點痛，要去上馬桶了。她頭也不回地跟著升降車跑，說了聲：「妳事情真多，快去快來啊！」她的話音未落，我已經被胖媽拉出了人群。

我跟在胖媽後面，一轉身就到一條小馬路上，又倒換了兩輛公共汽車，便到了徐家匯旁邊的肇嘉浜路。那時候那裡多數居住的是體力勞動者。胖媽的遠房阿嬸就住在這裡。胖媽帶著我在棚戶區裡轉來轉去，門也沒敲，就踏進了這家親戚門檻。

這是一家嘈雜的大院，房子都是用泥巴貼在籬笆上搭出來的，有一點搖搖晃晃的樣子。今天正逢胖媽的阿嬸廠休，她看到胖媽高興地拍著手掌迎了上來，但是一看到我就馬上跳進去關緊大門。

她用她的家鄉話對胖媽講：「妳怎麼把她帶來了？是不是她家裡出了事情了？這裡的人都知道她的爸爸的，別人會以為妳要把她家裡的東西藏到我家裡來呢！那我就吃不消了。小姑娘也可憐，快點，讓我弄只水潽蛋給妳們吃一吃。」

離開胖媽這家親戚的時候，胖媽自言自語地說：「看樣子這家人家是不會幫我們的，這點首飾只好丟到垃圾桶裡了。」

我說：「媽媽老早就讓儂丟到垃圾桶裡的，快點丟吧！我已經嚇煞了。」

胖媽講：「真可惜，都是好東西啊！有些捨不得。」

我抱牢胖媽很久沒有講話。

我知道這些東西都是珍貴的，但是經過了這麼一段時間，我知道，人的肉體、人的生命要比這些首飾更加要緊，我的眼睛面前呈現出好婆、乾媽、認識和不認識受難的人們，甚至那個被拔光鬍子的餃子舖老闆的父親。

胖媽看到我如此痛苦，立刻反過來安慰我說：「沒有關係的，那些惡人有惡報，將來我們東東一定會有能力買到更加好的首飾。」

我一字一句地回答：「我這一輩子不戴首飾！」

胖媽帶著我在各種垃圾箱旁邊，蘇州河旁邊轉來轉去，我發現到處都有類似我們這樣的人，看上去乾乾淨淨的，卻終歸在這種陰暗的地方東張西望。同時這種齷里齷齪的地方總會有帶著紅袖章的人，他們虎視眈眈地注視著過往行人。我們又從那些邊遠的小馬路走回市中心。終於在我走得精疲力盡，幾乎要坐到馬路上的時候，胖媽講：「走吧！前面是妳爸爸的原單位，我們順便去把房費繳了。」

我嚇得跳了起來：「儂怎麼敢在身上帶了那種東西到老虎嘴巴裡呢？」

胖媽輕輕地告訴我說：「已經全部丟掉了。」

「什麼時候？我怎麼不知道？」我驚悸之極。

胖媽講：「當然不能讓妳知道啊！連我自己也不大清楚。我是在褲子口袋裡摳了個洞，在大字報前面人軋人的地方，一點點從褲腳裡放出去的。」

儘管胖媽接下去又說了一句：「我已經嚇得腳骨也發軟了……」我仍舊對胖媽的膽識肅然起敬，誰也不會想到在這種最革命的地方做那種最反革命的事情。我鬆了口氣，跟著胖媽走向那扇熟悉的大門。

沒想到，胖媽的一隻腳剛剛踏進大門，就想縮回來，但已經來不及了，裡面有人和胖媽打了個招呼。

「哎，妳們來付房錢啦！快叫小姑娘來看，看看她認不認識這兩個人？」廚房間裡燒飯的黃師傅說。

我的後脊梁骨一陣寒冷，我看到的是乾爹和羅先生。他們剛剛從升降車上遊鬥回來，特別是羅先生，身上墨跡斑斑的衣褲還沒有換掉，就又被捉過來清洗陰溝洞了。我看到他那雙雪白的手帶著漆黑的汗毛，深深地插入在污水當中。他們清洗得非常認真，就好像是清洗家裡的臉盆一樣，一遍又一遍。兩個老人配合得相當默契，我卻感到遭受了莫大的恥辱，轉身逃到花園裡。

花園裡原本有個噴水池，當中還有個愛神的塑像，現在只留下乾枯的池子和凋零枝葉。我看到，一個赤膊的矮老頭正在那裡奮力地揮動掃把，卻仍舊把垃圾留了滿地。據說這就是《小團圓》裡的荀華。

我是在很久很久以後才讀到《小團圓》的，讀到荀華故事的時候立刻想起來另外一段往事：那就是我的乾媽，不知道為什麼，曾經想把我送給這個荀華的老婆當乾女兒。記得當時我很生氣，斷定是乾媽不要我了。乾媽讓我叫那個肥胖的女人為乾媽的時候，我趴在父親的床上怎麼也不肯。

胖女人手裡捧著一盒六〇年代在中國罕見的巧克力，乾媽焦急又期待地催促著我，母親卻站在父親的遺像下面無關緊要地笑了笑。我則努力不讓自己在這個時候放出個響屁，祈禱大家趕快離開，我要去拉屎了。

這是我唯一的一次對乾媽不滿，但後來知道，乾媽要我叫那胖女人乾媽也是為我著想。那時候的乾媽，以為他們夫婦沒有孩子，可以更加多的照顧我，而且這對夫婦看上去總歸有些神祕兮兮的樣子，好像有什麼通天的本領。

「他們透露自己老早就是地下黨了啊！好像路道滿粗的，多一個人疼愛妳總是好的呢！」乾媽說。

後來在「上山下鄉」的高潮中，母親病急亂投醫，想起來那個胖女人原本是一所中學的校長，她的手下正是我的中學班主任，也許可以疏通疏通。不料，非但沒有得到幫助，反而被他們夫婦用比「左派」還要左派的大道理訓斥了一番。那時候他們自己還沒有「解放」，我後來讀過John Steinbeck的小說：《OF MICE AND MEN》，不正解釋了那種弱肉強食的動物本性嗎？

再後來，當「共產黨」不是那麼吃香的時候，我問過這個「荀華」。他的兩隻眼睛眨巴了半天，一副純潔無辜的樣子回答說：「我從來也不是什麼地下黨呢！」

更加有趣的是，那對因為沒有子女而要領我做乾女兒的夫婦，在老先生過世的追悼會上，身邊居然「呼啦」一聲，站立出來九個兒女，個個驗證身分，人人都稱是他的嫡親兒女，為了後事鬧得到法庭上。想想，大概也只有天真的乾媽會上他的當。

而在當時，我正一個人坐在假山石上黯然神傷的時候，胖媽急匆匆找了過來，她說：「快回去，這裡不是妳待的地方。」

我立刻轉過身體跟在胖媽的後面，迅速地走上了回家的道路。老遠就看到家門口停了一輛敞篷大卡車，那是剛剛被抄了的千紅家，又立時三刻要掃地出門了。其實「新四軍」的家庭非常簡單，多數家具都是從公家借來的，所以一輛卡車就足以把他們全家老少、連同所有的家當一起拖到工人新村去了。我跟在卡車後面奔跑了幾步，千紅毫無表情立在卡車的最後，她走了，兩隻眼睛久久地凝視著遠方……

我停下腳步的時候，並不是因為卡車開遠了，而是我突然發現整條弄堂裡布滿了年輕的紅衛兵，他們手持木棍，三人一群，五人一夥，好像是在醞釀什麼重大的活動。晚飯時刻，姊姊從復旦溜回來，胖媽端出姊姊最喜歡的洋山芋雞毛菜湯和雞蛋炒番茄，看了看窗外的紅衛兵說：「今天不知誰家又要遭難了。」

話音未落，「嗵、嗵、嗵！」大門被木棍敲打得山響。我驚駭得跳了起來，胖媽已經像隻老母雞一樣把我和姊姊擋到身後，趴在對外的窗戶上問：「啥人？啥人？」

「開門！開門！叫妳開門就快點開門！」

「啥事體？啥……？」胖媽的話還沒有說完，嘩啦一聲，一根木棍從玻璃窗外面捅了進來。同時大門被打開了。開門的是從外面回來的哥哥，後面跟進一大群帶著紅衛兵袖章的中學生。胖媽立刻一屁股坐到了地板上，拍手拍腳地叫嚷起來：「你們想要捅死我啊！我是勞動人民，三代貧農啊！」

年輕的中學生一時被嚇住了，兩個女學生上來把胖媽從地上拉了起來，胖媽乘勢坐到椅子上，然後哇哇亂叫：「痛死我啦，你們要幹什麼呀？」

「跟你沒有關係。」說著，這些紅衛兵就拎著木棍逼著我們兄妹出去。

我已經被嚇昏了，只感覺到無數的木棍在我的背脊後面戳來戳去，又聽到姊姊尖利的叫喊：「不要拉我，我自己會走！」至於我的哥哥，老早已經不知道到哪裡去了呢！很久以後，哥哥只要一提起那天的事情，就會對我的驚嚇之狀橫加譏笑。

而在當時，我走出家門才發現，這次遭難的不只是我們一家，幾乎是整條弄堂裡的住戶都被趕出了家門。大家都莫名其妙地集中在弄堂當中的空地上，一盞點鎢燈把空地照得通亮。空地當中搭了個臨時的高臺，四面都是狼狽不堪的居民。這些居民分類成為不同的群體，老人、兒童、年輕人和成年人……。有的人大概是剛剛從浴缸裡抓出來的，身上包了塊毛巾，盡力縮小自己的身體。

我和姊姊被分隔開來了，站在我旁邊的是華大醫院院長的女兒，紅衛兵把木棍壓在她的頸脖上，要她低頭認罪，她倔強地反抗著。一個剃了光頭的女紅衛兵解下自己腰間的武裝皮帶，呼呼地在我們頭頂上方抽動。女孩子哭著、叫著、跳著，任憑皮帶抽打在她的臉上、頭上、身體上，就是不肯低頭。我嚇得緊緊閉上了眼睛，恨不得把頭低到了褲襠裡。

正在這個時候，有人出來報告說，心臟病專家發高燒，不能出來。那個光頭女孩怪笑了一聲說：「好，他不出來好了，就用棉花胎包起來，放到這張臺子上燒了！」

人群騷動起來，一個帶著哭腔的沙啞的聲音，從高高的樓梯上面滾落下來，「我出來，我出來，我爬也爬出來了……」

聲音裡的觳觫，讓人聽了毛骨悚然，我吃不消了，渾身都要癱軟下去了。突然，我的後頸被兩根堅硬的手指緊緊揪住，立刻我的腦袋就被拎了起來，原來這是我的姊姊。後來她告訴我，當她看到我低頭認罪的樣子氣憤至極，杵著榻棍一步一步地移到了我的身邊，她一隻手撐著單榻，一隻手拎著我的腦袋，筆筆挺地站在那裡。殊不知當時我是多麼怨恨她，這種性命交關的時候，充什麼英雄？又不是《紅岩》裡的共產黨！

這一天，我的腦袋就是在和姊姊的手指的抗爭當中，捱過了「低頭認罪」的整個晚上。

父親的墳墓

一日夜間，整理舊報，突然讀到《世界周刊》「藝文天地」上的文章，其中特別提到中國在文革期間的農民造反派挖掘墓地的事實，當看到「骨頭挖出來丟了一地」的詞句，不由心痛如絞，眼望著窗外異國他鄉孤寂的黑夜，幾十年以前的往事統統湧現在到了眼前。

我想，這是我最疼痛的記憶了。我記得很清楚，那一天，我一個人，拎著一只竹殼熱水瓶穿過淮海路，到好婆家裡去。我故意從老虎灶門前過，因為這樣可以給別人一個錯覺，以為我是為了節省煤氣費，到老虎灶去泡熱水。

事實上，我是拎了一熱水瓶的補藥，這些補藥是母親親自熬製的。我猜想母親過去沒有熬過補藥，起碼是沒有熬過這種大雜燴的補藥，她把家裡所有積存的補藥一起集中在一只大砂鍋裡，「撲通，撲通」煮了好幾個小時，然後把裡面的人參、天麻、當歸、杜仲等等讓胖媽剁碎，一起煮在稀飯裡，灰呼呼的一大鍋。胖媽舀了一大勺，嘗了嘗說：「啊喲，比居委會強迫四類分子吃的憶苦飯還難吃。」

母親說：「亂講，這些都是昂貴的好東西，哪裡能和那些粗糙的麩皮爛糠相提並論，大家一起吃，吃到肚子裡，總比抄出去好。東東呢？叫伊也來吃。」

母親當時就是做夢也不會想到，幾十年以後，她每天早上，都會津津有味地吞嚥一大碗粗糙的麩皮，做為高尚的人生品味。而在那時候，母親叫喊我去喝補藥的時候，我正攤著兩隻打滿血泡的手發呆，這血泡就是被那條南洋珍珠害的呢！胖媽已經把那根珍珠泡在豆腐漿裡一天一夜了，仍舊還是那麼硬。我把珍珠放進一只老式的石臼，連舂帶碾，等到珍珠變成顆粒的時候，我的手心裡已經布滿了血泡，這是我有生以來，第一次打血泡。

胖媽看著這些晶瑩透亮的顆粒對母親說：「這東西能吃嗎？不要吃出毛病來才好啊！」

母親回答：「不管它了，就看我命大不大了。」

幸好那個時候的人，還沒有聰明到樣樣都會做假貨，不然的話我們老早就都嗚呼了。母親喝著她的珍珠豆腐漿，又分了兩勺在我的湯碗裡，我喝了兩口發現，摻雜了珍珠的豆腐漿，除了有一點屑屑粒粒的東西咯牙齒以外，沒有什麼特別的味道。只是那鍋補藥稀飯，實在難以下口，我喝了兩口就藉口上廁所逃到了馬桶間裡。

不料馬桶裡一股極其難聞的惡臭，幾乎把我熏倒。「胖媽，胖媽，不得了！是不是那些紙漿把馬桶堵塞，糞坑翻出來啦？」

母親急急匆匆趕過來說：「輕點，輕點，不要讓外面人聽到，是我剛剛把那瓶儂爸爸從法國帶來的高級香水，倒到馬桶裡去了。也不知道是香夾臭，引起了化學反應，還是物極必反、負負得正，太香了，反而變成惡臭了。」

「哈哈，我結婚的時候，儂只捨得借給我用了一天，現在變成了臭氣熏天，還不如早點都給我呢！」小孃孃上班之前彎到我家裡來看一看，正逢母親面對廁所的臭氣，不知所措的樣子。母親別過身體罵道：

「不許幸災樂禍，那只香水瓶還不知道怎樣處理呢！」母親一邊說一邊看著我。

我連忙逃開說：「不要動我的腦筋，我要嚇死的！」

胖媽走進來講：「交給我吧！我來想辦法。」我立刻記起來大字報前的一幕，稍稍定下心來。

十多年以後，當我站在北京「新雅」飯店門口，等待著前來參加我的婚禮的胖媽，一個年輕人急急匆匆穿過大門外面的車水馬龍，衝著我走過來。他交給我一個小小的紅紙包，紙包是用一根我所熟悉的、雪白的、滾著紅絲線的綢帶繫紮的。再一看，那是兩根硬邦邦捆綁在一起的蝴蝶結。我把紙包緊緊攥在我的手心裡，上了年頭的包裝紙被我捏得粉碎，顯露出來的就是那只綠色的、呈現著天使圖像的玻璃香水瓶。一只同樣顏色的長長的玻璃瓶塞，緊緊地塞住了瓶口。儘管香水瓶裡的香水，老早就混入了馬桶裡的糞便，但是我立刻就聞到了那股陳舊的濃郁的法國香水味。這香水味讓我明白了：我再也看不到我的胖媽了。

面對著凜冽的寒風，我晃動著手中空蕩蕩的小瓶子，我聽到，那裡面裝滿了我的心痛，「胖媽，胖媽，儂在什麼地方啊！」

頓時，我又回到了那一天……

那一天胖媽送我走出復興花園，然後她說她要去處理那只香水瓶了。接著我一個人，拎著一熱水瓶的補藥穿過淮海路，到好婆家裡去。走到好婆家附近的老虎灶門前的時候，這一熱水瓶的補藥已經把我的手臂拽得痠痛不已。我把熱水瓶放到了老虎灶門前的臺階上，左手按摩右手。熟識好婆的老闆娘，並沒有在意我的熱水瓶，只是順手推給我一條板凳，示意我可以坐下來歇了口氣。

坐在沾滿了煤灰的條凳上，毫無感覺地面對著老虎灶門前過往行人，這大概是半年以來我第一次靜心靜氣地觀看別人的變化。我發現這個世界上的服裝只有藍、白、黑、灰和軍裝綠幾種單調的顏色，式樣也是統一的，不是毛式就是軍人式，穿著這些服裝的人們都是嚴肅的，臉上僵硬得就好像塗了一層漿糊。突然，我被這個變化驚嚇了，我不知道自己是否將永遠生活在這個灰土土的世界裡呢？

正在這個時候，一個繫著塊黑色方頭巾乾癟老太急急忙忙走了進來，她上下打量了我一下，便對著老闆娘使了個眼色。老闆娘立刻跟著老太，躲到鍋爐的後面。我有些好奇，不由豎起了耳朵，斷斷續續的隻言片語讓我嚇出一身冷汗。

「阿妹，出大事體了，阿爸在聯義山莊的墳墓被紅衛兵破四舊了！」

「啥？啥意思？墳墓被破四舊了？」

「就是掘墳！」

「掘哪一等的墳？那裡的墓穴除了特等以外，分成甲、乙、丙、丁四等。我們買的是最差的丁等，也是花了一百大洋買斷的，我們還有購買墓地的地契證書，怎麼可，可以掘墓？」

「啥辰光了，現在是文化大革命，造反了，啥人還管地契證！還是快點想想辦法，一起去收阿爸的屍骨吧！」

「我老早就講過了，多花點銀洋，買到『萬國公墓』去，那裡畢竟葬有許多外國人，就好像外國人租界，可以保險一點。現在好了，阿爸身上的玉器一定被盜光了。」

「不要做夢了吧，紅衛兵才不管中國人還是外國人呢！『萬國公墓』挖得更加兇……」

我聽不下去了，抱起熱水瓶，顧不得身體後面的條凳被絆倒在地板上，便直奔好婆的家。前來開門的倩倩看到我一副六神無主的樣子，立刻用食指豎到嘴唇當中，我知道她這是阻止我驚嚇到好婆。我不得不一邊把熱水瓶塞到了倩倩的手上、一邊把倩倩把拉出門外。

倩倩聽了我的講述以後說：「墓地原本是安置死人的地方，想不到它自己也有死亡的日子。」

我則惡狠狠地說：「中國自古就有『十惡不赦』之律，盜墓便是其中之一，這是大赦的時候也不予減免的罪行呢！上蒼一定不會放過他們的。」說著，我又鑽到好婆的後天井裡，推出一輛久不使用的自行車。

倩倩擔憂地看著我說：「儂會騎自行車嗎？千萬小心才好呢！」

我心裡說：「爸爸會保祐我的。」

半路上正巧碰到那個外地來的借讀生，她正百般無聊地在馬路旁邊盪來盪去，被我一把捉到自行車的書包架上。我想，今天就是撞死也得有人回來通報一聲啊！這時候我才記起來，我還沒有脫離過別人的扶擋，可以獨自騎車呢！不去管它了，我用一隻腳站穩在地上，另一隻腳踏在高高蹺起的踏腳板上，用盡全身力氣蹬了上去。立刻，自行車的龍頭左右晃動起來，車輪飛快地向前滾動，書包架上的同學發了瘋一般地尖叫，我不予理睬，繼續我的道路。我感覺到了父親正在前面等我。

自行車橫衝直撞地朝著西區的萬國公墓行駛，一張張魂飛膽戰的面孔以及車輛在我正前方閃開，書包架上的同學狠狠地掐住我的後背，那裡的疼痛反而讓我變得瘋狂。頭也不回地繼續向前，我愈騎愈順當了，心想一定是父親在保護我，因為我相信，父親正在前面等我。

父親去世的時候中國大陸「反右」鬥爭剛剛結束，大躍進運動接踵而來，破舊立新正在興起，不知是哪個激進的人物想要完全徹底地革我父親的命，還是想表現自己，曾萌發出解剖、火葬我父親的念頭。那時候，「解剖、火葬」都是新名詞，違反了中國人的傳統觀念。當消息傳到我母親耳朵裡時，我那悲痛欲絕的母親幾乎要昏厥過去。

母親憤怒起來，她說她一定要自己為父親製辦棺材。然而父親一生清貧，稿費和薪水多用於辦刊物和購買書籍，又好接濟文學青年，「反右」後，還要偷偷寄錢給幾個被打成右派的兄弟，最後的積蓄都被動員購買了「公債」，但母親仍舊固執地要為父親製辦棺材，就是勒緊褲帶也要最好的棺材。

一連幾天，身帶重孝的母親，穿著她當年短跑的運動鞋，在老上海八仙橋的一條壽器專賣街上，一家一家地為父親尋覓棺材，終於她看中了一口楠木棺材。這棺材原本是為「特別需要」保留的，不肯出售，母親一再堅持，不屈不饒地堅持，那模樣就好像如果得不到這口楠木棺材，她就要跳進棺材，和這口棺材同歸於盡一般。在場者無不害怕，母親勝利了。

這口棺材實在是棺材當中的極品，外壁油光鋥亮，內壁錦緞鑲包，另有精製的手繪燙金古裝仙女圖案漆木板做為襯墊，沉重又高貴，要好幾千元人民幣，這在當時是非常昂貴的。父親的遺體在上海膠州路上的萬國殯儀館停放了三天，於十一月十日下午一時舉行公祭。公祭之後起靈，送往萬國公墓安葬。一路上已經被悲傷擊倒了的母親，始終抱著那口楠木棺材，到了墓地，人們花費了很大的力氣，才把母親和那口棺材分離開來。渾身顫抖的母親，依靠著乾媽，站立在墓穴旁邊，她眼睜睜地注視著父親的棺木漸漸地降入墓穴的底端，然後捧起第一把泥土，分撒在棺木的上頭。乾媽擁抱著母親，輕輕地問她：「儂冷嗎？」

「不會冷，墓穴是乾糙的，棺木是厚實的，應該是牢固的、舒適的。」母親的回答，就好像是從棺木裡發出來的一樣。

母親做夢也不會想到，她精心安排了父親最後的歸宿，一夜之間就被摧毀了。

此刻，我騎著自行車，不顧一切地往萬國公墓行駛。我知道父親的棺木之中並沒有值錢的東西，我只是真切地想看看父親的面容。我看到，父親正在前面等我。

還沒有到達公墓，遠遠地，先是有一股腐爛的死屍味在空氣當中蔓延，又看見被扳倒的墓碑和一塊塊樹立起來的木板，到了近處才發現，那一塊塊溼漉漉的木板盡是棺材板。我跳下自行車，書包架上的同學一個箭步衝到我的前面，迎面給了我一拳，「妳發瘋啦！一路上反車道行駛，這是要死人的！今天的交通警察大概都死光了，竟然沒有一個人把妳攔下來！」

我把自行車塞到了她的手裡，我知道她不會騎車子，沒有我，她走不了，我說：「儂在這裡等我！」

「要死啊！你把我帶到哪裡來啦？怎麼是死人的地方啊！救命啊！」

我沒有理她，一個人朝著墓地走去。陰沉沉的天壓在頭頂上，腳上仍舊是那雙半高幫的套鞋，自從好婆被掃地出門以後，凡是有重大事件要發生的時候，我都會穿上這雙笨重的黑套鞋。現在這雙套鞋已經相當陳舊了，我把長褲的褲腿塞到鞋幫裡，繼續向前。走到墓地的跟前，正面有個土包，我三腳兩步跨了上去。

老遠看見有一面巨大的紅旗插在墳地的當中，上面還有幾個黑色的大字：農民革命造反戰鬥隊。再一看，這裡面到處都是令人毛骨悚然的屍體和白骨，根本沒有辦法插入我的高幫的套鞋。一些臉膛赤黑的農民造反派，正揮動著鋤頭鐵鍬掘墓開棺。

一個光著膀子的大男人，就在我的眼前，用一把板斧砰砰地猛擊一塊棺材板。棺材板被劈開了，一陣惡臭衝出來，那裡面已經積著厚厚的一層黑水。男人熟練地從旁邊拎起一個老酒罈，揚起腦袋就灌了一大口，他並沒有吞下這些老酒，而是對著黑水「噗哧」一聲噴了進去。緊接著，這個男人便撲通一下跳進水裡，兩隻手在黑水當中胡亂摸索，不時把什麼東西扔到旁邊的布袋裡。看到這裡，我渾身冰涼、瑟瑟發抖。

這時候我聽到另外一個聲音在旁邊響起：「喂，阿三頭，發財了吧？」

再一看，不遠的墓穴裡，還有他的一個同夥。這個人正掰開一塊上好的棺材板，「啊哈，還是個女人，一點也沒有腐爛，這副棺材板我要留下來打個大立櫃，給我兒子結婚。讓我先把這隻小屄秧子弄出來。」

他一邊說、一邊把一根寬寬的布帶子套到自己的頸脖上，又把兩個頭接在一起變成一個大圈，他彎下身體，把圈子的另一頭套到了女屍的背後，接著「嘿」一聲用力挺直了腰板，又向後揚起腦袋，那具女屍竟然和他面對面地站立了起來：「快來幫我一把！」

兩個男人一下子就把女屍拎出了棺木，他們迫不及待地撕開女屍的衣褲，一邊搜索裡面的金銀財寶，一邊發出淫穢的笑聲。不一會兒，女屍便變得面目全非了。緊接著，他們一頭一腳地抓起女屍，用力甩到我腳下的土包旁邊。這時候我才發現，我腳下的土包原來是屍骨堆積起來的。

「咦，這裡來了個真的女人？快，快上！」兩個紅了眼睛的齷齪男人說著向著我奔過來，我驚嚇得別轉身體就從土包上跳了下去，直接跑到馬路上。

回過頭去，那兩個男人並沒有追出來，我站定了。我站定在公墓的大門口。大門已經被推倒了，越過大門的殘骸，我遠遠地注視著父親的墓地。父親的墳墓離開公墓大門並不遠，在宋慶齡父母那高大的陵墓斜側，看上去宋氏陵墓安然無恙，我感到有些不平，但在宋氏陵墓之外，我彷佛覺得父親的墳墓還沒有被推倒。我不知道這是不是我的幻覺。

再去萬國公墓是在第二年的開春之前，我和我的姊姊同行。到達公墓時，我們發現公墓已經不是公墓了。僅有宋氏陵墓孤零零地聳立在那裡，其他地方都被翻耕了一遍，變成農田。只是我覺得原本是父親墳墓的地方有些異樣，我讓坐在手搖車上的姊姊在外面等著，自己往近處去看。

我看到那是個剛挖空不久的墓穴，墓穴裡的石灰是白熾的、乾燥的。墓穴空蕩蕩的，我跪在墓穴旁邊環顧四周，看不見任何東西。我不明白在這已經種上農作物的田地裡，為什麼會孤孤零零地單單留下這個挖空的墓穴？就好像是父親知道我們姊妹會來，硬等在這兒一樣。真的，我至今也不明白這是怎麼一回事。

後來在一張文革小報上看到，當時的墓穴幾乎沒有一個逃過浩劫，農民們拆碑砍樹、鋪路造房，所有的墳墓都毀損殆盡。又有小道說，一個最惡霸的盜墓者用盜竊的墓碑和墓蓋堆砌了房子，結果這幢房子徹夜閃爍著青綠色的陰光，鬼火漣漣，把盜墓者活活嚇死。這當然是受難者的心願，但有一點是真實的，就是在那個年代，無論是地上還是地下財物都被造反的人們盜掘搬空。

從公墓回來，我心裡發空，我覺得我再也找不到父親了。甚至懷疑，我真的看到了那個挖空了的墓穴嗎？我真的和姊姊一起去看過公墓嗎？

大概在一九六九年的時候，我的中學同學，一個共產黨「一大」代表的孫女告訴我，她在為她的烈士祖父掃墓的時候，看見我父親的骨灰盒了。骨灰盒無遮蓋地放在龍華烈士公墓陳列室的角落裡，我不敢相信。位於漕溪北路的龍華公墓離開虹橋路上的萬國公墓是有相當路程的，父親是棺葬，怎麼會變成骨灰盒，而且移入了烈士公墓？但我還是決定去烈士公墓看看。

正巧我的五叔來上海，他主動提出和我一起去。那時候的烈士公墓是不允許一般人隨便出入的，我是一個中學生，五叔又是個沒有介紹信的外地人，加上那天不是開放日，根本沒人理我們。五叔說：「回吧！」

我不甘心。

一個青年婦女出來買午飯，我求她，我餓著肚子求她。她放下飯碗，就去查看，烈士名冊上當然沒有我的父親，我的眼淚在眼眶裡打轉。她想了想便讓我們過一天再來，她說她想辦法到骨灰室裡找找。後來才知道，這件事真是難為她了，她並不是專門和骨灰打交道的，她是上海一所大學裡的歷史系學生，原本要下放到農場勞動的，因為嫁給了一個軍人變成了軍屬，又懷孕了，所以照顧她不用下放勞動，而是在公墓裡接受「再教育」。我不知道她是怎樣拖著笨重的身子，在一大堆無紀錄的骨灰盒裡找到了父親。

第二天我和我的哥哥一起去找她，她見四處無人便輕輕告訴我們：那是一只灰白色的大理石骨灰盒，上面貼了一張小白紙，白紙上是用毛筆寫的父親的名字。她最後說：「放心，我會盡力照顧的，我讀過妳父親的作品，他是我最喜歡的作家之一。」

七九年以後，母親接到通知，可以看望父親了。那天，我們全家都去了。當我第一次看到父親那只和我的同學以及女大學生描述得一模一樣的骨灰盒時，我竟緊張得腳底板抽筋，一時不能站立。那裡面真有我的父親嗎？我曾去公墓檔案室查看，父親是怎麼會被火化，又被誰移入烈士公墓的，檔案室回答：「無紀錄。」

有人說父親的骨灰得以保留是受到大人物的保護，我不能相信。那年頭，誰會保護誰？沒有利害關係，哪個大人物會無緣無故出面保護一個人？更何況是一個死去的人。加上父親一輩子和政界、官場無特殊來往。

我曾猜想，那一定是父親的學生，或者是讀者，就好像那年幫我找到父親骨灰盒的不知名的女大學生，在一個偶然的機會裡，保護了我的父親……。我又猜想，也許不是父親的學生，也不是父親的讀者，只是一個工人、一個農民，甚至是一個連字也不認識幾個的普通人，看到父親的「骨頭挖出來丟了一地」，好心地收集起來了。

我只有在心裡一輩子感謝這個好心人。

在我移居美國的前一天，那是一個陰雨濛濛的日子，我最後一次去看望我的父親，我小心翼翼地從我姊姊訂製的石碑後面捧出了那只沉重的骨灰盒，深深地吸了口氣，顫顫地打開了蓋子，呈現在我眼前的是一只紅布袋，我用我的手輕輕地摩擦著，真的！那是我的父親。

我感覺到了，那是我的父親，這種感覺是只有骨肉親情才能體驗的！我沒有哭，只是把紅布袋緊緊抱在懷裡，我感到十分安心。

我的奶無奶

一年過去了，又是一個除夕，睡夢當中，突然聽到父親從蘇聯帶回來的那臺笨重的無線電「嘟，嘟，嘟，嘟」地把我叫醒，來不及睜開眼睛就跳將起來，然而，房間裡一片寂靜。

「這是做夢。」我自己對自己說，因為那臺無線電老早就被「破四舊」的拆掉了，剩下的只是一只黑顏色的空的木頭盒子。現在，這只空的木頭盒子就被丟在陽臺的角落裡，陳放雜物了。每次進進出出，看到這只破舊的木頭盒子就有些感嘆，人生的感嘆，不久以前還是一臺豪華的無線電，眼睛一眨，變成了一堆垃圾。

「儂醒來啦？」我聽到母親在被子裡講話。

「嗯，我要起來了，今天是大年三十，我去……」我沒有說下去，母親也沒有追問。

我不聲不響地把自己穿戴整齊，然後便一個人走出了房門。剛剛出差回來的哥哥還在睡覺，姊姊因為「思想問題」被關在大學裡寫檢查，胖媽娘家出了一點事，一封加急電報把她叫回去了。

我一個人摸著黑，走到了父親遺像的鏡框前。事實上，鏡框裡已經看不見父親的臉面了，父親的遺像被一幅毛的標準照片遮擋到了背後。這幅毛的標準照片是小孃孃在文革一開始送過來的，那天她一進門就把一大捲紙張鋪在母親的大床上。

「儂啥事體啦！把這種亂七八糟的東西放到我的床上來啦！」母親大叫。

「輕點，輕點，這是我在學校裡排著隊『請』來的紅寶像。」小孃孃捂著她的嘴巴說。

「什麼叫『請』？不要錢的嗎？」胖媽把腦袋湊了過來。

「哪裡有不要錢的事情？這是紅寶像，以後凡是帶『紅寶』這兩個字的，花了錢也不能叫買，要叫『請』。不然就是反革命，大家都要當心一點。」小孃孃神祕兮兮地說。

「『請』就『請』吧！儂為什麼要『請』這麼多，家裡已經掃地出門了，哪裡有空牆壁掛起來呢？對了，是不是這個『掛』字也不能用？」母親帶著諷刺意味詢問。

「當然不能用『掛』字，但是用什麼字呢？我還不知道。我『請』了這麼多寶像，只是在那些紅衛兵面前裝積極。家裡是掃地出門了，但無論如何也要擠出一塊地方來的。儂這裡一張寶像也沒有，有一點危險。」小孃孃擔憂地說。

於是，毛的標準照片就被裝進了父親的遺像的前面。

此刻，文革以後的第一個除夕的清晨，我一個人站在毛的標準照片——父親的遺像前面，透過毛的面孔，我看到的是父親慈愛的眼睛，感覺到了父親對我的信任和期望。我決定振作起來打掃房間，從廚房間開始打掃，就像去年一樣，就像乾媽和大大要來吃年夜飯一樣。

我想起乾媽在去年除夕的許諾，就好像發生在昨天一樣，她講過，「明年」再來和我一起過除夕，可是時過境遷，她的那個「明年」再也不會有了。也不知道此時此刻乾媽在做什麼？大大是不是一個人孤獨地待在靈隱山呢？一個人怎麼過年、怎麼吃年夜飯？一想到年夜飯，去年豐盛的小菜便一個一個地呈現在我的眼前，我的肚子立刻「咕嚕咕嚕」地亂叫了起來。

我很清楚，自從文革開始，家裡的收入減少了很多，先是父親去世以後的撫卹金和補貼沒有了，加上好婆的定息取消了，母親的經濟負擔遽然加重，我都不知道今年會怎樣過年呢！想到這裡噤若寒蟬，原本應該是一個深宅大院的小姐，怎麼會小小年紀就要為菜米油鹽操心？看來這就是我的命了。

我正站在廚房間的灶臺前面憂心忡忡地發呆，突然聽到有人在窗子下面叫我：「小東東，小東東……」我連忙趴到窗臺上一看，原來是我的奶無奶。

奶無奶原本不叫奶無奶，只因為我年幼發音不準，就變成奶無奶了。後來想想叫她奶無奶也很貼切，她就像是我的奶媽，卻沒有餵過我奶。奶無奶是在我五歲以後離開的。那時候，住在後弄堂的一位著名的戲曲家要生第三個孩子，得知我上了托兒所，就拜託乾媽來母親處遊說，希望母親可以讓一個保母給她。

乾媽一向為母親著想，她知道父親去世以後母親手頭拮据，只是死要面子，硬撐著兩個保母的排場，現在正巧有個體面的理由，可以辭去一個保母，於是當即就來和母親商量。

「那怎麼可以啊！儂知道我是一向用慣了兩個保母的，這一點點小鈔票我還是出得起的。」

母親口是心非地回答。

「是啊！我曉得妳不缺這點小鈔票，只是人家馬上就要臨產了，家裡六、七口人，還有兩個老年人，再來一個小毛頭，一個保母實在弄不過來。看在我的面子上，妳就當幫幫忙。」乾媽是最了解母親的，她老早就看透母親的內心。

「儂要幫忙就自己去幫忙，把儂的瘦媽讓出去好了。」表面上，母親還在嘴硬，實際上，心裡已經在盤算放哪一個保母了。

「我也是想過的，只是家裡這麼多人，哪裡像妳，家裡只有三個人（那時候哥哥在北京讀書）。還沒有聽說過三個人要用兩個保母的，也太奢侈了吧！」乾媽給足了母親的面子。

「儂看，我把奶無奶讓出去好嗎？」母親脫口而出。

「我也是這樣想的，胖媽身強力壯，一個人頂兩，奶無奶太細巧一點。我怎麼愈看她，愈覺得她不像一個保母呢？」乾媽好像比母親想得更加周全。

「那就這樣決定了。」母親站起來給戲曲家打電話。

「太感謝了，我心裡想要的就是奶無奶，伊有帶小東東的經驗，這樣我就放心了。儂家裡出來的保母我總歸是放心的，不然的話我還要請組織上幫忙調查伊的背景呢！」戲曲家歡天喜地的聲音在電話的那一頭響起。母親聽到她的最後一句話，不由暗地裡笑出聲音來了。

奶無奶走的時候一而再、再而三地叮囑胖媽要好好照顧我，又手把手地教會了胖媽為我梳頭，最後把我抱了又抱，這才一步三回頭地離開了我的家。奶無奶走了以後，我三天三夜不肯吃飯、不肯睡覺，總是奶無奶偷偷過來哄我上床，一直到我大病一場，好婆過來陪了我幾天，總算太平下來。

後來胖媽告訴我，她老早就知道母親會讓奶無奶走的，因為「妳的奶無奶實在不是一個簡單的女人呢！」胖媽神祕兮兮地看著我說。

我父親和母親做夢也不會想到，土匪頭子的老婆蘭花改名換姓隱藏在我家裡已經多年了。那時候我剛剛出生，一天中午，哥哥和姊姊從學校裡回來，哥哥手裡捏著一張當天的報紙對姊姊說：「這件事隨便怎麼樣儂都要幫我，禮拜六的下午我要和同學一起，騎腳踏車到江灣五角場去，別告訴媽媽。」

「到五角場去做啥？我也去，不然我就告訴。」

「儂不要去的。儂會嚇死的。」

「我不會嚇死的，我坐在儂的後車架上，儂帶我去看油菜花。」

「看什麼油菜花，是看槍斃鬼！」

「槍斃鬼?!槍斃什麼人啊？這麼怕人的事有啥好看的？」

「好看好看，儂不曉得，這個土匪原本是江南最大的頭目了，血債累累。三反五反的時候逃到泰山去了，這次是部隊圍剿才捉牢的。精采不是一點點。」

「儂怎麼曉得這麼多？」

「報紙上頭版頭條呢！不相信儂自己看。咦，我的報紙呢？剛剛還拿在手裡的，順手一放怎麼找不到了？胖媽，奶無奶，我的報紙呢？上面還有重要消息呢！」

「啥人要拿你的報紙，我和奶無奶都是不識字的人，要了報紙也沒有用的。一定是你自己亂放，好好找一找。」胖媽在廚房裡大聲回答。

哥哥的這張報紙怎麼也找不到了，奇怪的是我們家當天的報紙也沒有收到。父親倒沒有講什麼，以為是郵差的疏忽，而母親則不肯放過，她在晚飯以後，胖媽和奶無奶把家裡收拾妥當回到她們的小房間以後，突然換上了套鞋，撐著把油布傘出門去了。

父親問：「你這副打扮是要到哪裡去啊？外面下著雨呢！」

母親回答：「去看娘家的一個老保母，我去去就來，不要管我。」

外面下著濛濛細雨，母親急急匆匆穿過泥濘的小道，朝著保母的住處走去。那時候，我們還住在茂名公寓，保母的房間在主樓後面的另一排平房裡。當母親推開胖媽和奶無奶的房門的時候，胖媽已經打呼嚕了，奶無奶卻睜著兩隻眼睛乾瞪著天花板。母親眼明手快地一個健步竄到奶無奶的床頭，從她的床單底下抽出了兩份今天的報紙。奶無奶嚇得六神無主。母親一下子就把她從床上揪了起來，嚴厲地發問：「儂到底是啥人？」

胖媽光著膀子從被窩裡跳了出來：「啥事體？啥事體？失火了嗎？」

母親沒有理睬胖媽繼續盯著奶無奶：「儂來我家的時候講過，儂的男人死掉了，我就曉得儂是騙人！儂再不講老實話，我要報告公安局了！」

此時此刻就是再精明的人也抵抗不了母親的威逼，奶無奶幾乎跪倒地板上，不得不一五一十地如實招出來。

原來奶無奶就是那個江南最大的土匪頭子的壓寨夫人，好像《沙家浜》裡唱的那樣：「常熟城裡出了名的美人。」奶無奶一邊哭一邊講述。

「太太，我原本也是安分守己的人家出身，爹爹教我讀書寫字，嗯媽教我紡紗織布。可惜好景不長，一次在後院晾衣服的時候，不慎被那個該死的土匪頭子看到，第二天提著把手槍，上門來要人。如果我不跟他走，就要殺我全家。為了我的爹爹、嗯媽和小弟弟，我只好一把眼淚一把鼻涕地跟了他。我想過要自殺，只因為連生一對兒女，實在放不下，只好忍了下來。後來，我瞄準機會帶著孩子逃出虎口，逃到啟東的外婆家，那裡和常熟相隔著一條長江，鄉下人消息閉塞，沒有人知道我的事情。土匪因為共產黨來了自身難保，也無法來捉我。後來，我把孩子託付給了外婆，自己到上海來幫傭。就，就到了菩薩心腸的太太家。」

聽到這裡，母親瞠目結舌，她連忙問：「介紹儂到我這裡來的宋媽是不是知道這些事情？」

「宋媽是嫁到我外婆村子裡來的媳婦，當然不會知道。」

「儂膽子也太大了，把土匪的孩子隱藏在外婆家裡，不怕連累儂的外婆？」

「外婆講她自己已經七十多歲的人了，不怕的了……」

「儂就不怕我和胖媽去告發？」

母親的話音未落，奶無奶撲通一聲跪到地板上，對著母親和胖媽磕了一連串的響頭，「殺掉我好了，千萬不要傷害我的孩子！」

坐在一邊的胖媽還沒有聽完奶無奶的話，老早就已經鼻涕眼淚一大把了。母親後來怎麼也想不通，那一天，胖媽這個當年的新四軍怎麼會和土匪婆子站到了一起，她和奶無奶一起跪到母親的前面，苦苦哀求母親，弄得母親不知所措，只好說：

「聽好，我從來也沒有到這裡來過，也不知道奶無奶家裡這種亂七八糟的事情。今朝的事，要是胖媽儂講出去，我就講是儂相幫奶無奶來騙我的，一定會影響儂的兒子。奶無奶，要是儂講出去，儂的兒女就要倒大楣了，自己好好去想一想吧！」母親說完便一甩手離開了保母的平房。

母親離開平房以後，奶無奶呆坐在床上，久久不能入睡。冷不防，睡在隔壁床上的胖媽跳到了她的床上說：「喂，那個槍斃鬼真的是妳的男人啊？這個土匪是不是個凶神惡煞的老頭子？對妳非常狠毒？」

「沒有啊！他很年輕，高高大大的十分威武，對我也非常好，妳都不會知道，他對我有多好，對孩子們有多好，對他的兄弟們有多好。不然的話，當他決定上泰山的時候，怎麼會有兩百多個兄弟主動跟牢他呢？」奶無奶情不自禁地說。

「妳不是逃掉了嗎？」胖媽追問。

「我是發了誓要和他死在一起的，但是他求我為了兩個孩子，一定要活下去。他曉得自己一定是死路一條，但孩子不能死，他家裡三代單傳。最後一天晚上，我哭到昏過去，醒來的時候，隊伍已經開拔了，一個兄弟把他親手整理好的包裹交給了我，並傳給我他的一句話：『他到死的時候，一定是在想我們。』」奶無奶一點也沒有防範地把什麼都傾述出來，大概是因為胖媽哭得比她還要傷心，一下子使這兩個完全不同背景的女人變得像親姊妹一樣。

「妳做人也做得值了，這個人對妳這麼好，哪裡像我，明明曉得我懷有身孕，那個人只顧自己逃命，一點也不想到我，不然的話，我現在也是小汽車出出進進，怎麼還會當保母啊！對了，他講他到死的時候一定是在想你們，過兩天他就要絕命了，妳不想去見他最後一面？」胖媽一邊安慰奶無奶一邊發問。

「我也是想啊，可是怎麼可能呢？一旦被發現，我們全家都要死定了。」奶無奶嘆了口氣。

「我有個同鄉在拘留所裡做燒飯師傅，我幫妳去問。」胖媽拍著胸脯毛遂自薦。

回話來了，「見面是不可能的，但是可以想辦法送點東西進去。」

以後的幾天裡，奶無奶花費了她自己的全部布票，又問胖媽借了一尺，一共扯了一丈三尺的黃紗卡，通宵達旦地縫製了一套學生裝，並在衣襟裡面繡上了一朵蘭花。奶無奶告訴胖媽，這個土匪讀過幾年私塾的，會背《三字經》，他老早講過，下世投胎做學生。

禮拜六，哥哥從江灣五角場回來的時候面孔蒼白，他晚飯也沒有吃就睡到床上去了。姊姊偷偷溜到他的房間裡問他：「槍斃土匪的時候是怎麼樣子的？嚇死人的嗎？」

「那槍幾乎就頂到槍斃鬼腦袋上，『乓』一槍，半個腦袋飛掉了，那土匪卻沒死，帶著鮮血和腦漿單腳跳，又補了好幾槍才撲倒在地上。滿奇怪的，這個土匪一點也沒有匪氣，穿了一身新做的學生裝，做出一副讀書人的樣子……」

哥哥頓了頓又說：「更加嚇死人的是，那個土匪剛剛撲到地上，就有一群穿著白大褂的人爭先恐後地湧上來，各取所需，歡天喜地的把他的死體瓜分掉了，據說都是醫學院的研究工作者。」

躲在門外面偷聽的奶無奶，傷心地癱倒在地板上。

土匪被槍斃不久以後，我們搬入了復興花園。有一天，母親把奶無奶單獨叫到自己的梳妝室裡。她對奶無奶講：「有一個工人老頭子，難看一點，粗一點，老婆死了多年了，儂講好不好？」

奶無奶連連搖頭：「不好不好，男人的屍骨未寒，怎麼可以做這種事？」

母親說：「儂不要糊塗，還想為那個土匪守寡？為了儂的兒女，儂好好想一想。」

半年以後，為了讓奶無奶和那個工人結婚，母親把我們家的汽車間借給了他們，不料，那個工人要無賴，就此霸占了下來，直至今天。母親說：「這簡直比土匪還土匪！」

奶無奶也講：「這個工人真的比土匪還土匪！我本來也想把他當作一碟子小菜，端在桌面上，結果他隨地吐痰，髒話連篇。這麼大一把年紀，竟然還要做……！齷齪兮兮的人，我看到他就噁心，根本不能和他睡到一張床上。」

不知怎麼一回事，奶無奶自從嫁給這個工人以後，也變得粗野起來。每次從汽車間回來，就繪聲繪色地大罵這個工人。後來奶無奶到戲曲家的家裡帶孩子了，仍舊會隔三岔五地到我家裡罵她的老頭子，常常把大家弄得捧腹大笑。不過奶無奶心裡是很明白的，她悄悄對母親說，幸虧有這個老頭子擋風，她的兒女搖身一變——工人子弟，當兵、讀書一路順風，她還說：為了孩子也是值得的。

此時此刻，文革以後第一個大年三十的清晨，奶無奶站在我家的窗子下面叫我，我高興地跑出去開門。只看到奶無奶一隻手拎了一條大青魚、一隻手拎了一隻活雞，三腳兩步地跳了進來。她把雞丟在水池底下，又把魚丟到水池裡，這條魚足有八、九斤重，立刻活剝鮮跳起來了。

奶無奶熟門熟路地從刀架子上抽出一把剪刀，一剪刀就把大青魚的肚子破開了，又剪斷了魚腮幫裡的腮骨，說時遲那時快，只看到奶無奶的一隻手伸進魚肚子裡，一把就抓出了整條活魚的五臟六肺。血淋淋的青魚還在水池子裡抽動，奶無奶已經把魚鱗刮乾淨了。她又從刀架子上抽出一把朴刀，她把朴刀放在水池底下的水泥地上嗶嗶地磨了幾下，一隻腳踏牢捆綁著的雞腳，一隻手捉牢雞翅膀，騰出了兩隻手指捏住雞頭，就在我看得眼花落花，回不過神來的當兒，朴刀已經割斷了那隻蘆花雞的脖子。

這時侯，爐子上一只鋼宗水壺「吐、吐、吐……」冒起了氣泡，我想不起來奶無奶是在什麼時候去燒的開水。奶無奶一轉身拎起了開水壺，把滔滔滾的燙水澆在母雞的身上，又抓起雞腳在水池裡抖了抖，一下子就用手把雞毛、雞腳皮甚至雞腳趾甲和雞嘴巴一起擄了下來。

幾分鐘以後，光禿禿大青魚和肥母雞已經乾乾淨淨地躺在水池裡了，奶無奶握著一把溼漉漉的雞毛，把水池、臺板和磁磚地都擦洗的光光亮亮。我發現，奶無奶和胖媽的風格完全不一樣，奶無奶不信邪，殺生的時候不要說念咒，就是眼皮也不會眨一眨。

看著奶無奶乾淨利索的樣子，我就好像看見了艾蕪筆下的「夜貓子」。我的腦子裡突然冒出一個念頭：奶無奶是不是殺過人啊?!正想著，母親披了件大棉襖走出來了，「啊呀，是儂啊，這麼一大清早就來看小東東啦？」

「新年好！我是來給妳拜年的。胖媽走的時候，把你們的魚票交給我了，關照我一定要買到活魚，因為活魚是好兆頭。所以我今朝早上兩點鐘就出去排隊了，排了兩個位置，買到兩條最大的活魚，一條是你們的，一條是我大姊的。我真開心，明年一定會好轉的。」

奶無奶一邊說一邊洗手，她稱呼那個戲曲家為「大姊」，後來她們相處得真比姊妹還親呢！奶無奶說著又想起了那隻雞，「對了，這隻雞是我送給小東東的，是我專門關照阿芳，叫她的男人從鄉下送過來的呢，你看這隻雞腳蠟蠟黃，比小菜場裡買的要好很多呢！」

「真麻煩儂的女兒和女婿了，這麼冷的天，儂還要讓儂的女婿跑一趟，怎麼好意思？」母親一邊把魚錢交給她一邊說。

「哦喲，妳曉得吧！我那個女婿，現在出息啦，從小戶籍警變成公安局局長啦！這次也不是他自己來的，是他差使他的手下來的。」奶無奶像講笑話一般地說。

「真的嗎？想當年，儂是不贊成這門親事的，儂本來希望師範畢業的女兒阿芳嫁給上海人，不料阿芳偏偏看中了當地的小戶籍警，還是我和儂大姊都講這個小戶籍警滿老實的，儂才勉強同意。」母親笑道。

「是啊，是啊，那時候我一看到他站在我漂漂亮亮的阿芳旁邊就來氣，萎糟貓一樣的，瘦得來就好像是一根發僵掉的豆芽菜。沒有想到他也會有今天，還是妳和大姊的眼光好。」奶無奶感慨地說。

奶無奶當時大概就是做夢也沒有想到，這個小戶籍警後來愈發青雲直上，先是縣委書記後又變成了地委書記。還在他當縣委書記的時候，有一次奶無奶有點小咳嗽，上海市胸科醫院的一個醫生，竟叫了部小汽車接她到醫院做全身檢查，把奶無奶弄得哭笑不得。事後奶無奶氣呼呼地臭罵他的女婿：「我還沒有死啊！就把我塞在一只像棺材一樣的盒子裡轉來轉去，我嚇得差一點就像相聲裡講的『屁滾尿流』了。」

母親聽了大笑說：「那是因為人家兒子在儂女婿的縣城插隊落戶，專門來拍儂這個縣太爺的丈母娘的馬屁，給儂做了一個最先進的CT掃描全身檢查，很昂貴的呢！」

「真的嗎？還不如送幾隻雞來，我看妳和我大姊都需要補一補了。」以後逢年過節，我們家的活雞總歸是奶無奶送來的，一直到我從美國回上海省親，奶無奶特別讓她的保母拎了一隻雞送過來，而她則拎了一根紅木枴杖跟在後面。

我笑著講：「儂的枴杖是裝飾品啊？怎麼不是用來杵的呀？」

奶無奶回答：「啊呀，妳怎麼一點也不領市面的呢？這叫司迪克！」

原來，這根司迪克是奶無奶離開我家以後，一直照顧的男孩子花了大價錢買來送給她的。這個男孩子現在已經是香港的一個大亨了，卻永遠不會忘記在那個艱難的十年裡，始終呵護他的奶無奶。他說奶無奶是他的姆媽。

那時候，男孩的母親不知道得罪了哪個頭面人物，被打成特務關了起來，連她自己的丈夫也和她劃清了界限，只有奶無奶始終堅守在她的家裡，不計報酬、不辭辛苦地帶大了那個男孩子。我曾經不止一次地看到奶無奶用自己的身體遮擋欺負這個男孩子的拳頭；也看到冬天裡奶無奶把自己的厚棉衣改製成男孩子的外套。男孩子腳上的鞋子，永遠是奶無奶一針一線做出來的；男孩子嘴裡吃的零嘴，也都是奶無奶從自己的飯碗裡節省下來的。

母親知道，奶無奶最後是被她的兒女派了一個車隊接回老家的。曾經去看望過奶無奶的戲曲家回來說：「奶無奶在鄉下風光得一塌糊塗，那房子簡直比四川劉文彩的『收租院』還大，從大門口到奶無奶的臥房要坐車子。兒子女兒，孫子外孫，第三代和第四代，加上各房的保母，上上下下沒有近百人，也有幾十個人。伊的老頭子到底是做了啥好事體？後代這麼發？還都是當地的要人呢！」

但是奶無奶在鄉下住了不到半年又逃回來了，她告訴母親：「一點也不舒服，還是和我大姊在一起開心。挑了一個保母來服侍我，挑來揀去，專門請組織上幫忙調查她的背景，結果一點也不靈光，手腳又慢，還喜歡偷懶，我看到她就生氣……」

母親聽到「請組織上幫忙調查她的背景」這一句話，不由一愣，又立刻笑得前仰後合，「喂！儂現在也曉得要『請組織上幫忙調查背景』啦？」

奶無奶靈活地回答：「不是跟妳學的嗎？」

紅色的獎勵

胖媽終於從鄉下回來了，當天晚上我對母親說：「胖媽好像變了一個人，我講不出來是哪裡不對頭，有點木頭木腦，兩隻眼珠子總歸呆在那裡，動也不動一動，就好像小菜場裡晾在魚攤頭上的一條死魚。」

母親回答：「儂不要去管伊，過兩天就會好的。」

過了兩天，胖媽乾脆病倒了，她裹在被子裡發抖。母親給她沖了一杯麥乳精說：「儂好像沒有發寒熱，到底發生了什麼事情？」

「我的弟弟要死了！」胖媽的聲音在哽咽。

「嚇講，儂的弟弟一直是健康的，身體壯得像牛一樣。」

「就是因為身體壯得像牛一樣才會要死的啊！」

原來，鄉下人過年貼年畫是一件很要緊的事情，過去都是一些「福祿壽三星圖」、「天官賜福」、「五穀豐登」、「六畜興旺」、「迎春接福」等等經典的彩色年畫，以增加興旺歡樂的氣氛，也滿足人們喜慶祈年的美好願望。

然而這一年，過去的那些精采年畫都變成了「四舊」，為此生產隊開會，讓大家全部換上毛的照片。又有一個剛剛回鄉的復員軍人說：「現在最時興的已經不是照片了，而是石膏像了。」大家一聽便爭先恐後地要進城去請石膏像。生產隊長不同意，說是要影響生產，只能派代表。這個代表就是三代貧農、身體壯得像牛一樣的胖媽的弟弟。

「弟弟進了城，一點也不敢耽誤，就直奔『新華書店』。當營業員小心翼翼地把石膏像都捧到了櫃檯上的時候，弟弟一下子傻了眼。他看著自己的兩隻手，怎麼也抱不了這麼多。揉在背簍裡又怕打爛。這隻笨蛋大概是撞到鬼了，竟然想出來在一根繩子上打了十多個活結，把石膏像的頭頸一個連一個地套在裡面，再掛到自己的脖子上。他以為這樣可以安全了，不料剛剛走到大街上就被捉到警察局。」

當胖媽趕到鄉下的時候，他的弟弟已經做為現行反革命被打得遍體鱗傷了。「我到監獄裡去看他，他的頭腫得像一個水桶，一隻眼睛也瞎掉了。我問他想要什麼，他說：『石膏像。』他的腦子已經不清楚了，我想他就快死了，這真是飛來橫禍。」胖媽的眼淚像線一樣掛了下來。

母親不知道怎樣安慰她，只是悄悄地把我拉到外面，對我說：「去把儂爸爸的遺像從毛的照片後面拿下來，被人發現說不定要闖出大禍呢！」

我點了點頭，卻沒有聽從。

正在這個時候，外面有人大叫：「三號電話！三號電話！」這洪亮的叫喊使母親和我面面相覷，文革以後，家裡的私人電話被拆除了，根本沒有人給我家打過電話。躺在床上的胖媽看我們沒有反應，便支撐著爬了起來講：「這是來叫公用電話的，東東快去看看，不要忘記付給他們三分錢的叫話費啊！」

我急急忙忙奔了出去，接起電話，聽到一個陌生人的聲音，她不願意自報家門，只是告訴我，我的姊姊一個人住在復旦的宿舍裡，已經高熱多日了。不等我繼續發問，電話掛斷，任憑我大聲呼喊，那裡面留下的只有嗡嗡的撥號音。現在回想起來，姊姊真應該感謝這個不留名的報信人，不然的話，她就是死在宿舍裡也沒有人知道。然而在當時，我什麼也來不及想，只想著一件事，就是：我要把姊姊偷回來。

回到家裡，我一邊準備出遠門、一邊輕描淡寫地告訴大家有關姊姊的病情。胖媽支撐起來講：「我去接她回來。」

母親講：「不可以，儂在生病，目標又太大，讓伊的哥哥去。」

哥哥出來講：「不好，不好，我這麼大一個人，還沒有把伊偷出來，自己倒搭進去了，還是東東去。」

他又回過頭來對我說：「這次要看儂的真本事了，儂可以把儂的阿姊偷回來，我就發給儂一個獎勵！」

其實不用他們討論，我已經決定了我的行程。而且我也知道無論他們怎樣討論，最後的結果總歸還是我去。母親擔憂地看著我，胖媽從小菜櫥裡拎出一只蘋果塞在我的書包裡，哥哥對著花園吹口哨。我對母親和胖媽說：「放心，我走了。明天我就會和姊姊一起回來的。」又對哥哥說：「不要忘記儂講的獎勵！」說完，我就走出了家門。

余華有個短篇《十八歲出門遠行》，講的是一個十八歲的男孩毫無目標地出門遠行，而我只有十歲，我是目標明朗地出門遠行。余華的那個男孩子出門的時候和我出門的時候一樣，是一個晴朗溫和的中午，然而這個男孩子被世界弄得遍體鱗傷，躺了下來。但是我不可以，這個世界就是再虐待我，我也不允許自己躺下來，我一定要咬著牙齒來完成我的使命，不然的話我的姊姊大概就要死了。

我想起了我的姊姊還有我的哥哥，我們兄妹三人的年齡相差甚大，性格脾氣也相差甚遠。哥哥是極端的現實；姊姊是極端的幻想，而我則是極端的現實又極端的幻想。這極端的兩個方面，常常把我自己弄得很辛苦。

這一天，我就很辛苦地一個人，獨自轉換了三輛公交車前往姊姊的復旦宿舍。當我終於推開姊姊房門的時候，暮色已經降臨。房間裡沒有點燈，姊姊孤零零地躺在窗子旁邊的下鋪上，我走了過去，看到姊姊的嘴唇皮燒得一塊一塊地翹了起來，臉色發灰，熱水瓶裡一滴水也沒有了，我從書包裡摸出那個蘋果，告訴她：「胖媽講的，吃下去就會平安的。」說完，我就拿起臉盆架上面的搪瓷飯碗和地上的熱水瓶，到食堂裡去了。

食堂裡空空蕩蕩的，我先到洗手池的旁邊，洗乾淨了灰濛濛的飯碗，然後才筆直地走到打飯的窗口，要了一碗稀飯加了一些醬菜，最後又找到食堂後面的開水龍頭，打滿了一瓶水，便回到了姊姊的房間裡。我在做這些事情的時候，似乎完全忘記了自己的年齡，就好像一個成年人一樣。看到姊姊喝下一碗熱稀飯以後，兩隻眼珠子彷彿活泛起來，我對她說：「儂先睡下去，我到開水龍頭那裡去再沖一只湯婆子，今天早一點睡覺，明天早上四點起來，就回家。」

我拎了一只鋼宗的湯婆子再次走回食堂，心裡暗暗計算著：向前走、向左轉、再穿過一個宿舍樓……。這時我發現，這裡到處都沒有一個人，那些大學生們不是出去大串聯了，還沒有回來，就是待在家裡當逍遙派了。

我在心裡開始臭罵我的姊姊，這個人的腦子就好像僵掉了一樣，只要按照紅衛兵的要求，寫一份「和父親劃清界限」的檢查，就可以回家了，也不會落到今天這個地步，一場高燒，不能動了，還要我來想辦法把她偷出去。即使她寫下了對父親不敬的話語，父親在天之靈也一定會原諒她的。

聽說父親的朋友，在紅衛兵逼迫他的女兒上臺批判他的時候，還不斷地鼓勵女兒「堅強一點，堅強一點，不要慌，慢慢講」呢。

我一邊罵姊姊、一邊去為姊姊沖湯婆子，又原路返回。到了姊姊的房間，發現姊姊不在。我想她大概去上廁所了，於是跳到了床上，拉上帳子，「等一等嚇伊一跳。」

我這麼想著就蒙在被子裡等待。一直到我快睡著的時候，突然聽到一陣嘈雜的腳步，一群男學生走了進來，其中一個人掀開了我的帳子，推了一下我的被子說，：「喂，這麼早睡覺做什麼？是不是因為看到那個反動學術權威心絞痛發作暴死，嚇煞啦？起來，等一下還有一個鬥爭會呢！」

我真的嚇煞了，因為我完全清醒過來了，剛剛回來的時候應該右轉彎結果仍舊左轉，轉錯了方向，走錯房間了，而且還不知道是睡到了哪一個紅衛兵的床上。正在這時候，外面有人大叫：「快來，快來看，我們的紅旗做好了！」

房間裡的人一哄隆地朝外面跑，等到一點聲響也沒有的時候，我才從床上跳起來，拎起湯婆子，連滾帶爬地逃了出去。這時候我偶然一回頭，看到他們的桌子上有一只做毛澤東浮雕像的塑料模子，巡視周圍，看看沒有人，迅速地別過身體，惡作劇地在模子的鼻子底部點了一滴紅墨水，又在上面倒上石膏，這才一路不回頭地跑到姊姊的房間。姊姊看到我劈頭就說：「儂到哪裡去啦，這麼長時間，急出我一身汗。」

我什麼也沒有說，把湯婆子塞到了被子底下，鑽到姊姊的被筒裡就睡覺了，一夜無夢。

等我睜開眼睛的時候，鬧鐘還沒有響，我發現姊姊也已經醒過來了。抬起眼睛，看到玻璃窗上厚厚一層冰霜，迅速地跳了起來，我知道迎接我的今天將是更加艱難的一天。

我咬著嘴唇，盡快地把自己和姊姊收拾好，先是用湯婆子裡的還有些餘溫的熱水舒舒服服地擦了一把臉，又把熱水瓶裡的水灌到湯婆子裡，然後就讓姊姊扶著我的肩膀走出房門。我感覺到姊姊的虛弱，她仍舊在發高燒。我幫姊姊坐到殘疾車上，又把湯婆子塞在她的衣服裡。在做這些事情的時候，我始終沒有開口說話，因為生怕一開口，我的勇氣就會溜出去，今天我需要勇氣。一切都安排妥當以後，姊姊再一次問我說：「儂試著扶我坐公交車回去好嗎？」

「做夢！」我心裡回答。轉來轉去要倒換三輛車子，中間還要走很多的路，對姊姊來說，就是不發燒也是很困難做到的事情。我把我的方圍巾解了下來，把姊姊發燒的腦袋，連同她戴著口罩的嘴巴一起包紮得嚴嚴實實，我們開始上路。

天，還沒有亮，冬日裡的清晨是那麼地寒冷，我帶著好婆親手縫製的棉手套，握著姊姊殘疾車上冰冷的鐵管，我彷彿感覺到整個世界都是凍結的。我們姊妹倆就在這凍結的世界裡穿行。校園裡沒有一個人，只有破碎的大字報，被尖刀一般的寒風割裂得沙沙作響。我非常緊張，感覺到自己馬上就要崩潰了。終於走出了校門，我壓低了聲音說：「快，快，穿小路！」

姊姊在紮緊的口罩和圍巾底下艱難地回答：「我知道。我知道。」殘疾車的龍頭一下子轉進了鄉間的田埂上。

我的心安定下來，眺望遙遠的第一線晨曦，我看到了父親和我們在一起。

我深深地吸了口氣，空氣裡蔓延著凍僵的泥土味，周圍安靜得就好像一切都靜止了一樣，連村野裡的牲畜都還在沉睡。穿行在農家的籬笆圍牆當中，突然，陶淵明的詩詞在我的腦海裡冒了出來：「結廬在人境，而無車馬喧。問君何能爾？心遠地自偏。採菊東籬下，悠然見南山。……」

這首詩是小時候坐在好婆的腳爐旁邊，像小和尚念經一般背誦得滾瓜爛熟的。但是我似乎從來也不知道，那裡面還會有極其微妙的意境。詩人那種回歸自然的灑脫和飄逸，一直到我身處逆境當中的時候才領略到，不過我始終更加喜歡「君不見黃河之水天上來，奔流到海不復回。……天生我材必有用，千金散盡還復來。……」如此直接淋漓盡致的發抒，沒有一點點裝腔作勢。

然而，此時此刻，無論是南山還是黃河，都激發不起我的興致，我想的只有一件事，那就是：回家！

前面已經是小路的盡頭了，姊姊的殘疾車的龍頭轉向了大路。就是在這時候，一隻手從側面伸過來，抓住了車頭，嚇得我魂魄飛散。正要跳起來拚命，一看竟是父親老朋友的養子。他滿臉悲傷，告訴我們，他的養母去世了。

他的養母早年畢業於英國愛丁堡大學，抗戰勝利以後，回國擔任復旦大學中文系教授，後來出任復旦大學圖書館館長。她的丈夫，也是書香門第出身，還是清代大史學家、文學家的後裔。他們夫婦兩人西語、國學功底深厚，共同翻譯了狄更斯的《艱難時世》，這是我後來閱讀的狄更斯的第一部作品。在生活當中，這對當年的海歸夫婦，永遠都是夫唱婦隨，除了翻譯寫書，還好崑曲，據說常常會此哼彼唱，有滋有味。

記得在她家裡的牆壁上，掛著一張徐悲鴻駿馬圖，那一匹匹披頭散髮的駿馬，好像一眨眼就要從宣紙上撞出來一樣，迄今記憶猶新。她家裡還有一隻小花貓，但是對我來說，印象最深的卻是她的那道紅燒獅子頭。每次到復旦看望姊姊，最開心的就是到她家吃午飯。大概知道我喜歡這道紅燒獅子頭，特別高高地堆放在我的前面。那時候吃肉是件大事，所以記得很清楚，那獅子頭夠大夠入味，常常是吃下去一個就已經全飽了，只是因為太喜歡又再要了一個。後來走遍天涯海角，再也找不到如此鮮美、潤滑的獅子頭。

姊姊一聽到這位在復旦大學最關心她的長輩，因突發心臟病去世，立即調轉車頭，跟著那個抓住她車頭的男孩子就走。我急得跳起腳來，卻阻擋不住殘疾車向著來路行進。姊姊的殘疾車怎麼變得輕便起來？剛才我用盡力氣一步一步艱難地推出來，現在我不僅沒有用力氣，反而還被車子拖著奔跑。再一看，姊姊也不知道是哪裡來的力氣，手搖腳蹬，車子就好像要飛起來一樣。另外，這條來路怎麼縮短了？剛才走得天昏地暗總也沒有盡頭，現在一眨眼就又回到了校園附近。

我氣得要發瘋了：「作死啊！剛剛逃出來，又自己送回去，我不管儂啦！儂去死我也不管啊！」我惡狠狠地在心裡臭罵她。

但是殘疾車已經穩穩當當地停在一幢復旦大學的教授宿舍的門口了，我的心一下子平靜下來。凜冽的西北風在我的腦後席捲起凋零的枯葉，溫馨的小木門在我的眼面前輕輕打開，我的眼淚不由自主地從我的眼眶裡滾落下來。姊姊捉牢我的肩膀，把我拎到一幀不大的黑白照的前面，我的整個的人都好像被綁定在地板上一樣。我看到照片上慈愛的微笑後面，雕刻著銘心的痛苦。那是因為在她心絞痛發作之際，「紅衛兵」不准她住院就醫，硬是疼死在床上。此刻，我已經不再需要姊姊的敦促，只是自覺地緊跟著搗蒜一般鞠躬的姊姊後面，深深地叩下了自己的腦袋。

等到我們再次上路的時候，天已經大亮了。我們不再繞道小路，太陽在我們的身後，照亮了前面的大路，我就好像打足了氣一般，推著姊姊的殘疾車，大踏步地走在田邊的公路上。太陽升到我們頭頂上空的時候，我們走過了外白渡橋，不知道是因為走路走熱了，還是太陽把我們曬熱了，我們的腦袋上微微冒起了熱氣。姊姊問我：「儂吃力嗎？」

我搖了搖頭，實際上我的腳底板已經開始疼痛了。我們走到南京路的時候，腳底板愈來愈疼痛，我怕自己會堅持不住，藉口要把那只湯婆子裡變冷的水倒掉，就停了下來。我把湯婆子從姊姊的衣服底下抽了出來，擰開蓋子，把水倒在路邊的下水道裡，一個年輕的母親在我的身邊蹲了下來，拉開懷裡嬰兒的尿布，背著風把尿。嬰兒聽到我的倒水聲，嘩嘩地看著我尿尿。

我笑了，這是我這兩天來第一次微笑。回頭看姊姊的時候，發現姊姊也在微笑。太陽包滿了她的全身，只希望她不要繼續發燒。

姊姊看著我說：「我肚子餓了，儂呢？」

我回答：「不餓，就是嘴巴很乾。」

姊姊說：「去買雪糕吧！」

我說：「棒冰就可以了，棒冰爽快，我裡面火氣大得很！」

那時候光明牌赤豆棒冰只要四分錢一根、奶油雪糕八分錢一根，我用八分錢買了兩根棒冰，又花了一角三分買了一只益民食品廠出產的精白麵包。這是很奢侈的呢！因為精白麵包要比黑麵包貴出四、五分錢，正好和現在反一反。到了美國以後，丈夫總是要到專賣店購買黑麵包，而我又一定要到大眾化的超市尋找精白麵包，每當這種時候，丈夫總歸要把那只巨大又柔軟的精白麵包藏到食品袋的最下面，他說：「不要讓鄰居看到了以為我在虐待妳啊，那是不健康的呢！」

然而無論有利健康與否，我都偏愛精白麵包。這種精白麵包讓我回想起那一天，我和姊姊在南京路上的太陽底下，一路走一路就著棒冰啃麵包，那只麵包又香又軟。

「真好吃。」姊姊說。

我說：「搨一點白脫油就更加好了。」

姊姊說：「爸爸喜歡草莓果醬。」

我說：「媽媽喜歡花生醬。」

我又加了一句：「其實我最喜歡的是夾火腿，儂最喜歡的是夾雞蛋。」

「有一次，爸爸從北京回來，帶了一隻全聚德的烤鴨，夾在老大昌的土司裡，那才叫香呢！不過那時候還沒有儂。」姊姊啃了一大口麵包說。

就這樣，在一個陽光燦爛的午後，我們姊妹倆行進在上海最熱鬧的南京路上，一邊搜腸刮肚地回想各種美味，一邊吃棒冰啃麵包，那只上海益民廠出產的精白麵包，是我一生當中吃過的最香的一只麵包。

太陽漸漸下山了，千絲萬縷的霞光，正對著我們的面孔，姊姊好像又在發燒了。她的眼睛微閉，我叫她，她沒有回答，我心裡害怕，大叫起來：「阿姊，儂千萬不要死啊！」

姊姊用力睜開眼睛，勉強做出一副微笑，她說：「不會的，我就是有一點吃力，我想回家。」

「再走幾步，馬上就要到家了，再走幾步，馬上就要到家了，一、二、三、四、五、六、七、……」我一步一步地數著自己的腳步，努力地邁動沉重的雙腿。

在我一生當中，最喜愛的長篇小說就是《飄》，我永遠都不會忘記裡面的那句歌詞：「只要再過幾天，就能把這副重擔卸掉……，只要再走幾步，就能把這副重擔卸掉。」

事實上，我已經走不動了。我感覺到我的腳底板就好像要火燒起來了一般，我的兩條腿已經痠痛得再也抬不起來了，我馬上就要趴到地上去了……，可是我……，我不可以趴下，我一定要把姊姊推回去。姊姊的眼睛又閉下來了，姊姊，儂千萬堅持住，我們馬上就要到家了。但是我自己堅持不住了，前腳不小心絆到一塊凸起的石頭上，「啪」一下，我重重地摔倒在人行道上。頓時，痛得我眼冒金星，擦在水泥板上的兩隻手心滲出了鮮血。

姊姊被我嚇醒了，她問我：「怎麼啦？怎麼啦？要緊嗎？」

我迅速地從地上爬了起來，把兩隻出血的手藏在她的背後說：「沒有關係，就是絆了一下，沒有摔倒，一點也不痛。」

我的鞋子破了、褲子破了、手掌破了，我站在當時上海音樂學院的大門口，我就是在這裡摔倒的，又在這裡爬了起來。我攤開血淋淋的雙手，對著太陽發誓：「蒼天作證，大地作證，這扇站立在這裡的大門作證！我今生今世要和那批逼迫我到這一地步的紅衛兵、造反派不共戴天、勢不兩立。」

可惜我沒有《飄》裡面的郝思嘉那樣的機會，可以用手槍「砰」一聲打爛她所憎恨的北方佬的面孔，不然的話，那時候，我一定會毫不猶豫地對著造反派開槍。

當我終於看到我家那幢衝著淮海路的花園公寓的時候，我渾身上下都是麻木的，連腦子也是麻木的了。母親和胖媽爭先恐後地從門洞裡擠了出來，她們連背帶抱地把我們弄進了房間，胖媽打來一盆熱水，把已經和我的腳板上的鮮血黏在一起的襪子，一點一點地褪了下來。哥哥興沖沖地走了進來，他的手裡抓著一個紅色的小紙包說：「看，看，這就是我給儂的無價的獎勵！」

我慢慢地打開紙包，我看到那裡面是一張毛澤東接見紅衛兵的照片。

第二天，我一瘸一拐地爬上家門口的26路公共汽車，一直坐到最後一站。我下了車，穿過外灘洋派的高樓大廈，一步一步走到黃浦江的旁邊，花了一角錢，蹬上了擺渡船。

我一個人，站在船尾，目視著滔滔江水，無感覺地從口袋裡掏出一把撕得不能再碎的照片紙，一粒一粒地丟進了黃浦江……

永恆的記憶

明亮的天空上，彷彿被塗上了一道碧藍的墨水，而我則好像變成了一隻西班牙畫家達利筆下似馬非馬的怪物，赤裸裸地撲倒在沙灘上？海水裡？我不知道自己是在哪裡，我的眼睛只能和地面平行，我看到的只是一個支離破碎、虛幻冷寂的世界。我感覺到我的身體極為沉重，沉重得只能疲軟地往下塌、往下塌……

我想叫救命，張開嘴巴沒有聲音……。突然。我看到了我自己，變了形的自己，就在我自己的眼面前，迅速地陷下去，我延展了自己的肢體去抓自己，抓不到，抓不到……，我定了定神，發現那不是我，是小孃孃！小孃孃慘淡而蒼白地微笑著，在我的前面往下沉，攤手攤腳地往下沉，我大叫：「小孃孃，快回來！」

小孃孃沒有回答。我又叫：「小孃孃，踏水啊！一踏水儂就會上來的！」

小孃孃仍舊沒有回答。周圍是一片荒蕪的曠野，我有一種叫天天不應叫地地不應的感覺。我拚命地掙扎：「救命啊！」我清醒過來了，我發現這是一個夢。

小孃孃又在我的眼面前出現了，她的額頭上爬著一條蚯蚓一般漆黑色的鮮血，據說是被一艘滯留黃浦江裡的輪船撞擊的。她的面孔在灰暗裡面泛發著青光，那是因為長時間的憋氣造成的。一位精神病專家後來告訴我：「會游泳的人在水裡自殺是死不掉的，因為在死過去的最後一刻，只要下意識地動彈一下就會浮上來。」

我告訴這位精神病專家：「錯，錯，錯，我的小孃孃是一位游泳健將，就是跳黃浦江自殺的。」

我徹底清醒過來，小孃孃已經死了。我始終不能接受這一事實，活蹦亂跳的小孃孃怎麼會一夜之間就變成一具水淋淋的死屍，直挺挺地晾在黃浦江邊的堤岸上呢？

小孃孃是母親最小的妹妹，因為年齡和我的哥哥姊姊差不了多少，於是變得更加親近起來。她幾乎每天都會騎著自行車到我家，有時候一大早就來敲門了，母親說：「當心啊！上班要遲到了。」

「不怕的，我從後門溜進去，沒有人會發現的。」說著就把一只熱呼呼的烘山芋塞進了我的被窩。母親大叫：「又把什麼馬路攤頭上東西帶進來啦？齷齪啊，吃了要生病的，快拿出來！」

「沒有啊！」我和小孃孃異口同聲地回答，說著便一起偷笑起來。

我永遠都是小孃孃的同黨。那時候，樂樂有哮喘，小孃孃到處找偏方，甚至帶領大家捉老鼠。捉到一窩小老鼠，就拿到我家的院子裡，搭了一個土灶，放在瓦罐裡當藥引。那隻瓦罐裡什麼都有，八腳、蜈蚣……，我幫她揀來不少的樹枝，瓦罐裡黑乎乎的藥湯在烈火的煎熬下，發出了突突突的聲響。

母親罵她：「作死啊，不要毒死人才好啦！」

她便認真地回答：「我嘗過了，就是苦一點，這是人家祖傳的祕方，我花了十塊錢才買來的呢！」

母親嘆了口氣說：「總歸是這樣糊里糊塗的過日子，人家騙儂，儂不曉得就算了，儂還要自己騙自己。」

小孃孃坐在我的對面的小板凳上，一邊往火堆裡踢小木片，一邊和我做拍手掌的遊戲，她悄悄對我說：「世界上沒有這麼多壞人的。」

我沒有在意，繼續和她做遊戲。這天小孃孃把熬好的藥湯灌進一只細細的熱水瓶，掛在自行車的龍頭上，小心翼翼地騎走了。母親在窗子裡面看著她的背影，對我說：「儂不要一天到晚糾纏著小孃孃，伊已經是很辛苦了，伊是很不容易的。」

我想了想，沒有辦法把「辛苦」、「不容易」和小孃孃連在一起，也就不再追究了。

第一次看到小孃孃的「辛苦」和「不容易」，已經是文革開始了一年以後的事情了，這是一個颳風的夜晚，小孃孃像一塊木頭一般杵在母親的背後，她一遍又一遍地對母親說：「我是一定要去的，我是一定要去的……」

母親一邊洗臉、一邊說：「這麼遠的路，路上又不太平，許多地方還在武鬥，甚至真槍實彈的，很危險，儂還是不要去的好。」

「我是一定要去的，我是一定要去的……」小孃孃反反覆覆地說。

「我再講一遍，儂不要去，人已經死了，儂去也是沒有用的！」母親有些不耐煩了。

「我是一定要去的，我是一定要去的……」小孃孃帶著哭腔說。

「真是腦筋不清爽了，人家已經定了伊的性，講伊是特務。儂一定要去，就是承認自己是特務的老婆，那就永世不得翻身了！」

「伊冤枉的，我不去心裡不平，無論伊是特務還是英雄，我總歸都是伊的老婆。我是一定要去見伊最後一面。」小孃孃的聲音愈來愈虛弱，但是口氣卻愈來愈固執。

就這樣，小孃孃在那個文化大革命深入到如火如荼的年頭，斜背一只軍綠色的帆布挎包，跳上一輛破舊的火車，坐在車廂當中地板上，兩天兩夜沒有合眼，隻身前往東北，為她的「特務」丈夫收屍。

我有很長一段時間都弄不懂，漂亮活絡的小孃孃，怎麼會和那麼個黃胖浮腫又木頭木腦的小姨父結婚。我斗膽問過母親，母親回答：「小人不要多管大人的事情。」

倒是姊姊偷偷告訴我：「儂看到的小姨父，已經是個經過了精神病醫院特殊治療的病人了。當然是眼目呆鈍無光、皮膚鬆弛蠟黃、行動遲滯緩慢。儂沒有看到小姨父剛剛從美國回來的時候，西裝筆挺，一表人才，而且聰明得一塌糊塗呢！」

原來小孃孃和她的夫婿當年是上海申江大學的同學，那時候英文系的小孃孃就好像是一個美麗的小公主，家境又好，追求者無數。在這些眾多的追隨者當中，有一個機械工程系的高材生被我的外公一眼相中，因為外公最相信的就是工程師。外公以為工程師總歸是最保險的職業了，就好像他自己。這個工程師走的也是出國留學的道路，只是他比外公更高一籌，他在畢業那年獲得美國的一個理工學院的獎學金，前往攻讀學位。他實在是聰明的，要是他稍微不聰明一點，他的命運就會好得多。要是他更加聰明一點，他的命運也會好得多。我不知道他學成之後是為了報效國家，還是為了小孃孃，總之他回國了，結婚了。

姊姊還記得小孃孃結婚的時候，專門請來了風水先生為他們新床定位。我猜想，這位風水先生一定是看花了眼，小孃孃的不幸就是從這張大床開始的。糊里糊塗的小孃孃到北京旅遊結婚兜一圈回來，禮拜一開開心心地背著一只軍綠色的帆布挎包去上班，挎包裡裝滿了大白兔奶糖。那時候她還不會騎自行車，倒了兩輛公共才到達她任教的中學。進了大門，一路走一路散發她的喜糖，最後踏進了校長辦公室。

「儂遲到了，要寫檢查的！對了，儂身上背的這只包包好像不是中國貨嘛……」校長是老熟人了，曾經和小孃孃、小姨父一起在申江大學讀書，只是因為地下黨身分暴露，剛剛讀了兩年就不得不肄業了。

四九年以後，小孃孃大學畢業分配到一所中學擔任英文老師，報到那天，頭一抬，「咦，儂就是校長啊！不要忘記當年儂還追求過我的呢，以後多多關照噢！」校長被小孃孃弄得哭笑不得。

那以後小孃孃常常會倚仗著自己是老同學便逃掉政治學習會，校長一點辦法也沒有。誰讓他當年大冷天裡穿著自己唯一的一條西裝短褲，追在小孃孃後面送一朵玫瑰花呢？不過偶爾想到自己現在的身分便會下意識地打打官腔。就好像當他看到小孃孃婚假回來，首先不是祝賀，而是批評她的遲到。

不料小孃孃根本不吃這一套，開口就說：「不要一本正經好吧！儂講的是禮拜六的下午嗎？不要忘記那是政治學習，又不是上課，上課我從來也沒有遲到過。對了，儂的眼光倒是滿好的，這只包包一眼看上去就好像是只最最普通的軍用書包，事實上這是一只美國貨呢！儂看，這裡面大大小小的口袋十多個，非常實用。」

「喔唷，真的滿特別的，一定是儂的新郎倌花了血本為儂買來的吧？」校長說。

「儂以為那個書讀頭會為我買東西嗎？那是他房東的釣魚包，房東老頭子是個退役軍人，唯一愛好就是釣魚。伊很大方，不時調換釣魚的行頭，買了一個新包，就把舊包送給書讀頭了。這是伊帶回來的行李當中唯一的好東西，被我一眼就看中，裡裡外外刷洗了一遍，又把脫線的地方縫縫牢。這時候我發現，包包的底下還有一個夾層，裡面是個密袋呢！」小孃孃一邊說、一邊把包包翻了過來，她拉開了夾層的拉鍊，從裡面挖出一把稀罕的美國巧克力。

小孃孃說：「這是專門留給儂的。」

校長無話，再也不提「寫檢查」這三個字。

小孃孃逃掉了「寫檢查」，小姨父就不那麼幸運了，他回到他的母校任教，那時候申江大學還沒有被拆散。人事科客客氣氣地歡迎他回來參加建設新中國，暗地裡開始調查：(1)為什麼美國人要給小姨父獎學金到美國去讀書？⑵讀完以後又為什麼要放他回中國？

理由只有一個：他是特務。

小姨父這個書讀頭做夢也沒有想到，一踏上自己的國土，就變成了特務。以後無論在何時何地，都會受到「人」的監視。上班，下班，走路，吃飯，甚至蹲茅坑，無時不刻地有人盯著他，幾乎沒有一分鐘自由。最可怕是寫檢查，那個人事科要小姨父把在美國留學的每一天的活動都清清楚楚地寫下來。

小姨父回來原本只想當一個本本分分的教書匠，不料書沒有教成，卻整天對著一張白紙寫檢查。小姨父的精神崩潰了，他通夜、通夜地坐在新婚時定位的大床上，兩隻眼睛盯著天花板，翻來覆去地說：「我實在想不出來啊……」

睡在他旁邊的小孃孃跳起來說：「儂真是一個書讀頭，我來幫儂！」說著就赤著腳爬到閣樓上，找出兩本過期的年曆，然後在每一個小格子裡填上同樣的字樣：「睡覺十小時，早飯、中飯、晚飯三小時，拉屎一小時，餘下的十個小時上課，進圖書館。」

「再把儂的上課筆記和讀書筆記分分開，填進去，不就可以了嗎？」小孃孃說。

「不可以！我從來也沒有拉屎一小時！」

「書讀頭，儂有便祕，沒有一小時拉不出來！或者就把儂進圖書館的時間拉長，不要拉屎了！」小孃孃說完便回到床上睡覺了。

小姨父出了毛病，先是失眠，接著是重聽，後來是幻覺，弄得他疲憊不堪、人模鬼樣。小孃孃開始擔心，她摸了摸小姨父憔悴的臉頰心疼地說：「儂這樣下去要變成精神病的，怎麼辦呢？」

小姨父回答：「我是寧可變成精神病的，我就想變成精神病呢！」

「不要亂說啊！變成精神病就要到精神病醫院，那是很痛苦的，要上電的。」小孃孃哭起來了。

「對我來說精神病醫院就好像天堂一樣，肉體上再大的痛也比不上精神上的摧殘，求求儂，把我送進精神病醫院吧！」

「儂要堅持啊！我肚子裡已經有了第二個孩子了，儂想想孩子們……」

「就是想到孩子們才更加要變成精神病呢！精神病總比特務好……」

「怎麼會發生這種事情的呢？好好一個人，正常人不當，要當精神病……」小孃孃大哭。

幾天以後，小姨父被送進了精神病醫院。等到姊姊再次看到他的時候，那個原本風度翩翩的美國學者，已經變成了一個壽噱噱的木頭人了。後來我在美國認識了一位精神病醫生，我向他請教：「精神病醫院裡的『上電』是什麼啊？」

醫生回答：「那不叫『上電』，叫『電休克』，是一種對不能自我控制的重病人的專門治療，不會輕易動用。」

「是不是一種酷刑？為什麼精神病人只要一聽到這兩個字就會聲色驟變？」我連想到了小說《紅岩》裡的電刑故事。

「不是刑法，是一種治療，經過這種治療的病人，就會老實了，老實到了木知木覺，正常人是不可能去接受這種電療的。」醫生說。

「為什麼？」我追根刨地。

醫生想了想，有些猶豫地說：「『電休克』會讓一個正常人感覺到自己突然騰起墜入深潭，到了魂魄消失的地步，又一下子被拋到空中，渾身冰涼，瀕臨窒息，那種上天入地的感覺不是一般人可以忍受的，就好像是到地獄裡走了一圈一樣。」

聽得我背脊後面一陣寒風颼颼……

小姨父從精神病醫院出來以後，人事科再次召見了他：「身體好多了嗎？」

「啊，啊……」

「現在擺在你面前有兩條道路，⑴是留在上海繼續寫檢查；⑵是到東北去支援那裡的教育事業，參加教學。」

「我到東北去，我到東北去……」

小姨父去了東北以後，小孃孃的校長把她招進辦公室，「儂要怎麼謝我呢？是我動用了老戰友的關係，才把他送到安全的地方。」

東北確實要比大上海安全很多，也許是因為小姨父在那裡一門心思教書，那些淳樸的學生們也喜歡他，他又變得活絡起來。文化大革命開始的時候，他躲在宿舍裡，倒好像是被遺忘了一樣。不料一年以後，一封匿名揭發他是特務的信函從上海飛到了東北，那裡的學生們就好像受騙以後覺醒了一般，連夜把他從被窩裡拖出來批鬥。那是肉體加精神的虐待，小姨父吃不消了，這一次連發精神病的機會也沒有了，小姨父很清醒地把他的存款帳號一一寄回上海，向小孃孃交代清楚，然後獨自打開煤氣，回到他的西方世界去了。

記得那一年小孃孃從東北收屍回來，很平靜地向母親訴說了整個的過程，她講：「伊看上去沒有什麼痛苦，很安祥，倒是幸福的。」

她又講：「我沒有哭，我為伊感到解脫。」

現在想想，小孃孃那時侯已經看破了，她似乎已經準備好了幾個月以後就要跟隨小姨父而去的，就好像當年小姨父追隨她而回國一樣。

果真就好像母親預料的那樣，小孃孃從東北回來以後，就變成了隱藏在教師隊伍裡的階級敵人——美國特務的老婆，一下子被紅衛兵揪了出來。原本還可以躲在一邊看看熱鬧，最多也就是跟隨著自己的母親掃地出門，可是那時候掃地出門的人愈來愈多，已經不稀奇了。然而這一次，真是搬起石頭砸自己的腳。一夜之間，學校的裡裡外外都刷滿了小孃孃的大字報，小孃孃就好像變成了一隻過街老鼠。

「小姊姊，明天我就要自殺了！」小孃孃對母親說。

「為什麼？想想兩個孩子，就不要做這種不負責的事情！」母親訓斥說。

「紅衛兵講要剃我們這些階級敵人陰陽頭呢！頂了一個陰陽頭，我怎麼走到馬路上、怎麼回家啊！打也要被人打死的。」

第二天，母親和我正在為小孃孃擔心，她騎著自行車來了，還沒有把車停穩就說：「小姊姊，今天我不自殺了，一個站在我前面的美術老師自己把頭伸出來，老老實實地讓紅衛兵剃，一邊剃一邊講：『我不會對抗紅衛兵小將們的革命行動，我會老老實實讓你們把我剃成陰陽頭，只是希望我是最後一個陰陽頭，剃到我這裡為止。』那些紅衛兵大概是聽了無趣，便真的停止了呢！」

「這是一個真正的男人啊！」母親鬆了口氣說。

「小姊姊，儂看看我頭頸後面怎麼了？痛得要命呢！」

「啊喲，什麼東西在儂的後頭頸嵌了一條印子，出血呢！」胖媽在一邊看到了大叫。

「那是掛牌子的鐵絲勒出來的，學校裡的牌子都是用黑板代替的，所以重得嵌到肉裡面去了呢！」母親解釋說，胖媽已經拿來了一瓶紅藥水。

小孃孃一看便跳將起來，「不要啊，明天讓伊拉發現要加倍地打我呢！」母親和胖媽一起心疼地把小孃孃抱在懷裡了。

過了幾天，小孃孃一瘸一拐地來到我家的後花園，拍打著籬笆門，胖媽聽見了連忙奔出去：「妳怎麼不走前門啊？」

「前門有紅衛兵呢，我不敢啊！」說著就跌到地上了。胖媽連忙讓我找來了奶無奶幫忙，她們一起把小孃孃弄到床上，奶無奶拿出一瓶她女兒送來的雲南白藥，擦洗乾淨又上了藥的小孃孃，就好像個孩子一樣蜷縮在母親的大床上睡著了。

又過了幾天，小孃孃帶著滿身的傷痕來了，一進門就對胖媽講：「胖媽幫我把黏在身上的襯衫脫下來好嗎？謝謝儂，想辦法把這件襯衫弄弄綴、弄弄齷齪，不然的話紅衛兵又要打我了。」

「作孽，這是『的確良』，怎麼弄得綴呢？妳就穿我的舊布衫吧！」胖媽說。

「太好了，我用我的『的確良』襯衫，換儂的舊布衫好嗎？胖媽，儂對我真好。」小孃孃可憐唧唧地說著又爬到母親的床上。

母親回來的時候小孃孃還睡著在那裡，母親說：「不要叫醒伊，伊在家裡是一個囫圇覺也睡不成的呢！」

原來是女傭人阿莘不知道是受人指使，還是因為她本來的癖性，自從小孃孃做為階級敵人揪出來以後，她就惡狠狠地監視起小孃孃來了。

我無論如何也沒有辦法把小孃孃和「特務」這兩個字連在一起。倒是這個女傭人阿莘很像《列寧在一九一八》裡的女特務。有時候看見她刁著根「飛馬」牌香菸，斜靠在亭子間的門口，我便會情不自禁的擔心她會突然從衣服底下掏出把「布朗」手槍，對著我的鼻子「砰砰」兩下。然而阿莘殺人的手段不是用手槍，而是另外的一種方法。她日以繼夜地折磨小孃孃，甚至連小孃孃吃一顆荷包蛋都要做為階級敵人的活動來匯報，更可怕的是，她還不許小孃孃的一對兒女和小孃孃講話，逼迫他們一定要和母親劃清界限。

禮拜天到了，母親被勒令寫檢查，坐在桌子前面發呆，從早坐到晚，也沒有寫出幾個字，她發起老急：「明天要交卷啦，怎麼辦？怎麼辦？快叫小孃孃來幫幫我。啊呀，小孃孃怎麼一天都沒有來啊？今朝是休息日，伊總歸是在我這裡過的，快叫儂的哥哥踏腳踏車去看一看。」

哥哥回來了，果然是出了事情，原本小孃孃的「特務」事件應該趨於降溫，緣由是紅衛兵發現了階級鬥爭新動向，就是那個校長被揭發出來是叛徒，這個叛徒還出賣過同志，於是大家群起而攻之，鬥爭的矛頭直接對準校長。

不料這個該死的校長為了轉移鬥爭方向，編造小孃孃不僅僅是特務的老婆，而且本身就是特務。當年為了破壞地下黨，專門拉攏他……，大冷天裡穿了一條短褲，追在他的後面送一朵玫瑰花……，還有一只美國軍人專門授給她的軍用書包，裡面大大小小的口袋十多個，包括一只暗袋，專門隱藏機要……，大概校長以為這些還不夠，又加一條：「這個特務還要和我搞腐化！」

全校譁然，大大小小的紅衛兵爭先恐後地衝進小孃孃的家，把小孃孃拖到弄堂裡，按在一條長凳上跪著批鬥。所有的污水都往小孃孃的頭上倒，小孃孃當場昏倒。哥哥趕到的時候，紅衛兵已經退回去了，只有那個阿莘正揪著小孃孃的頭髮到處亂撞，哥哥大喝一聲：「儂想殺人啊！」阿莘嚇了一大跳，看看周圍沒有人可以幫助她，便放下小孃孃，訕訕回房去了。

「小孃孃情緒怎麼樣？」母親關切地問。

「還好，我走的時候已經睡到床上去了。」

「那就好，明天一大早我再去看伊，今朝讓我把檢查寫好。」母親嘆了口氣。

第二天，小孃孃自殺了。她是在清晨三點鐘投入黃浦江的，那時候整個上海都還在沉睡當中，她一個人把自己梳洗乾淨，沒有留下半句遺言，毫不躑躅地離開了這個世界。

得到噩耗的時候母親正要出門，她的兩隻腳立刻就僵直在那裡不會移動了。胖媽用她壯實的胳膊把母親支撐起來，然後便架著母親前往外灘收屍。我連忙換了雙套鞋跟在她們後面，母親看見了轉過腦袋說：「回去，這不是小孩子去的地方！」

我沒有反抗，只是在她們走遠以後又偷偷地跟了上去。

黃浦江畔的一個角落裡，整整齊齊地排列著十多具屍體。遠遠地，我看到母親和胖媽彎下身體，翻開屍體上面的爛蒲包，一具一具的辨認。突然母親顫抖了一下，胖媽連忙用手遮住了母親的面孔。緊接著母親跪在地上，脫下自己的外套，把眼面前的屍體包裹了起來……

胖媽攙扶著母親前往水上派出所的辦公室辦理收屍手續。我無聲地走到小孃孃的一側。一個收屍的工人蹬著一輛腳踏車過來，他把腳踏車停穩在小孃孃旁邊，又在一個打撈工人的幫助下，把小孃孃的屍體拎頭拎腳地拎起來，甩進了掛在他的腳踏車旁邊的一個窄長的車斗裡，他對打撈工人說：「這個落水鬼沒有一個大肚皮，好像不是跳黃浦的。」

打撈工人說：「是跳黃浦的，但是沒有吃水，是一口氣屏死的。」

收屍工人說：「一定是一個女人，只有女人才會這麼硬。」

我的胸口膨脹起來，渾身都在抽泣，卻沒有眼淚，我感覺到我眼淚已經被胸膛裡熊熊的烈火燒盡了。

收屍工人一腳跨上腳踏車，一用力車子移動了。我的小孃孃就在光天化日之下，頂著一張爛蒲包和母親的外套上路。蒲包遮蓋不住小孃孃被沖掉一只鞋子的光腳，那腳上沾滿了黃浦江裡齷齷的垃圾。秋風席捲著落葉掀起了母親的外套，露出了小孃孃的一束頭髮滴著水。頭髮從車斗旁邊的夾縫裡落了下來，老遠老遠還看見那束烏黑的頭髮，在污垢的車子後面盪來盪去。

晚上，胖媽把原本架在窗臺上的鐵刀、鐵鏟、鐵剪子「打鬼的」武器都撤走了，這些東西是在我第一次撞到那個跳樓自殺的老新四軍以後就放上去的，胖媽相信，這些鐵器可以阻擋那些愈來愈多的冤魂鑽進家裡。可是這一天，胖媽說：

「我要讓苦命的小孃孃回來，我也不怕鬼了。」半夜裡，她拚命拍打我的臉頰，驚恐地把我從床上拎了起來，她說：「小孃孃來了！她的鬼魂來了！你看，那件我特意漿洗乾淨的『的確良』襯衫移動過了，一定是小孃孃！」

我從床上坐了起來，聽到鋪著小孃孃的確良襯衫的寫字檯上發出「咯楞登」一聲響，又看到小孃孃縫製的窗簾陰森森地搖來搖去，胖媽在旁邊帶著哭腔一字一句地說：「小孃孃，妳放心，妳放心，惡人一定有惡報！」

幾年以後，阿莘莫名其妙地慘死在亭子間。據隔壁人家說，聽到她又哭又叫整整一夜：「救命呀！救命呀！小孃孃救命呀！」聲音極其陰森可怕，沒人敢前往觀看。

又過了幾天，不信邪的阿香老頭撬開了亭子間，阿莘的屍體在那裡開始腐爛。

餓

母親是在上班的時候被單位裡的造反派押送回來的，我聽到鑰匙在鑰匙洞裡「隔拉隔拉」轉過來轉過去的聲音，就跳起來跑出去開門。

不料門一開，一大群帶著紅袖章的人湧了進來。母親被他們圍在中間，幾個過去追在她屁股後面叫「師傅」的人，現在卻好像有著刻骨仇恨一般拎著母親的胳臂。從他們凶神惡煞的叫罵聲當中，我才知道：這一天，上海宣傳部門在陝西路上的文化廣場召開鬥爭大會。因為父親的關係，母親被他們單位的造反派捉到現場「受教育」。不知道出了什麼問題，一向精明的母親一時糊塗，竟敢坐在這個森嚴壁壘的萬人廣場，把當時打人的、謾罵的、拽頭髮的……，造反派的名字一一寫在她的筆記本上。在那口號聲此起彼落的鬥爭現場，母親忘記了自己的危險境地，她那支派克金筆瘋狂地刻進了紙張，留下斑斑痕跡。

「啊喲，儂在記變天帳啊！」

「真是膽大包天！揪出來！揪出來！打倒！」

頓時，群情激憤，幾個帶著紅袖章的人，一下子就把在觀眾席上的母親拖了出來，臨時做了一塊大牌子，狠狠套到母親的頸脖上，又讓母親一手拿鑼、一手拿錘，一邊敲打一邊叫喊打倒自己的口號。備受侮辱的母親把銅鑼敲得震天響，她似乎把所有的怨氣都通過這一下又一下的敲打，發洩了出來。

大概是揪住母親頭髮的造反派也吃不消這震耳欲聾銅鑼聲，他們不得不勒令母親停止敲鑼。揪鬥母親的造反派裡面有一張最凶狠的面孔是我熟識的，幾年前她結婚的時候，母親專門把家裡兩張牛皮凳子，拿到隔壁萬盛家具店裡翻新，放在她的娘家陪嫁一起，實在是最漂亮的呢！後來她和夫婿上門來送喜糖，母親請他們一起喝咖啡，想不到，這一切都變成了揭發母親拉攏腐蝕年輕一代以及資產階級生活方式的材料。

母親後來講：「就是把東西丟到垃圾箱裡、倒到陰溝洞裡，也不要送給別人。」這一定是母親在銅鑼聲中冒出來的念頭。

母親被造反派押送回來以後就好像陌生人一樣，一句話也沒有對我說，只是迅速地收拾起幾件換洗的衣服和漱洗用具，然後被押送到單位裡去「隔離審查」了。出了大門突然回過頭來，把我落在頭頸後面的領子重重拉了一把。從小菜場回來的胖媽剛巧看見母親被一群人推出去，一時間手腳發軟，把一籃子的小菜通通倒翻在地上，她對著母親的背影大叫一聲：「妳一定要回來，一定要活著回來啊！」我不知道母親有沒有聽見，她的背影在人群當中消失了。

我默默地走到胖媽的身邊，把掉在地上的菜籃子收拾起來。胖媽把手架在我的肩膀上，我感覺到她的手特別沉重，幾乎要把我的領子拽下來了。弄堂裡進進出出的鄰居們在我們背後指指點點，我已經沒有感覺了，只是和胖媽相互依靠著，一步一步地走進家門，又返身把大門關好。大門剛剛關上，胖媽等不及讓我解開鈕釦，一下子把她那隻肥胖的手臂從我的領子後面插進了我的背脊，在那裡，她掏出一張小紙片，迫不及待地攤開在我的眼面前說：「快，告訴我，上面寫了什麼？」

那是母親的筆跡，「拜託胖媽了，不要告訴好婆，等我！」小紙片是對摺著的，裡面還有一張五塊的人民幣。

我把錢握在手裡問胖媽：「我們的小菜錢還剩多少？」

胖媽回答：「大概還有五塊。」

「不要說大概，我要知道每一分每一角。」我找出了胖媽的記帳簿和母親的算盤，非常仔細地計算著，又把家裡所有角落搜查了一遍，發現我一共擁有十三塊六角三分。

我對胖媽說：「三分不算，我只有十三塊六角一隻烏龜，這隻烏龜是沒有辦法付儂工資的，儂可以回到鄉下去，等到媽媽回來了再接儂回來，儂也可以到北京儂的大兒子那裡去，我是沒有辦法管儂了……」

我的話還沒有說完，胖媽就一把抓住了我的肩膀拎了起來，「告訴妳，不要做妳的大頭夢了！妳沒有辦法管我沒有關係，我是一定要管妳的！一直管到妳結婚生兒子！妳是逃不脫我胖媽的！」

我緊緊地抱住胖媽說：「我老早就知道我的胖媽不會不管我的，只是儂跟牢我要吃苦了。」

「講話講不來就不要講，不是我跟牢妳，是妳跟牢我要吃苦了。但是再苦我也要把妳照顧好。等到妳媽媽回來的時候，她會看到妳和她在家裡的時候一模一樣。」胖媽說。

那時候，哥哥在內地工作，常年不在家。姊姊在她的大學裡繼續寫她的檢查，不大可以自由活動。家裡通常只有胖媽和我兩個人。

從這一天開始，我和胖媽一分一分地計算著我們的花銷。我們只有十三塊六角三分，我不知道這些錢可以維持多久，也不知道要維持多久。幾天以後的一個晚上，胖媽睡在我的旁邊小心翼翼地問：「是不是可以不付房錢？那是一筆大數字，需要六十三塊錢呢！把我的兒子寄來的錢加上我自己手上的錢，還是不夠。」

「那怎麼可以，會被趕出去的。」說著我便坐了起來。

為了這筆房錢，我已經有好幾個晚上睡不安穩了，可是我要從哪裡來籌這筆錢呢？這房錢原本並不是這麼昂貴的，自從文革開始以後，別人家的房錢降下來了，我們這一類原本有房貼的人家，因為房貼取消，房錢就漲上去了，弄堂裡不少人家已經自動掃地出門，我們的鄰居就是這樣搬出去的。

現在讓我怎麼辦呢？我披上一件外衣，習慣性地坐到了毛的照片下面。黑暗裡我看不到毛的臉面，看到的只是父親那雙深邃的眼睛。我知道父親在那裡，對我來說他永遠都在那裡看著我。

「爸爸，我應該怎麼辦？轉眼間下一個月馬上就要到了，我用什麼來付房錢呢？下一個月有三十一天，三十一天的房錢我從哪裡去籌？啊呀，我怎麼這麼笨！下一個月有三十一天，我為什麼要在下一個月的第一天付房錢，我完全可以在下一個月的第三十一天付房錢，到了那個時候，媽媽一定已經回來了，我身上的重擔就可以卸下。我再也不要擔心這種菜米油鹽狗皮倒灶的事情了。」想到這裡，我看到父親的微笑，放鬆地打了個哈欠，回到床上睡著了。

清湯寡水的日子一天天地過去，胖媽面孔上耷拉下來兩塊老皮，她站在鏡子前面拍了拍自己的臉頰說：「這樣下去不行，我瘦點沒有關係，東東長不高怎麼辦？今天我們出去吃一頓好的。」

「不用擔心，我已經夠高了，我們在家裡也吃不好，哪裡有錢出去吃好的？」

「不用花錢，我來想辦法。」胖媽胸有成竹地說。

「偷東西啊?!我寧可在家裡吃陽春麵。」我驚叫起來。

「不要亂講，偷雞摸狗的事情，我胖媽是從來不做的。放心，跟我走。」

我跟在胖媽的後面在大馬路和小馬路當中轉來轉去，又花費了八分錢，坐了好幾站公共汽車，終於來到了兩扇大鐵門的前面，鐵門旁邊有兩個荷槍實彈的軍人。

我張皇失措，「嚇死人了，怎麼是監獄啊！」

「不要響，跟牢我。」胖媽說著便上前去和站崗的軍人打招呼。

原來胖媽在餓得發昏的時候，又想起來了她的那個在拘留所裡做燒飯師傅的同鄉，這個拘留所現在已經變成監獄了。胖媽曉得，食堂裡是總歸有東西可以吃的呢！軍人倒還客氣，先是請門房打了個電話進去，比胖媽還要肥胖的胖媽的同鄉，就像一只彈球一樣跳出來了，老遠就便叫：

「阿姊啊！妳今日怎麼有空來看我啊，快點，快點到我辦公室裡來坐坐。」

「妳怎麼會有辦公室的？當官啦？」胖媽驚愕地發問，而我已經發現，這個燒飯師傅和其他燒飯師傅不一樣。一件白顏色的飯單下面是一套綠顏色的軍裝，手臂膀上還箍著一個紅顏色的袖章。我有些想溜，只是被胖媽捉得緊緊的。

「不是當官，是為人民服務。專門管食堂。」胖媽的同鄉有些得意洋洋地回答，並把我們從特別的通道帶進了她的辦公室。

「原本管事的出了問題，我臨時代一代。」那個同鄉又輕輕加了一句。

事實上，她的辦公室只是大廚房旁邊的一個小倉庫，裡面一大半堆放糧食的口袋，另外還有一個方桌和幾把椅子。我們剛剛在椅子上面坐定，廚房間裡的陣陣香氣就撲鼻而來。胖媽嗅了嗅鼻子講：「什麼東西這麼香，犯人還吃得這麼好啊？好像是你們開飯的時候了，不會影響妳的工作吧？」

「哪裡會影響我的工作，我現在滿享福的呢！淘米洗菜這種重勞動都由輕犯人包掉了，我只要動動嘴就可以了。這裡是工作人員的食堂，和犯人是分開的，當然吃得好啦！今天我們有紅燒肉呢！我讓他們送進來好了。」胖媽的同鄉，在她的老姊妹面前，顯耀著自己有權有勢的威風。

「好，好，我最喜歡紅燒肉了，多放點糖，我現在的口味改變很多呢！」

胖媽還沒有講完，她的同鄉已經對著外面的一個老頭兒大叫一聲：「端三份紅燒肉進來，我有客人來了。」

說著又順手從身邊的架子上摸出一個陶瓷罐頭，「這裡是糖，隨便放。」

外面的老頭兒不僅端進來了一大盆紅燒肉，還有一大盆的肉湯，外加一堆肉包子，胖媽把紅燒肉放在我的飯碗裡，自己咬了一口肉包子說：「發得真好，很久沒有吃這種大蒸籠裡蒸出來的包子了。」

「先吃肉，包子可以帶回去的，我付一點飯票就可以了。」

「噢喲，這要叫妳破費了呢！」

「沒有關係的，我的飯票總歸多出來，他們常常忘記收我的飯票呢！」胖媽的同鄉又開始得意起來。

「那我就不客氣了。」胖媽又咬了一口肉包子。

接著胖媽又說：「你們這裡的肉真多。」

「那當然，妳不曉得現在有多少犯人啊！他們的口糧裡挖一點點出來，我們就吃不光了。對了，妳曉得吧，很多有名的人都關在我們這裡呢！妳要去看嗎？」

「犯人有什麼好看的？還是吃紅燒肉。」

「好看的，這些人過去只有在電影裡才看得到的。妳曉得吧！有一本叫《大眾電影》的畫報，很多人的面孔都在上面出現過呢！」

「這些人為什麼會關到這裡來了呢？」

「特務啊，都是特務啊，聽到過吧！那個唱黃梅戲的嚴鳳英也是特務呢！」

「亂講，嚴鳳英是個唱戲的，怎麼也變成特務了呢？對了，她也關到這裡來了嗎？」胖媽放下了筷子，她一向對這個唱她家鄉戲的嚴鳳英是最最愛戴的。一年以後，當她得知嚴鳳英自殺，死後還被軍代表以尋找「特務發報機」為由，割開喉管，挖出內臟，甚至劈開了膀胱的消息，不由失聲痛哭。

「那倒沒有，她怎麼會關到上海來？要是她關到上海，我第一個就要告訴妳。不過我們這裡關的人不比嚴鳳英蹩腳，這點紅燒肉總歸是妳的，逃不掉的。但是妳今朝不去看看，下次就沒有機會了呢！」

胖媽被她的同鄉拉了起來，我也只好跟在後面，一腳高一腳低地隨著送飯的推車朝著大牢的方向走過去。不一會兒，我們就來到一道道的大鐵門前面，那些鐵門在我面前嘎嘎地打開，又砰砰地在我背後關上。立刻，我就跌進了一個暗無天日的地洞裡。

我感覺到一股溼漉漉、黏糊糊的空氣把我捆綁起來。那裡面的屁臭、屎臭、尿臭和汗酸臭逼迫著我，使我幾乎要把剛才吃下去的紅燒肉統統嘔吐出來。我緊緊抓住了胖媽的衣襟，好像是穿行在地獄當中。一只只的鐵籠子裡面有東西在蠕動，我看不清那些是男人還是女人，只看到他們一個個赤著腳蜷縮在水泥地上。送飯的好像也是犯人，但是他們對待犯人比獄警還要凶，他們把一桶桶黑乎乎的飯菜哐哐地扔在鐵門的邊上，一雙雙骯髒的爪子便從鐵欄杆裡伸了出來……。我想起來姊姊偷偷夾藏在枕頭底下的《基度山恩仇記》。

從監獄回來的路上，胖媽幾乎是精疲力盡了。她對我說：「我走不動了，我們坐公共汽車好嗎？」我點了點頭，一手扶著胖媽，一手拎著一大籃子的肉包子，回到家裡。

踏進家門的第一件事，就是跳進了馬桶間的浴缸裡，擰開冷水龍頭。我閉上了眼睛，讓冰冷的水，從我的頭上嘩嘩地流淌下來。水珠子不斷地瀉落，抽打著我的肉體，似乎不再是冰冷，反而變得滾燙。我置身於火燒一般的水柱當中，希望這水可以沖洗乾淨我的身體，也沖洗乾淨我的記憶。

但願我自己從來也沒有到過那個可怕的地方。

我相信胖媽和我同感，因為儘管那一堆紅燒肉和肉包子很快就吃完了，可是胖媽再也沒有帶我去看過那個在拘留所裡燒飯的同鄉。她想出新的路線和我一起出去找東西吃，先是走遍了她在上海的所有的親戚，那些親戚常常是胖媽自己也連不到一起的，進門就大叫一聲：「阿姊啊……」、「阿嬸啊……」、「阿舅啊……」、「大侄女啊……」。

那些帶著安徽口音的同鄉們倒也都認同這個久不走動的親戚。有一次她的一個「大侄女」端出四個水潽蛋，胖媽連忙說：「罪過，罪過，兩個夠了。」

那個壯實的勞動婦女大笑起來：「就是兩個啊！我在街道食堂裡這樣做慣了，一個雞蛋用筷子在當中劃一下，就變成兩個了呢！」

回家的路上，胖媽對我說：「難怪華亭街道大食堂裡賣出來的水潽蛋那麼小，真會騙鈔票呢！」

很快胖媽再也想不出親戚可走了，一連幾天了，我睡在床上，渾身上下一點力氣也沒有。一開始還會想一想「紅房子」、「天鵝閣」裡的大餐，到了後來哪怕是街道食堂裡臭豆腐、雞腳爪也是上了天堂呢！胖媽走進來摸了摸我的腦袋說：「我想起來了還有一家可以去，那是我剛剛到上海的時候在一家有鈔票人家幫過傭，他們家買起蹄膀來總歸是三、四隻，雞鴨魚肉天天有。這家的老太太和好婆一樣慈善呢！我用鄉下人的辦法治好了她孫子的奶癆，她是一直感謝我的，走吧！」

胖媽帶著我在南京西路的弄堂裡轉來轉去，終於到了一幢帶著鐵門的花園洋房的前面。我看看不對頭，那扇鐵門的旁邊掛滿了牌子，牌子上面寫著「×××造反總部」、「×××造反司令部」……，我來不及阻止胖媽，她已經一腳踏進去了。客廳裡面空落落的，樓梯上響起了嘈雜的腳步，一個兇巴巴的女人對著胖媽大喝一聲：「什麼人？幹什麼的？」

「收垃圾的！」

「廢紙要不要？」

「不要，只要廢銅爛鐵。」胖媽就好像是在黑道裡對口令一般。那女人有些不耐煩了，手一揮說：「沒有，沒有，快出去。」

胖媽嚇出了一身冷汗，灰溜溜地走了出來。突然，她發現大房子旁邊的汽車間門縫裡有一隻小貓，便快步走了過去。她熟門熟路地推開了旁邊的一扇小門，壓低了聲音叫了一聲：「老太太，妳怎麼一個人住到這裡來了？」

「這是誰啊？誰啊？啊！是胖媽啊！老天爺睜開眼睛，讓我在嚥氣之前，可以看到一個會幫我傳句話的人。我這是掃地出門呢！老爺……爺已經跳樓走了。」

我一腳踏進汽車間的時候，差一點被地上的雜物絆倒。當我的眼睛習慣了黑暗以後，我看到在牆角落裡的一張小鐵床上，窸窸窣窣支撐起來了一個乾癟的老太。

「為啥啦？」胖媽三腳併兩步地奔了過去。

「都怪大貓咪、小貓咪的爸爸，那是個害人精，自己帶著伊的老婆，也就是我那個不爭氣的女兒逃到美國去了，卻把一把小手槍藏在灶披間的地板下面，紅衛兵一下子就挖出來了……。冤枉啊！儂曉得老爺爺一向膽小怕事，看見那把手槍就軟下來了，心裡清楚這是件大事，哪怕渾身上下都是嘴也說不清的，當天晚上就走上了絕路。」老太太哆哆嗦嗦地敘述著，胖媽則示意我去把門關上。

我心裡明白，今天這頓飯是泡湯了。一想到這裡，我的肚子就開始打鼓。連我自己也為自己感到吃驚，我的肚子裡怎麼會發出如此巨大的聲響，而且還有回聲。再一聽，不對，這回聲是從那個老太的肚子裡發出來的。大概是老太也發現了這個祕密，於是有些尷尬地說：「小姑娘第一次到我這裡來，我一點吃的東西也沒有招待。」

「啊唷，妳這一講倒提醒我了，妳一個人睏在床上，吃啥？」胖媽問。

「昨天到今天連水也沒有喝一口，原本是自己生火，弄點稀飯、光麵吃吃。昨天早上出門，幾個小孩子惡作劇，把我絆了一跤，就癱到床上來了。」老太講。

「作孽……」胖媽一邊講，一邊幫她收拾了一下徒有四壁的房間，又在一只小小的煤球爐子上煮了一鍋麵條，這麵條裡面一滴油腥也沒有，白寥寥的，那老太吃起來卻好像是山珍海味一般，狼吞虎咽地一忽兒就沒了，不知當年吃蹄膀是不是這樣呢！

走出老太的家門，胖媽訕訕地說：「我是想到她家會掃地出門，卻沒有想到會狼狽到這種地步……」

我無話，只感覺到肚子裡發空、心裡發空，一直延伸到了全身發空，就好像前心貼後心，什麼都沒有了。突然一股巨大的力量從天而降，直撲我的後腦勺，在那裡，它抓住了我的腦袋，並把我的腦袋往外拖。我掙扎，拚了命地掙扎，毫無力量地掙扎，我失敗了。我張開嘴巴叫救命，我發現我叫不出來，舌頭根好像被吊起來了一般，是僵硬的。鼻子老早就不能透氣了，喉嚨被掐死了，我直挺挺地跌倒在大街上。

午後的陽光懶洋洋地灑落在我的腦袋上，世界變得金光燦爛起來了。街道變得寬大，高樓變得遙遠，周圍的行人搖搖晃晃地在金光裡向我聚攏。靈魂開始上升，我看到了我軀體正躺在我的眼睛底下，直挺挺地橫在大街上，發抖卻感覺不到寒冷。一個皺皺巴巴的女人跪在我的身邊拍天打地又哭又喊，這不是胖媽媽？為什麼不讓我安靜？這裡真是安靜的，沒有紅衛兵的口號，沒有造反派的叫囂，只有一種平穩、鬆弛、舒適的昇華……，不要吵我啊，胖媽……。

「不可以，你不可以死啊！你給我回來！回來！」胖媽發瘋了，她把我從地上抓起來又放下去，放下去又抓起來，一會兒還拎起我的肩膀，把我的身體搖來搖去。

一個年輕的三輪車夫「嘎」一聲把車子停在路邊，只講了一句「救人要緊」，就把我拖上了車子。

三輪車踏得飛快，胖媽抱著我聲嘶力竭的大叫：「救命啊！救命啊！」一路叫進了上海醫院。

我看到自己是在茫茫的火海當中，身下在出火，身上在出水，身上在出火，身下又在出水，周圓四方亦復如是，我的心別無選擇，只有歡喜地奉行。這時候，一根冰冷的針頭戳進了我的靜脈，一個同樣冰冷的聲音在我耳邊響起：「快去付錢，掛號兩角，葡萄糖一角。」

「掛號不是一角嗎？」

「這是急診！」

我被火燒一般的劇痛刺醒，張開眼睛，周圍一片雪白，胖媽奔過來緊緊抱牢我，就好像一撒手我就要離開一般，一個穿著白大褂的醫生對她說：「不用害怕，這是腦貧血。」

我自己對自己說：我死都死過一次了，還有什麼可以讓我畏懼呢?!

我又活過來了，兩隻眼睛緊緊盯住又哭又笑的胖媽——咦，奇怪了，我的胖媽怎麼和過去有些不一樣了呢?我看來看去看不出來她有什麼不一樣，把她胖嘟嚕的面孔拽到眼睛面前巡視一番，突然大叫：「儂的金牙齒呢?!」

「……」

我抱著胖媽，帶著哭腔說：「胖媽啊！我是一輩子也還不起儂那顆昂貴的金牙齒的啊！」

胖媽卻開心地把一碗熱騰騰的雞湯端到我的面前說：「快喝下去，喝下去就會好的。」

痛

自從我們的鄰居千紅一家被掃地出門以後，不知道從哪一天開始，樓上搬進來一個工人造反司令部，門口倒沒有掛牌，只是不斷有戴著紅色袖章的人進進出出，好像是什麼要緊的事情會在這裡發生。又有一天，一輛遮掩著黑色布幔的吉普車「嘎」一聲停到我們後花園的籬笆門旁邊，幾個凶神惡煞的虎彪大漢，把一個捆綁成一團的東西從車子上拖了下來，他們飛快地把這團東西從後面的小樓梯拖到樓上，因為在途經我家廚房的時候，胖媽聽到那裡發出一個憋在喉嚨裡的喘息，胖媽斷定這是一個人。

很快，胖媽又發現這是一個女人。從此千紅的家就變成了一個私設的刑堂，每日每夜都可以聽到棍棒敲打在人體上面的聲音，不堪入耳。於是忍受著酷暑的悶熱，把整個腦袋都包裹在毛巾被裡，常常把自己弄到窒息過去的地步。奇怪的是這個慘遭毒打的女人從來也不會呼叫，不要說叫救命，就是求饒的聲音也沒有。

這一天，胖媽在後樓梯掃地，突然一個紙團從樓上掉到了她的腳邊。胖媽抬起頭來，看到樓上走道裡新裝了一個鐵籠子，裡面像雞一樣關著一個遍體鱗傷的女人，女人張開面孔當中的一個洞洞讓胖媽看，那是她的嘴巴，裡面一片血肉模糊，她已經不會說話了。胖媽嚇得打了個尿驚，從此落下了不會憋尿的毛病。

這天半夜我被一股濃煙熏醒，慌慌忙忙赤著腳就往門外跑，只看到胖媽慌不擇路地夾了她的那個藍布包從門外奔進來，她說：「不得了，前門有人在打槍，不可以出去。」

「怎麼可能？槍好像只有軍人可以拿的，怎麼可以隨便打槍……」話音未落，「砰」一記悶響，胖媽嚇得坐到了地板上，她說：「是槍，是土槍，我當年用過就是這種槍。」說著她連滾帶爬地從地上跳了起來，一手拉我、一手拎布包就往後門跑。

還沒有跑到後門，就在廚房門口被一片火光逼了回來，原來這火是從洗菜池旁邊倒垃圾的拉門裡冒出來的。這拉門後面是一個垃圾井，垃圾井一直通到樓上人家，過去是兩家共有的。因為不衛生，胖媽和千紅的外婆老早就商定好了不再使用這只垃圾井，而是把垃圾倒到大弄堂當中的公共垃圾箱裡。

現在，只聽到樓上有紙張唏哩嘩啦地從垃圾井裡丟下來，還有聲音在叫喊：「快點！快點！他媽的，什麼人告的密？那些對立派打過來啦！」「頂住！頂住！不要讓他們衝進來！」「不好，那個女人怎麼會沒有了？怎麼會逃走了？」緊接著，一大摞着了火的紙片更加瘋狂地衝破我家垃圾井的拉門，飛揚到我家的廚房裡。胖媽見狀，立刻把廚房裡的抹布和拖把在水池裡浸溼，頂到烈火的出口處，我看看頂不住，扯過胖媽手裡藍布包，澆上水也堵了上去。

火是堵不滅的，很快我的頭髮被烤焦了，臉頰被燎傷了，但是我仍舊死死撲在那只垃圾井的拉門上。我以為我一放鬆，那火就會吞沒我的家，我好像看到的是一片火海，我自己也在燃燒——入火三昧，出種種火光，青、黃、赤、白、紅、頗梨色……。

我醒過來的時候母親回來了，她回來是因為胖媽到她的單位裡大鬧一場。那天，大火撲滅以後，胖媽舉著她的破布包，找到母親的工作單位，在造反派辦公室門口哭天搶地要人，她顛顛倒倒地喊著：「失火啦！死人啦！放我的阿妹出去啊！不可以欺負我這個三代貧農啊！啊！啊！」

那些造反派一時糊塗，他們弄不清楚我母親，一個資產階級的小姐，怎麼會變成一個三代貧農的阿妹，可是胖媽不容他們多想，一屁股坐倒在地上，不屈不饒地大哭大叫，弄得整個辦公大樓雞犬不寧，連他們當中最凶狠的頭頭也吃不消了，只好一揮手說：「放她回去，讓她在家裡寫檢查！」

後來我才知道，垃圾井裡的大火也和胖媽有關，就是胖媽相幫那個關在籠子裡的女人送出去一封信，那群對立派立刻組織起來攻打，終於旗開得勝，千紅家的房子就變成對立派的司令部了。他們把原來的頭頭關在籠子裡痛打，那個不會講話的女人叫罵的聲音比什麼人都響。我氣呼呼地問胖媽：「儂是不是又要幫這個新的囚犯出去送信啦？」胖媽無言，但是我發現胖媽，常常會偷偷送一點吃的東西到籠子裡去。

我聽到胖媽問過母親：「打來打去啥事情啦？」

母親回答：「這叫兩派武鬥。」

胖媽問：「什麼人和什麼人之間這麼恨，要把人往死裡打？」

母親說：「這些打來打去的人裡面有的還是兄弟姊妹、老公老婆……」

胖媽想不通了，過一會兒不知是罵誰：「這是要遭天雷的！」

對了，後來我問過胖媽，當時在大火當中，她始終不肯放手的那個藍布包裡是什麼？她不好意思地說：「只是幾件從來也不穿的破舊衣服，也不知道是怎麼一回事，緊急的時候，腦子不中用了，只是抱著最不值錢的東西死不放。慌忙當中，我看到你也是夾著那條破得不能再破的大襠褲奔來奔去……」

我笑了，這些都是後話，可是在當時，我躺在床上看到母親回來了，她穿著一身藍布衫站在我的床邊，看到她，我深深地鬆了口氣，閉上眼睛又回到睡夢當中。我不知道自己睡了有多久，我好像又看到了父親，他從玻璃轉門裡走出來，站在高高的臺階的頂上，我看不到他的臉，只看到他寬大的身影，我跟著他跑，我想跑到他的跟前去。只是那臺階對我來說又高又多，一眼望不到盡頭，我努力地往上爬、往上爬……

突然，我聽到母親的撂攤子聲音，「等東東醒過來的時候，讓伊去辦一下。」

我一下子清醒過來，「什麼事，外面為什麼這麼吵鬧？」

母親把手壓在我的嘴唇上，「輕一點，搶房子的來了。」

「搶房子？搶什麼房子？誰的房子？誰搶房子？」我睜大了眼睛，立定在母親的面前，剛剛卸下的重擔又重新壓到我的背脊上。

外面好像有什麼東西打翻了，發出巨大的聲響，我拖上鞋子就往外面跑。一腳踏出房門，又被撞了回來，原來在我昏睡的日子裡，胖媽已經把父親書房裡的家具移到了客廳裡，此刻客廳裡變得擁擠不堪了。

我站定了一分鐘，讓自己昏眩的腦袋鎮定一下，又側著身體從書架的夾縫裡擠了出去。我看到大門外面一家陌生人就好像過節一樣，歡天喜地地朝著父親的書房搬條凳。他們把條凳放在兩頭，上面擱了塊排門板，再上面是一張黑黝黝拖著紗線的舊棉胎，這就算一張大床搭好了。同樣的，又有一張大床搭起來了。再就是一塊用鹼水擦得發白的方檯面，下面撐起來四根同樣顏色的木棍，一個女人把手按在檯面上搖了搖，對她的男人說：「穩多了。」

「那當然，這裡是打蠟地板嘛！你看，油光光的，明天去買一根新拖把，好好拖一下。」

「多放一點鹼，放食用鹼好不好？」女人討好地問。

「拖地板要什麼食用鹼？太貴了，不要學資產階級的那一套。」男人說著對著站在門口的我翻了一下眼睛。我看到一個和我差不多大小的男孩打開壁櫥的門，他探頭探腦地朝裡面看了看，又伸出腦袋把門關上，想了想又把門打開，最後乾脆跳了進去，把自己關在裡面了。另一個稍稍年長一些的男孩夾著兩根條凳進來，做出一副高人一等的樣子，對著我橫了一眼。我沒有反駁，只是看著他們全家清一色赤腳穿跑鞋的樣子笑了笑。那個男孩大概是察覺到了，他努力地把腳藏到條凳底下。

地上布滿了跑鞋底的腳印，那一男一女仍舊在為拖地板的鹼水問題發生爭執。隨著這一男一女的對話，一股濃烈的氣味從他們的嘴巴裡蔓延出來，充滿了房間裡的每一個角落。

父親那幅覆蓋在毛的照片底下的遺像，仍舊懸掛在牆上，我看到父親正冷眼注視著房間裡發生的每一幕。我感到心痛，父親的書房被侵犯，所遭受的侮辱我將永世不忘。我目中無人的樣子走到父親的面前，順手拖過一張條凳，穿著鞋子就踩了上去，小心翼翼地把父親的遺像摘了下來。當我的手觸摸到父親的面孔的時候，我對著牆壁上那塊空白的方框埋下了詛咒：「凡是侵占我爸爸書房的人，世世代代不會讀書！」

那一家四口大概是被我的舉動嚇了一大跳，當那個女人醒悟過來的時候，發瘋一般抓起條凳，拎到我家客廳的門口，「砰」一聲摜在那裡說：「洗乾淨！」

我什麼話也沒有說，只是用一副從陰府裡帶出來的目光盯著她，五秒鐘以後她退縮了，訕訕地對自己說：「我要用鹼水好好刷一刷。」

我走進了客廳，把客廳的大門關上，想了想又把門打開，走到陽臺上，拖出姊姊的殘疾車，堵到了客廳的門口，從此我家進出改走後門。

胖媽已經把後門的通道清洗乾淨了，站在門口和一個隔壁後弄堂的家庭婦搭訕頭：「妳阿曉得搶房子是啥人啊？」

「怎麼不曉得？就是馬路對過小弄堂的里弄幹部，原來住在別人家的灶披間裡，吃喝拉撒全部在一起，現在好了，搶到花園洋房裡來了，真是老鼠掉進了米缸裡。據說，老早不過是在山東為新四軍推推小車子，推到我們上海來了。平常政治學習，讀報也讀不通的呢！」看樣子，這個女人對這家搶房子的人很不以為然。

「這種人最凶了，大本事沒有，搶房子倒第一。」胖媽說著便進了後門。

胖媽走進後門，正巧和站在廚房門口的母親打了個照面，「早曉得這個月的房錢不要付的，上個禮拜剛剛付出去呢！可惜了。」

「就當扔在馬桶裡了。」母親回答。

這天晚上，奶無奶急急匆匆趕了過來，她說：「胖媽，妳真沒有本事，我就沒有讓他們搶進來呢！」

胖媽問：「妳是什麼本事啊？」

奶無奶說：「這些強盜來的時候，我和我大姊一人在一個房間裡赤膊洗澡，他們沒有辦法搶進帶馬桶間的房間，只好搶了個兩邊有門就是沒有馬桶間的飯廳。我又在他們門口天天教大姊的三個小孩子大唱革命歌曲，弄得他們雞犬不寧，沒有兩天，他們只好哪裡來混回哪裡去啦！」

母親在一邊說：「奶無奶，儂真有點無賴呢！」

奶無奶聽了一昂頭回答：「陶同志，妳還沒有拎清啊！現在這種世道，到處都是無賴，對付這種無賴只好用更加無賴的方法！」

又過了兩天，胖媽從菜市場回來，丟下菜籃子就跑到母親的床前說：「我真懊惱極了，妳知道嗎？那個住在隔壁大樓裡的歐陽太太，也是利用馬桶間把搶房子的人趕出去了呢！」

歐陽太太原本是文工團裡的一個年輕演員，後來嫁給了歐陽先生，生了一個兒子，便在家裡攜夫教子，日子過得十分滋潤。因為歐陽家住在我家早先的老房子裡，所以哥哥姊姊對歐陽家的住房十分熟悉，進門就是通道，兩邊各有房間，只是馬桶間只有一個，正在當中。

「怎麼一回事？什麼本事可以利用馬桶間把搶房子的人趕出去？」母親從床上跳起來問。

胖媽說：「歐陽太太原本就是一個天不怕地不怕的女人，一看到有人來搶房子，火氣就上來啦！一時沒有辦法直接把他們推出去，只好想出一個邪招：每日清晨天不亮就進了馬桶間，洗臉刷牙坐馬桶，讀書讀報，再也不出來了。好不容易聽到抽馬桶的聲音，那歐陽先生父子便搶先一步衝進去，一個接著一個拉肚子。搶房子的搶掉了房子，歐陽太太卻霸占了馬桶間。」

那幢大樓是外國人建造的，建築材料及其考究，就是用斧頭劈門，也不是那麼容易可以劈開。搶房子的一對男女內急到了上竄下跳、拍門打牆，歐陽太太倒也客氣，急忙當中只穿一條三角褲、一只胸罩，把門打開一條縫，坐在馬桶上露出半張痛苦的面孔說：「對不起，肚皮痛。」

搶房子的造反派一點辦法也沒有，只好夾著褲襠去上班了。過沒多久，那對搶房子的夫婦變得面如土色。實在吃不消了，只有搬了出去。

我聽了大笑起來，只有母親想笑也笑不出來，她已經落到了不會笑的地步，被勒令到托兒所裡當保母。早上，她穿著一身灰不溜秋的布衣布褲上班，傍晚帶回來的是更加疲憊的身體。我常常站在廚房間對著大馬路的窗口後面，目送著母親出門，又等待她回來，我感覺到她的身心正在漸漸衰竭。

晚上，母親坐在大床上，一邊捶打著自己疲憊的雙腿，一邊對著剛剛從外地回來的哥哥訴說：「我真沒有想到自己會落到這種地步，我是一個連自己的孩子也沒有帶過的人，現在每天要為這麼多的小孩子擦屁股，常常弄得我飯也吃不下的呢……」

哥哥一邊翻看寫字檯的抽屜、一邊一本正經地說：「啊唷，這就說明儂這個資產階級小姐缺乏勞動，就是應該在托兒所裡好好體驗一下勞動人民的生活，一輩子在那裡接受無產階級的教育。儂想想，像儂這樣的人，從小嬌生慣養，後來又嫁給了狗父，更加……」

母親的頭髮一下子根根豎起，她的眼睛血血紅，大叫一聲：

「儂給我滾出去！」

正坐在馬桶間洗腳的我，兩隻腳一抖，腳盆裡的水全部打翻，大家手忙腳亂地幫我把地板拖洗乾淨。

晚上躺在床上久久不能入睡，只看到母親的兩隻眼睛就好像兩只失火的燈籠一般，直愣愣地瞪著天花板，我為母親感到悲哀。母親一向好強，從不為「五斗米折腰」，現在卻栽在自己的兒子手裡，我的嘴巴裡就感覺到好像吃進了一粒老鼠屎。

半夜裡，我突然被一陣抽打摻雜著叫罵的聲音吵醒，睜開眼睛一看，母親已經不在床上了。我來不及穿鞋子就赤著腳跳起來奔到客廳裡。只看到睡在客廳裡的哥哥正拖著鞋子在擁擠的家具當中躲來躲去，母親則手持父親的陽傘，高高舉在頭頂上，跟在哥哥後面追打，她一邊打、一邊罵：「我讓儂叫狗父！我讓儂叫我一輩子在托兒所！」

睡在後面小房間的胖媽被吵醒了，她披著外衣出來勸解，哥哥有些委屈地說：「我在睡夢裡，莫名其妙地一頓臭打，劈頭蓋臉地飛過來，眼睛一張原來是把陽傘柄……」

「今天的事就是你不對，快給你媽媽講對不起……」胖媽講著又回過頭來對母親說：「好了，好了，妳打了也罵了，氣也出來了，回去休息吧……」

母親大獲全勝，安心地睡著了，我在被子裡笑起來，這才是我的母親呢！

秋風漸起，天氣轉涼。好婆開始為我們的冬衣操心，她帶領我們翻箱倒櫃，找出抄家時遺留下來的破舊的老式衣褲，用一把刮鬍子的刀片一針一針地割開來。又把一片烙鐵放在火上烤熱了，燙平了接縫，重新裁剪。好婆說：「不要小看這些拆拆剪剪，學會了也是一門技術呢！」

倩倩比我仔細，常常我已經拆開了整整一件長袍，她才拆開一條縫。但是好婆一檢查就發現：「東東啊！儂拆出了一連串的洞洞呢！太蹧蹋了。坐到倩倩對過來，幫伊拆拆線頭吧！」

我只好搬來一把小板凳，坐在天井裡，給倩倩打下手。牆壁外面，阿香老頭的矮婆娘正在數落她的女兒：「儂的男人怎麼這麼大本事？一天到晚『抓革命，促生產』，一年裡面讓儂打兩次胎，這樣下去要出人命的。」

「不是跟阿爸學的嗎？」那做女兒咕嚕了一句。聽到這裡，我暗地裡發笑，再看看倩倩，一點反應也沒有，好像是耳朵出了毛病一般。好婆連忙把我和倩倩叫到房間裡，她從針線盒子裡翻出幾塊小布頭，教我一小塊一小塊拼在一起，縫成一個個小袋袋。

好婆說：「把用過的肥皂頭積賺在一起，塞在這些小袋袋裡，還可以用很久，很實用的呢！」

想起來好婆這個大家閨秀，從來就是如此對待生活，這不是小氣，而是節儉。於是，我便聽從好婆的話，認認真真坐在那裡縫布袋。剛剛縫好一個，外面就敲鑼打鼓起來，原來是中央發出了最新文件「復課鬧革命」。

當我再次回到教室裡正式上課的時候，我發現自己已經從三年級的學生變成四年級的學生了，大家都糊里糊塗地升了一級。胖媽把我那只沾滿灰塵的書包找了出來，我告訴她：「這只書包已經沒有用了，新的書包只有一個巴掌大呢！」

真的，那時候的書包真的只有一個巴掌大，是用紅顏色的塑料布製成的，裡面只有一本書，一本紅顏色的書，被稱之為「紅寶書」。我們那一代人，無論是小學生還是中學生，都是讀這本「紅寶書」長大的，這就是《毛語錄》。課堂上讀《毛語錄》，回到家裡抄《毛語錄》，考試的時候默寫《毛語錄》，幾乎是把《毛語錄》背得滾瓜爛熟了。

胖媽的男人來信向她要錢，我拿起筆來就幫她寫：我們的偉大領袖教導我們：「什麼事情都應當執行勤儉的原則」、「貪污和浪費是極大的犯罪」……，胖媽聽了開心得哈哈大笑，以後再也不要別人代她寫信了。

又是一年過去了，我穿著一身自己用舊旗袍改製的「新」棉襖，裡面的絲綿也是自己動手新翻過的，外面的罩衫是用父親的條子睡衣縫起來的。因為父親的睡衣非常大，每一套可以改製出來好幾件上衣。穿著這些條子的衣服上街，常常被人恥笑，特別是同齡人的唾棄，但是我自己卻感覺到十分充實，因為和父親更加貼近了。我和姊姊自嘲是「斑馬」，我喜歡自己是斑馬，因為我知道斑馬是烈性的，不為人駕馭。我就是穿著這斑馬的外衣過了一個新年，又過了一個冬天。

春天來臨的時候，胖媽熱中於跳舞。每天吃過晚飯，就隨著大弄堂裡有線喇叭的呼叫，奔出去排隊跳「忠字舞」。那裡面男女老少就好像是中了邪一般地手舞足蹈，先是《大海航行靠舵手》，又有《敬愛的毛主席》和《在北京的金山上》等等。因為這是政治活動，每一個人都必須參加的，還要認真對待。胖媽雖然認真，跳起來卻不得要領，回到家裡一定要讓母親和我專門指導。

胖媽講：「妳們不要讓我一個人出洋相啊，快教我！」

母親不知道從哪裡抄出來三句話讓胖媽記牢，「高舉雙手表示對紅太陽的信仰；斜出弓步表示永遠追隨偉大領袖；緊握雙拳表示要將革命進行到底」，胖媽一邊背誦一邊就好像一只圓滾滾的皮球一樣，在鏡子前面滾來滾去地練習。

只有姊姊不用出去跳「忠字舞」，不是因為她殘疾，殘疾人也不可以逃脫跳「忠字舞」，而是她的腳骨摔傷，躺在床上已經好幾天了，卻一直也不見好。

這一天，胖媽從花園裡挖了一淘籮的野薺菜，剁了幾根油條在裡面當肉，包出一頓素餃子，雖然也是鮮美，總因為沒有肉，好像少了些什麼。胖媽愁眉苦臉地說：「怎麼辦？想買一點肉骨頭給她補一補，也買不到。大排骨又買不起，就是一天一只雞蛋也不能保證，她的腳骨怎麼長得好？」

「吃魚也是可以的，這盆青蔥烤鯽魚就很好。現在的鯽魚怎麼不長刺啊！肉頭粗一點，倒還入味。鯽魚要比單位裡吃的橡皮魚高級多了，對了，那種長得黑漆漆的橡皮魚是哪裡來的？過去從來也沒有看見過。下放在廚房裡洗碗的李主任告訴我們，那張橡皮魚的厚皮大概是公害導致的呢，說不定有毒，幸虧我們家從來也不進橡皮魚的。」母親一邊說、一邊不停地從盆子裡夾魚。胖媽苦笑了一下，想說什麼又忍了下來。

我知道母親吃得津津有味的那盆子鯽魚，實際上就是橡皮魚。我們家根本沒有錢可以買鯽魚了呢！橡皮魚是當時小菜場裡最便宜的魚了，和臭烘烘的鹹馬交魚差不多，一角幾分錢可以買一大堆。這種魚在海邊的漁村人家根本上不了檯面，是當肥料用的。只有好婆會把橡皮魚去頭、去皮、去尾巴，放在小火上慢慢烤，做出青蔥烤鯽魚的味道。大家曉得母親一向自命清高，對這種下三濫的東西不屑一顧，於是便瞞著她。

胖媽是隨便怎麼樣也不相信橡皮魚會有營養，她吃了一次渾身發出小紅泡，所以她相信橡皮魚有毒。她交給我一角錢說：「妳去想辦法買一點肉骨頭回來燒湯，妳的姊姊需要肉。」

「牛肉湯可以嗎？」

「不要講昏話了，豬骨頭也看不見的，哪裡還有牛肉湯？」

我什麼也沒有講，把一只大鍋子放在小菜籃子裡拎著，就走出門去了。我穿過後弄堂又繞過幾條小馬路，找到了一個清真攤頭。過去這種攤頭是我們家從來也看不上眼的，因為奶無奶帶著那個戲曲家的小男孩到那裡去過，所以我也想去試一試。我把鍋子遞給賣牛肉湯的老師傅。

「給我一角錢的牛肉湯，只要湯不要肉，多一點油。」

「小姑娘，這麼節儉啊！我這裡的牛肉又鮮又嫩，不要就吃虧了呢！」

「我……只有一角錢呢！一碗有肉的牛肉湯要一角八分……，多給我一點湯就好了，我的姊姊摔傷了……」我說。

「啊唷，我曉得儂的姊姊，腳不方便的。以前讀中學的時候，她常常搖著車子從我這裡過。有一次正好遇到我的女兒在門口小板凳上做不來算術，儂姊姊還客客氣氣地幫過她呢……。這裡的牛肉湯三分一碗，我給儂六碗湯，再放幾片牛肉，算我送給儂姊姊的。」

我謝了謝老師傅，拎起滿滿一鍋的牛肉湯往回走。籃子是沉重的，我的心裡卻是高興的。我的手臂有些痠了，放下籃子歇了歇，換了手繼續走。突然路旁邊跳出幾個小弄堂裡的男孩子。

「看，那個復興花園裡的嬌小姐怎麼到我們這裡來了呢？快，快來燙她一下。」一個男孩子朝著我奔過來，還沒有等到我弄清楚是怎麼一回事，一根剛剛從電插座上拔下來的電烙鐵就燙到了我的手背上。我的皮膚呲呲地冒起了白煙。

太陽也要為我哭泣，天空一下子昏暗起來。我痛得渾身發抖，卻咬緊嘴唇沒有讓自己尖叫起來，也沒有撒手扔掉手裡的籃子，只是咬牙切齒地直視著那個男孩，那種銘心刻骨的疼痛至今難忘。

「咦，這個人怎麼不怕痛的啦？是不是剛剛的插座壞掉了？」那個男孩從我手背上拔下已經和我的皮膚黏在一起的電烙鐵，舉在眼前看了看，又伸出手掌試了試，立刻撕心裂肺地尖叫起來，摔倒在地上，打起滾來了。

我沒有停下我的腳步，拎著籃子，滲著鮮血，一步一步地走回家。我沒有哭，我的眼淚被那根火紅的電烙鐵燒乾了，我感到我渾身都在燃燒。

幾天以後，我的姊姊喝飽牛肉湯，明顯好轉，她讓我推她到青海路上的中醫門診部去複診。我的手握緊姊姊殘疾車上的鐵管，我看到手背上的傷痕崩裂開來，那疼痛逼迫我惡狠狠地詛咒整個的世界。我用力推動著殘疾車，任憑車輪在行人的腳背上一個一個翻越過去，那些被軋痛的叫喊在我的身體裡注入了淋漓的快感，感覺到我的胸腔裡不會再有愛心只有恨……

姊姊不斷地對著行人大聲地說對不起，一直到了苦苦哀求的聲調。我已經什麼也看不見了，眼睛裡只有那根火紅的電烙鐵，黏貼在我的手背上熊熊的燃燒。

小插曲——海外來客

這一天，樂樂緊張兮兮地從好婆家裡一路小跑到我家，氣喘吁吁地對我說：「好婆叫儂快去，一歇歇家裡要來一個滿奇怪的客人，我們小輩都要去行禮呢！」

「行什麼禮，怎麼行法？」我問。

「男人是甩著袖子要下跪的，女人就好像是肚皮痛一樣，兩隻手搗牢肚皮的一側，一隻腳蹲下去蹲一蹲。」樂樂一邊說一邊做。

「好婆特別關照我，做給儂看一看，省得儂粗頭粗腦地出洋相呢！」樂樂繼續說。

「好婆不會講我粗頭粗腦的，一定是儂加出來的。」我說。

「好啦！就算是我加的，反正我已經學會行男人的禮了……」樂樂嘟嚕了一句。

「儂怎麼甩袖子？」我看著樂樂的汗衫短褲問。

「……」

「好婆讓我們行禮一定有道理的，這麼多排場，到底是什麼客人？」我問。

「海外來客！」樂樂神祕兮兮地吐出四個字。

「怎麼會有海外來客？膽子也太大了。這個海外來客是怎麼鑽進來的？潛伏進來的嗎？不要又給造反派抓住把柄，說我們家是裡通外國啊！」

「這個人本事很大，已經在中國兜了一大圈了，也沒有被捉出去，據說是愛國華僑，有特許的呢！」樂樂說。

「我們家怎麼會有這麼大來頭的愛國華僑造訪？」我又問。

「就是當年幫我們找到34弄13號房子的那個馬家大少爺呢！」

等我和樂樂趕到好婆家裡的時候，剛好看到一個頭髮已經稀薄到無法遮蓋住他油光光頭頂的大男人，他站在好婆的後門口，正仔仔細細地觀看著那個被塗上黑色油漆的13號門牌。塗上黑漆是因為我們家是「黑」的。

樂樂站定了一下說：「大概就是這個人。」

我們急急忙忙把這個人領到進了灶披間，又軋進了那間擁擠得連放個屁、也要在裡面轉三圈才能轉出去的房間裡。他看到好婆的時候，袖子也沒有甩，招呼也沒有打，直接抱著好婆的雙腿跪了下來。話還沒有講，眼淚倒是流了出來了。

「門牌號，門牌號，都是小輩辦事不利，門牌號讓儂吃了個大苦頭啦……」

好婆十分鎮定呼喚著他的小名，「小駒啊，這是定數，是我頭上注定了的定數，和門牌號沒有關係，和儂沒有關係的呢！儂這些年好嗎？」

這時候這位移居大洋彼岸又回上海省親的馬家大少爺，好像突然想到了什麼，立刻從地上爬起來，重新規規矩矩地甩著袖子，給好婆行了個大禮。看來無論是戰火紛飛的抗日年代，還是紅色恐怖的文化大革命，都不會讓這個馬家大少爺屏棄傳統的家教。

馬家大少爺行了個大禮以後，就低頭垂手地站到了一邊，一直到好婆再三讓他坐下來，他才手併手、腳併腳地坐到一條長凳上。

環顧四周，到處是我們處心積慮堆集的家具和雜物，一只三層紅漆的竹飯籠，正高高懸掛在他的頭頂上，他是否就像三十年以前迷失在陶家花園裡一樣，又迷失在這「掃地出門」人家的房間裡呢？

正在這時候，走進來了一個滿身塵土的勞動婦女，這是我的母親，這天她正被迫在工地上勞動，是倩倩偷偷把她叫回來的。

母親一進門就看到這個外來人，立刻要求檢查他的身分證，母親的這一舉動大概著實讓這個美籍華人驚慌失措。他立刻從長凳上彈了起來，哆哆嗦嗦著掏出身上所有證件，還特別拿出一張《人民日報》海外版，上面有一個年輕人在拉大提琴的照片，並介紹說：「這是馬家小輩，在海外介紹中國音樂，是進步的。中國政府還希望他回來表演……」

母親並不理會，繼續盤問，突然母親冒出一句很奇怪的話：「馬家小輩滿有出息，陶家小輩怎麼樣？」

這時候我看到好婆一臉的驚訝，並立刻呈現出期待的希望。

那個一頭霧水的大男人先是愣了一下，但馬上就領悟過來了，他機警地回答說：「小少爺現在是臺灣水泥廠的總工程師，滿有成就。兩個兒子在美國留學，讀的是工程，繼承祖業，滿有出息，靠勞動吃飯。」

母親話題一轉，面孔更加嚴肅：「儂做啥在這種時候回國，膽子也太大了！」

「不會，不會。」我看到這個大男人剛剛落到長板凳上的屁股又抬了起來……

母親還在不斷地發難，好婆則把我拉到後面，從口袋裡摸出一個縐縐巴巴的小布包。布包裡面是全家一個月的副食品票，其中包括肉票、蛋票、豆製品票等等，糧票和布票是在另外一個包包裡的。

那時候在上海，一個人一個月只有三張肉票和四張豆製品票。一張肉票半斤肉，一張豆製品票一塊豆腐。雞蛋是按照「戶」來分配的，過年分發的魚票、家禽票等還要分大戶和小戶，根據人頭來制定。糧票是一個月最多三十一斤，男女老少不等，而布票則無論高矮胖瘦一律十二尺。

我看到好婆布包裡這個月的肉票只有六張了，離開月底還有十多天。好婆想了想，撕下其中的五張交給我，讓我趕快到轉彎角的南貨店想辦法多割幾斤老鹹肉，好婆再三叮嚀，「愈肥愈好，儂小舅舅歡喜胖肉的。」

這是我第一次知道，我還有一個小舅舅在臺灣。這一天我「飛」一樣奔到路口的南貨店，用全家省了半個月的肉票，去買胖鹹肉。為得是專門帶給生活在「吃不飽，穿不暖」的臺灣的小舅舅。

到了南貨店，我把五張肉票放在那個斬肉的胖男人的手上，一隻油膩膩的手乘機在我的手上摸了一把，我感到很噁心，但立刻兩隻眼睛直視著他，又笑一笑說：「五斤鹹肉，胖一點。」

「熱儂的大頭昏，這點肉票要買五斤肉，還要胖一點，哪裡來的好事？」胖男人的兩隻豬玀眼睛從一堆肉裡直視過來，我仍舊在微笑，但兩隻眼睛絕對是凶狠的。

我用手指了指剛才他蹭在我手背上的油膩，一句話也沒有說，卻像狼一般盯著他。三秒鐘以後，他退縮了。

他咕嚕著：「好，好，算儂利害，算儂利害。」一邊咔嚓一刀斬下來了一大塊肉，鉤在一桿鐵稱上拎起來。

又別轉身體讓秤星對著我說：「看見了吧！五斤半，九角八分一斤，一共五塊三角九分。算儂五塊三角算了。」

我沒有講話，只是看著他把肉包起來，又用一根細麻繩捆紮好。我拎過肉來掂了掂分量，這才把攥在手心裡的五塊錢扔給了他，然後頭也不回地離開了南貨店。

「拆撩娘的ＢＩ！我今朝栽在儂這隻小ＢＩ秧子手裡了……」

「拆撩娘的ＢＩ！儂這隻老烏龜活該！」我罵了回去。

劉索拉的長篇小說《混沌加哩格楞》的第九十九頁，講「她」為了罵髒話在操場上練、在馬桶間裡練，好像是巨大工程，而我一次也沒有練，一張口一連串的髒話就從嘴巴裡噴了出來。不知是從哪天開始的，在那個粗魯的年代，把原本可以變成一個上海小姐的我，變成了一個可以當街罵髒話的潑婦。

這天，我送這個海外來客到了34弄13號的大門口，把這刀包紮在申報紙裡的老鹹肉交到了這位馬家大少爺的手裡，他似乎呈現出一絲尷尬，但立刻就掩飾了過去。我一直不理解他當時的表情，到了美國以後才知道所謂的「吃不飽，穿不暖」是怎麼一回事。我真為那五斤老鹹肉可惜，因為這個馬家大少爺一定還沒有走出國門，就把這刀來之不易的肉扔進了垃圾桶。

難怪那天他一定要拎著肉，站在34弄13號的門口拍照留念。

在那個到處貼著紅色標語和黑色門牌號的石庫門前面，馬家大少爺不識時務地拎著一刀肉，直挺挺地站在那裡，顯然有些滑稽。透過「蔡司」照相機清晰的鏡頭，我發現他穿的是簇新的藍卡其中山裝，風紀釦緊緊卡著脖子上的喉結，使他的下巴僵硬地翹了起來；褲子有些肥大又有些短，吊在身上，露出兩雙穿著軍綠色膠皮鞋的大腳，好像借來的一樣。我想笑，但是他的面孔相當嚴肅，他在想什麼呢？

馬家大少爺離開以後，我發現好婆的枕頭旁下面多出來一張照片，那是一個很像外公的男人，擁著一個燙著捲髮的女人，以及兩個十分健壯的年輕人。兩個年輕人在照片裡面無遮無攔地注視著我，用兩隻長得和我一模一樣的眼睛，帶著親情直視著我，但是我從來也沒有機會看到過他們的真人。

大插曲——遠山的幽靈

「奶奶，奶奶，開開門，我是小運通啊！」

「哦喲，不好了！小運通？小運通不是早就死了嗎？」我的頭皮一陣發麻，兩隻手一抖，手底下的一塊剛剛用膠水黏牢的木板，「啪嗒」一聲跌落到水泥地上，摔得粉粉碎。

那塊木板是外公早年從南洋帶回來的，據說可以叫出仙逝的親人來講話，只是我們一次也沒有試驗過，就在抄家的時候被砸爛了。這一天，樂樂花費了大半天時間，把一堆爛木頭拼湊起來了，他有些得意的樣子把我和倩倩叫到灶披間裡，讓我們面對面地坐好在一張用四隻腳的架子撐立起來的木頭檯子後面，然後叮囑我們說：「扶好，扶好，當心一點，不要弄壞！我馬上要叫出我們的外公來了。」

「儂自己當心一點才好呢！不要叫錯，一歇歇叫出一個野鬼，那是要嚇死人的啦！」我的話音剛落，三年前死去的小運通就在門口大呼小叫起來了。

我說過：「我是一個死都死過一次的人了，還有什麼可以讓我害怕呢?!」然而，突然冒出了一個小運通，不承認自己是害怕，但心裡實在是有些寒佬佬。

我和倩倩面面相覷，樂樂也忘記責怪我把他的傑作摔碎了，足有一分鐘，我們三個人僵硬在那裡，連面孔也嚇得發青了。不知怎麼一回事，平時從來聽不見敲門聲音的好婆在前房聽見了，她邁動著小腳走出來。

好婆說：「三個人的耳朵都和我一樣不靈了嗎？門扇打得砰砰響，怎麼都聽不見呢？」

好婆說著就去開門，我來不及奔過去阻止，木頭門就被拉開了。只看到一個乾乾淨淨黑黝黝的年輕人站在門口，他一看到好婆就撲了進來，抱住好婆不肯放手。

「這不是我的小運通嗎？我就曉得儂不會死的，我就曉得儂會回來的。快點，快點，讓我好好看一看，長得和儂的媽媽一模一樣，伊要是活到今天，看到儂一定要開心煞了。這兩年家裡連連遭難，怕連累伊，沒有辦法顧及伊，伊真是苦命。」

「……」

「今天是什麼好日子啊?!我的小運通回來啦！我的小運通沒有死啊……」好婆有些顛三倒四了，一會兒打雞蛋，一會兒下掛麵，還要叫我們圍在一起包餛飩，弄得灶披間裡一場忙亂。

而我則在好婆不注意的當兒，用一把端午節時編織進艾葉菖蒲的笤帚，偷偷敲打小運通的腳後跟，又在那裡呸了幾口吐沫，小運通仍舊緊緊圍著好婆，沒有顯出「鬼」的原型。

難道真的是小運通啊？小運通真的沒有死嗎？

小運通是我大舅舅的孩子，準確地說，他是我大舅舅的私生子。我好像從來也沒有看到過大舅舅，他是個「極右」分子。母親很不喜歡這個大舅舅，倒不是因為他的「極右」，而是因為當年他到北京去和他的同班同學完婚，途經天津到我父親的老家裡去作客，住了幾天就讓門房的女兒懷孕了。

母親說：「這件事丟盡了我們陶家門的面孔，我只好拿出一百美金偷偷把這件事擄擄平。以後再也不許他到我的家裡來了，事實上他原本就不是我們家裡的人。」

原來，這個風流倜儻的大舅舅並不是好婆的親生兒子，只是因為好婆的長子鴻翔抽風夭折，便差人到鄉下，領來自己兄弟的兒子頂替。那個兄弟也就是前面提到過的鴉片鬼，鴉片鬼窮困潦倒，整天流淚、流汗、流鼻水，最終毒癮發作死亡。好婆找到他的兒子的時候，這個徽州富商的後代已經流落在寧波的街頭了，好婆立刻心痛地把他帶到上海。

不料這個鴉片鬼的兒子是個奇出古怪的闖禍胚子，不是把一隻癩水蛤巴塞進小丫鬟桂花的衣服下面，就是把一條水蛇放進了灶披間的飯焐窠裡。有一次推扳一點點把外公的別墅燒掉，最不能原諒的是還喜歡偷東西。外公實在忍無可忍，決定把他送到東北去。沒有想到送他去的遠房姑爺還沒有回來，他倒已經鑽進灶披間裡找東西吃了。和以前不一樣的只是：大舅舅的額角頭正中，在扒火車的時候磕出一只銅板大的傷疤。

好婆講：「我大概前世裡欠了伊的債，就讓我來照顧伊一輩子吧！」

大舅舅回來以後，好婆把他送進了住宿學校，大家都把他忘記了，只有好婆時不時地前去看望他。他和學校裡的同學搭不來，倒和馬路上擦皮鞋、賣香菸一類的小販滿投緣，特別是和其中的一個報販做了朋友。想不到這個報販竟然是共產黨的地下黨，這個原本大街小巷叫賣報紙衣衫不整的小癟三，四九年以後變成上海報界領導。我那個大學畢業正失業的大舅舅，經他介紹跟隨新四軍南下，當了一名隨軍記者，就好像是笑話一樣，大舅舅變成了一個共產黨的革命幹部。

好婆還沒有來得及享受到這個革命幹部的福，大舅舅就因為不安分，第一批打成了右派。他不服上訴，一次又一次，終於升級到了「極右」，被發配到了遙遠的青海，這一次他就是插上翅膀也飛不回來了。

母親回憶起來的時候說：「文革時期，前來『外調』的人問我：『儂的這個哥哥為啥要讀十幾所中小學？』我只好老老實實告訴伊拉，我的這個哥哥讀書太蹩腳，一所連著一所的學校把伊開除出去了。」

大舅舅打成右派以後，所有的人都離開了他，包括和他生活了八年又生了一個女孩子的大舅媽。那是第一個跳出來要和他劃清界限的人，母親以為大舅媽也有她的苦衷，離婚改嫁是她和女兒唯一的出路。

讓母親想不通的是父親老家那個門房的女兒，竟然獨自拉扯大了那個私生子，聽到大舅媽離棄了大舅舅，千里尋夫一直尋到了青海。

「怎麼聽起來像俄國作家托爾斯泰的長篇小說《復活》裡面的故事呢？」我問姊姊。

「不一樣的，伊要比瑪絲洛娃可憐，因為最終也沒有得到大舅舅的認同，伊找到青海大舅舅勞改農場的時候，當日就被大舅舅打了出去。」

好婆去天津看望二姨媽的時候，曾經偷偷去看望過這個沒有過門的媳婦，塞給她一點鈔票，還買了一部飛鴿牌自行車送給小運通。好婆說：「這個女人真是苦命，四十多歲的人一頭白髮，幸虧伊還有一個小運通呢！」

小運通死了。

小運通是在紅衛兵大串聯的時候死的。小運通當然不是紅衛兵，倒有些他父親無法無天的遺傳，竟敢出格地冒充紅衛兵獨自出去大串聯。在雲南，從卡車上翻下來，跌到山溝溝裡，屍骨未還。

「奶奶，我沒有死，」小運通開始講他自己的故事。

「我在雲南的卡車上遇到一個中學裡的同班同學，她戳穿了我是假紅衛兵的事實，我就被他們推了下去，跌進山溝裡。」

那時候，西雙版納還是一片未被旅遊事業開發的淨土，小運通直挺挺地昏死在茂密的灌木叢林之中，或許是因為神靈的保護，他沒有死。一直到今天，他自己也弄不清是過了多久，他又活過來了。

「儂沒有死，為什麼不回來？這麼多年渺無音訊，害得好婆牽掛。」我說。

「奶奶，真是對不起了，我知道這個世界上只有妳會牽掛我的。但是我沒有辦法回來啊！」

小運通又抱牢了好婆。

當年，小運通醒來以後第一個念頭就是：「我已經死了，到了另外的一個世界上了。」

但是隨著他身體的蠕動，渾身上下劇烈的疼痛讓他清楚地意識到：「我的時辰還沒有到，我必須在這個世界上繼續受難。」

「我竭盡全力從地上爬了起來，我發現這裡實在是一片神奇的樂土，到處都是青山綠水，鬱鬱蔥蔥。身處繁茂密集的樹木當中，我以為自己是到了仙境當中了。突然不知道是踏到什麼東西的尾巴，那東西一下子直立起來，把我緊緊纏繞。原來是條大蟒蛇，嚇得我氣如游絲，動也不敢動一動，大概僵持了一個多小時，蟒蛇退去了，我趕緊逃命。」

小運通在這原始森林當中攀來爬去，飢不擇食地亂啃奇花異果，倒也沒有毒死。不知道熬過了多少個白天和黑夜，在那一個個生死煎熬的日子裡，他終於發現：人是那麼渺小，渺小到了根本沒有辦法和大自然抗爭，他耗盡了自己最後的力氣，也找不到一條出路。這時候他萬念俱焚，決定結束自己的生命。

「我一步一步捱到懸崖的旁邊，抬起頭來向著遠方，默默地向奶奶說『再見』，然後回過頭來看了看腳底下的深淵，正準備跳下去，突然發現，我並不是站在懸崖旁邊，而是站在一個小山坡上，山坡底下有一條小河。最讓我不可置信的是：小河裡面竟然有一個天仙一般的大姑娘。」

「我以為自己是餓得發昏，眼睛花掉了。定了定神再看，小河裡面真的有一個大姑娘，那是一個大姑娘的倒影。當時我已經有很多很多天沒有看到一個人了，突然看到一個大活人就好像看到了救命稻草一樣。為了抓住這根救命稻草，我奮不顧身地從小山坡上衝了下去。」

那是一個傣家的姑娘，這一天，正好端端地蹲在小河旁邊洗衣服，冷不丁從天上掉下一個小運通，活生生把她嚇得半死。傣家女丟下手裡的衣服就逃，小運通緊追不放，他一邊追一邊大叫：「妳不要逃啊，我不是壞人，快點救救我啊！」

小運通一直追到了一幢小竹樓的跟前。那是一種欄杆式建築，近似方形，分兩層。樓上住人，樓下飼養牲畜、堆放雜物等。

竹樓是用一根根粗大的竹子支撐起來的，半當中擱起竹子的橫檔，鋪滿了竹片當地板，另外一根更加粗的竹子上刻出幾個個洞洞，斜擱在那裡當樓梯。傣家女光著腳一點聲響也沒有就竄了上去。小運通不甘落後，兩隻手捉牢一根竹子的橫檔，一個引體向上，從泥土地上躍到竹樓上，又從窗門洞翻進了房間裡。

驚天動地叫喊和腳步震動了全村的居民，他們紛紛聚攏過來，把小竹樓團團圍住，然後又唱又跳，好像過節一樣。

小運通跳進了竹樓，也沒有弄清楚那裡面是一間臥室，就被傣家女的父母笑容可掬地請到臥室隔壁的客堂間裡，坐在火塘的旁邊。他們客氣地捧出色澤鮮潤的普洱茶，又有香氣馥郁的竹筒飯，以及各式各樣的奇特佳餚。小運通一時看不懂也聽不懂，但是腸胃抵抗不了這些美味，便狼吞虎嚥地大吃起來。

小運通一定是餓得發昏了，凡是端上來的他就全盤接受，雞鴨魚肉都吃過了，最後端上來了一盤紅顏綠色的小蟲子，裡面有蚱蜢、蝎子，以及竹蟲、黃蜂等等，小運通目瞪口呆，他站起來拒絕。將將那時候，傣家女的父親正嚴肅認真地坐到了他的對面，「咕嚕咕嚕」地講了一大串小運通聽不懂的話。小運通沒有聽懂他的話，而他卻懂得了小運通的拒絕。

氣氛緊張起來了，房間裡的男人們個個劍拔弩張，小運通嚇得連連擺手。他愈是擺手，大家愈是義憤填膺。終於幾個彪悍的男人把他像條豬玀一樣捉起來，又緊緊捆綁在村頭的一棵大樹上。

小運通說：「冤枉啊！我怎麼會落到這種地步？那根比手指頭還粗的麻繩把我捆綁得一動也不能動，幾乎就要把我變成那棵大榕樹的一部分。熱帶森林的種種蚊子、小蟲都來叮咬我的血肉。面對我的命運，我無力反抗，也無法反抗，就好像我一向面對的世界一樣。」

小運通在大榕樹上捆綁了整整一夜，一直到第二天清晨，就在他幾乎血乾命絕的時候，突然從泥土地的小道上奔出來一個中年漢人，他是剛剛從縣城裡回來探親的，他的老婆是鄰村的一個傣家人。

他說：「你是沒有辦法逃脫的，我也是沒有辦法救你的。因為是你自己闖了個大禍！」

原來傣家的臥房是不可以讓外人偷看的，加上小運通一路叫喊，追趕人家的女兒，就有求婚的意思。追到了門口不算，還要跳到那個傣家女的臥室裡，吃了人家端出來的這麼多東西，這就是定規要討她做老婆了呢！

小運通回想起來，早先吃東西的時候，都是那個傣家女雙手捧上來的，含羞兮兮地送到他的面前，難怪周邊的村民們又唱又跳。「我只有十七歲啊！這個女人大概要比我大很多吧？」小運通問。

「你最好不要管她的年齡了，你知道黑天瞎火地摸了幾十里地找到我來救你的是誰嗎？就是那個傣家女呢！你要不要活啊？要活只有和人家結婚。」

就這樣，小運通和那個傣家女成婚了，從此被他的傣家女養在竹樓上，三年裡面生了兩對雙胞胎。

結婚的第一年，小運通對他的傣家女說：「我想我的奶奶了。」

傣家女哭了。

結婚的第二年，小運通對他的傣家女說：「我想我的奶奶了。」

傣家女哭了。

結婚的第三年，小運通對他的傣家女說：「我想我的奶奶了。」

傣家女哭了，她的母親拿出一粒漆黑的丸子說：「吞下這粒藥丸，給你一百天，超過一天不回到傣家，你就死。」

小運通這才回到上海來了。

好婆說：「傣家女救了儂，儂要知恩。」

「我曉得，我還有兩對金不換的兒女呢！奶奶，妳看到一定歡喜的呢！」

「沒有看到我也歡喜呢！可惜儂媽媽看不到了。」

「我這次回來除了看望奶奶以外，還想去找一找我的爸爸，就是屍骨也要帶回來！這是媽媽的臨終囑咐……」

「儂苦命的爸爸怎麼會有這一份福氣啊？」

兩個禮拜以後，小運通朝著西北的方向去了。

很久以後，一個到雲南去插隊落戶的上海知識青年，帶回來了小運通後來的故事。

當年這個知識青年到了那個少數民族的山寨插隊落戶的時候，根本看不出來小運通也是漢人，小運通完全就和傣人一模一樣。只是小運通每天都會背出一個乾癟的老頭子出來曬太陽，有一次這個知識青年發現，小運通背出來的老頭子會說上海話，於是他們就攀談起來了。

老頭子告訴知識青年：那一年，小運通摸到青海勞改農場的時候，眼面前一片荒涼景象，簡直就像杜甫《兵車行》裡的真實寫照：「君不見青海頭，古來白骨無人收，新鬼煩怨舊鬼哭，天陰雨溼聲啾啾。」

辦公室裡一個穿著制服的男人說：「這個人老早就死了。」

「怎麼死的？」

「死了就是死了……」

「和他一起的人還有嗎？」

「都死了。」

「怎麼可能？我是不是可以去看看他死的地方？」

「那個農場早就已經關閉了，鬧瘟疫，不允許去的，你回去吧！」

小運通點了點頭離開了。

第二天，小運通把傣家女一針一線縫製的腰帶捆綁在腰間，那腰帶上面繡滿了八腳、蜈蚣、蝎子，甚至毒蛇等等，裡面裝有各種草藥，據說是驅毒辟邪的呢！又背上了他母親保留的當年他父親使用的挎包，裡面是乾糧和水壺。另外，還有一張地圖和好婆交給他的一只指南針。

除了交給他那只指南針以外，好婆還特別交給他了一根小木棍，好婆說：「這是儂爸爸小時候自己製作的，用來玩『抽賤骨頭』的。伊不大喜歡讀書，但是手很巧。儂看，這手柄上還刻著一棱棱的環紋。伊不認得儂，但是會認識伊的。」

小運通把自己收拾妥當以後，便獨自向著荒野裡進發了。

小運通實在是一根筋犟到底的人，明明曉得父親已經死了十多年了，為了母親的一句話，冒死也要前往荒漠去看看父親最後生活的地方，哪怕是收集一捧黃土，他朝著瘟疫地區走過去。

小運通一邊走一邊甩著小木棍，那是個滿奇怪的地方，常常在蒸蒸日上的熱氣流中，隱隱約約、縹緲恍惚可以看到城市的景象，走到跟前卻什麼也沒有。烈日當空的時候，太陽光毒辣辣地直射下來，土地也會烤熟；到了太陽西下的時候，就會颳風。由於大面積開墾，這裡已經被風化了，鋪天蓋地的飛沙走石，就好像要把小運通吞噬。小運通從早走到晚，竟然一個人也沒有看到，他決定快步走到前面的一棵大樹的下面，那裡背風的地方好像有一間廢棄的小屋。

走到跟前，小運通看到，那裡竟然住著一個人，一個藏族女人。那個女人歡天喜地把小運通迎進漆黑的屋子裡，小運通站在這個滿面孔像樹皮一樣粗糙的女人面前動也不敢動。那女人倒也不在乎，「啃吃啃吃」地打出一桶酥油茶，用兩隻滿是污垢的手端給了小運通。

風停了，月亮升起來了。那是在幽深無底的夜空，高高地懸掛起的半個月亮，那樣清澈，那樣美麗，難怪有首青海名歌〈半個月亮爬上來〉呢！小運通的眼睛溼潤了，他想到父親能夠安息在這片月光底下，也應該是幸福的。

第二天，小運通繼續上路，藏族女人站在東倒西歪的小屋面前為他送行，她對著西南方向磕了個長頭，小運通順著她的指點，朝著那裡行進。

夕陽西下的時候，小運通登上了一個高坡，頓時驚呆了，他看到：在他的眼面前的荒漠裡，呈現出來的是一眼望不到盡頭的白骨……。不知道是因為沒有深埋，還是因為狂風的淫孽，這一大片白骨盡無遮無擋地暴露在野地裡。

此時此刻，冰冷的紅太陽正落到了地平線上，映照著無聲的白骨，閃爍著恐怖的陰光。

小運通小心翼翼地捱到近處，他發現那裡的每一具白骨的腳後都插著根木頭棍子，棍子的頂端，斜斜地削去了一片，露出了蒼白的木質，上面書寫的不是死者的姓名而是一個一個編號。原來，這些病死、餓死、凍死的右派勞改分子，已經沒有了姓名，無論是他們的思想言行，還是肉體，甚至姓氏名字都已經在這片土地上滅亡，變成了不會說話的號碼。

小運通被震攝了，面對這一行行一排排的白骨，他無法自控地跪了下來，悲哀在他這個男人的身軀裡面洶湧澎湃。他想到自己父親的屍骨一定也躺在其中，立刻就把他的腦袋一下又一下叩到土地上，為了他的父親也為了更多的不知名的冤魂，一直到他頭昏眼花，腦門上的鮮血滲入到了枯焦的泥土當中。

突然，就好像是鬼魂顯靈了一般，小運通看到白骨的盡頭，隱隱約約出現一棵枯樹，枯樹的枝幹上掛了一件破爛得好像是布條一般的絨衣，小運通講不出這件飽經創傷的絨衣本來的顏色，但是曉得那裡一定有個活人，因為枯樹底下升起了一道裊裊炊煙。

小運通甩著挎包奔了過去，一個白髮披肩、滿臉鬍子的幽靈，顫顫巍巍地朝著小運通高高舉在頭頂上的小木棍撲過來，最後一縷刺眼的陽光，正跌落在他額角頭正中——一只銅板大的傷疤上。

終身的負疚

我第一次到鄉下去是一九六九年的八月，那一天我同時收到了兩份通知，一份是中學入學通知書，一份是下鄉勞動通知書。因為不是每個人都是這樣的，我感到奇怪。胖媽為我出去打聽，回到家裡，她一個人站在廚房間的水池子前面偷偷掉眼淚。我繞到了她的前面，發現她的兩隻手正泡在水池子裡清洗一大捆稻草。稻草洗乾淨了，又把它們鋪在陽臺上曬乾，最後便跨坐在一張條凳上，編織起一雙雙的草鞋。

胖媽一邊做一邊說：「他們講妳是黑幫的孩子，所以要在進中學之前，先到鄉下去接受再教育，而且還要穿著草鞋、背著行李自己走過去。」

「哪個鄉下？」

「我問過了，是莘莊，離開這裡大概十三公里，還要走到裡面的各個生產隊，總有十四、五公里了。」

「這次一共有多少人下鄉？」

「加上學校裡黑幫老師和監督你們的人，總有一百多人吧！」

我鬆了口氣，看起來這所學校的黑幫子女不少，不至於讓我一個人處於眾目睽睽之下。回想起來實在有些荒誕，我從小學三年級以後，先是賦閒在社會上，後是整天閱讀毛語錄，然後便從一個原本是市重點的小學畢業了。小學畢業了，緊接著就按照地區劃分進入了上海市徐匯區的向陽中學。

這是一所新成立的中學，其中大部分教師都是其他學校的黑幫，因為無法在本校繼續教書了，便集中到這所新建的學校。大概就是因為這個緣由，被稱之為「糞坑」中學。

這所「糞坑」中學在當時具有相當名氣，原因是它的首屆學生裡面有這麼一批人不甘屈居「糞坑」裡讀書，就是在「糞坑」裡也要冒出來出出鋒頭，於是各種花樣翻來翻去層出不窮，一會兒規定全校師生一定要穿草鞋上課，一會兒把個不大的操場挖出來一條條的防空壕，說是防備美國人的原子彈。弄得學生不能出操上體育課，還要讓附近各個中學前來參觀傚倣。

這屆學生最後的花頭就是「全校一片紅」，到黑龍江去插隊落戶，其中的頭領就好像英雄一樣，站在幾百個中學生前面把手揮來揮去，殊不知站在底下的人，個個把他罵得臭要死。幾年以後這些臭罵應驗，這個人被黑龍江的大樹壓斷了大腿，現在大概已經變成一個窮困潦倒的廢老頭了。

這些都是以後的故事，而在當時我正穿了一雙胖媽為我編織的草鞋，還有十二雙綁成了一串，掛在我後面的背包上。背包裡面有一條席子、一條被單、一頂布帳子、幾件換洗的衣服和毛巾牙刷，這些東西除了席子以外，都被我想辦法塞在一只鋼宗臉盆裡了，臉盆的周邊被胖媽釘了一串小洞，這些小洞用來綁席子、掛草鞋和穿了兩條寬布帶，當背包帶子用。另外兩個小洞吊了兩瓶「紅藥水」，其實只有一瓶是紅藥水，另外一瓶是「蟲咬止癢水」，放在一只紅色的瓶子裡，為了怕別人批評我是資產階級生活方式。胖媽千叮萬囑：「多餘的小洞掛什麼都可以，就是不可以掛『毛』的寶像。」

我想胖媽是因為她那個死去的弟弟，一朝被蛇咬，十年怕井繩。可是我告訴胖媽：「我什麼也不會掛的，因為再掛我就背不動了。不要忘記，我還要背著這包東西走十幾公里的路呢！」

胖媽一聽就開始抹眼淚，她一邊抹眼淚、一邊把我送到路口。我靠在路邊的牆上把提在手裡的草鞋換了上去，頭也不回地前往「糞坑」去報到了。

老老遠就看到學校大門口紅旗飄揚、人頭濟濟，那批激進的首屆學生分散在隊伍當中，爭先恐後地高呼口號，亂哄哄的當中，我看到那個頭領把手裡的一面紅旗慎重地交給了一個帶紅袖章的學生，那個學生做足了姿態，高舉紅旗在空氣當中甩了個弧形，又定格在那裡亮了個相，不料當他看到我的時候，立刻回過頭來，雙手把紅旗交到了我的手上說：「這是一個光榮的任務，高舉紅旗向前！」

我被弄得個措手不及，那面大紅旗再加上一根套著紅旗的竹竿，足有六、七斤重，平白無辜地增加這些重量，太不划算了，說時遲，那時快，一轉念頭傚倣前者，也把紅旗在空氣當中甩了個弧形，來不及亮相，就看到一個穿著草鞋、背著背包的長者從後面走過來，一看就像一個「黑幫」，後來才曉得這是一個參加過「三青團」的歷史反革命，一個相當不錯的化學老師，被「滬育」中學趕到「糞坑」裡來了。而在當時，我一看到他，就知道有救了，立刻一本正經地走到他的面前，嚴肅認真地用兩隻手把紅旗直接交到了他的手上說：「這是一個光榮的任務，高舉紅旗向前！」

很快，在頭領的哨子聲中，大家兩個兩個排好隊，出發了。

當時還沒有到上班的鐘點，那些剛剛買好小菜的過往行人對我們這個穿著草鞋的隊伍很有些好奇，他們紛紛停下腳步觀望起來。頭領看到有人圍觀更加興奮，一興奮就高喊口號，這些口號全部都是毛的語錄。那時候喊口號的時候必須還要揮動一下那本小小的毛語錄，別人都是斜背那只紅色的塑料語錄包，一到喊口號的時候，就要手忙腳亂地從背包下面去拉那只小紅包，只有我把那只小紅包直接套在頸脖上，掛在肚皮前面，十分方便。一開始那個和我走在一排的女學生還對我講：「你怎麼像是『賣三爆鹽炒豆』一樣的，太不雅觀了。」

「有本紅寶書放在前面心定一點。」我從頭到腳打量了一下這個陌生的女同學，說了一句極其革命的話。

這個人一看就曉得不是和我一樣的，她穿了一身正宗的軍隊制服，顯示出軍人子女的特徵，一定是來教育我這種人的，只是還面善。但是和她講話得小心。沒有想到後來倒和我相處得不錯。當時我就發現，喊了幾次口號以後，她便學我的樣，把小紅包掛到了頭頸前面，加入了我這個「賣三爆鹽炒豆」的行列。

大家很快就發現，穿草鞋走長路，實在不是一件好玩的事，那些粗細不勻的草繩疙疙瘩瘩地啃嚙著腳底板，特別是嵌在腳趾縫裡的那根細繩子，不一會兒就好像嵌到肉裡去了一樣，那種疼痛實在是形容不出來的。隊伍還沒有走到徐家匯，大家都已經是一瘸一拐了，頭領大概認為帶著這麼一支敗兵殘將的隊伍很沒有面子，決定更加起勁地喊口號，只是跟隨的人愈來愈少，他在隊伍裡跑前跑後，我看到他的腳面也被草繩磨出了鮮血，我感到奇怪：這個人的腳怎麼不會痛，就好像不是他的一樣？

終於走出了徐家匯，已經是太陽當頭的正午時分了。看看來路和去路，遠遠沒有達到預期的計畫，頭領不得不安排大家在路邊坐下來吃午飯。好像沒有什麼胃口，幾乎每一個人一坐到土地上，第一件事就是觀看自己的腳。

我背過身體，避開大家，面對著遠處的農田，那時候出了徐家匯就是郊區了。我坐在田邊的土埂上，小心翼翼地把腳上的繩索解開。腳背上面和腳趾當中被稻草勒出一條一條紅印子，火辣辣地疼痛，我從那只掛在胸口前面的小紅包的夾層裡，摸出姊姊因為腳傷，從中醫門診所配來的止痛藥粉，蘸著自己的唾沫，一點一點塗到痛處。

我知道我的草鞋和別人不一樣，別人都是從商店裡買來的，那時候買一雙草鞋大概八分、九分不等，精緻一點的要一角二分。一路走過來，許多人已經踏穿了好幾雙鞋底了。這樣算起來，穿草鞋的代價遠比穿鞋子高得多。

我的「草鞋」是胖媽特製的，特別是我腳上走路的一雙，其中只有一點點草，多數都是胖媽用染黃了的舊布撕成條，和泡軟的稻草混在一起編織出來的。兩隻腳底板的當中，前腳掌和後腳跟的地方，胖媽還偷偷縫進去四塊小小的海綿，在這四塊最吃重的腳底板的部位上，我老早就因為有經驗的倩倩的指導，預先貼了四塊傷筋止痛膏藥呢！

只是那些因為怕別人發現而沒有保護的部位實在吃了大苦頭，特別是十個腳趾頭，在多草的地方磨來磨去，磨得血紅，還有七個小泡。

我偷偷地為自己的痛處塗藥，一不小心撞到了那個軍人的女兒的後背，她「喔哇」一聲大叫起來。回頭一看，只見到她的兩隻腳早已經血肉模糊了，她正在那裡把一根根斷裂的稻草從鮮血裡拔出來。看到這裡，我不得不動了惻隱之心，把吊在鋼宗臉盆上的紅藥水遞了給她。這時候那個扛著紅旗的「歷史反革命」一腳高一腳底地走過來，看了看便拉起自己襯衣的下襬，撕下一條說：「把破裂的地方包一包，小心發炎。」

在場者無不為之感動。

我突發奇想說：「如果有點藥水棉花就好了。」

事實上，我已經想起來在我的背包裡確實是有藥水棉花的，那是我用來做例假墊的。此刻倒不是捨不得貢獻出來，而是怕被別人發現了一定又會講我是資產階級生活方式，因為那時候，一般人用的都是消毒草紙。所謂的消毒草紙是一種邦邦硬的再生紙，方方正正的一長條，大家戲稱為「條頭糕」。這「條頭糕」夾在褲襠裡，常常會把兩條大腿都磨得血淋滴答的呢！

不料，我的話音剛落，那個軍人的女兒呼啦一下就扯開了背包，那裡面整整齊齊地放著一大摞摺疊好的藥水棉花例假墊，她毫不忌諱地就拿出了一大捆，先是把自己的腳包裹得嚴嚴實實，又把剩餘的分發給周圍的男男女女，包括那個「歷史反革命」。等到我們這一隊人再上路的時候，都變成棉花腳了。

那個頭領有些看不懂了，他走過來前前後後地觀察了一番，我以為他要發難了，不料他輕輕地問了一句：「哪裡來的棉花？可不可以也給我一點？」

軍人的女兒反手從背包裡又抽出一條例假墊，想也不想就扔了給他。隊伍繼續向前，誰也沒有講一句話，包括毛語錄的口號和毛語錄的歌曲，統統啞殼。

到達莘莊的時候已經是黃昏時刻了，遠遠地先看到麥田的當中有一片空曠的平地，再就是兩排瓦頂的平房。那個頭領拚足了最後一口氣大聲說：「大家再堅持一下，前面就是我們的目的地，毛主席萬歲！」對於這句已經聽了無數遍的話語沒有人再會感到興奮，大家都好像一條條精疲力盡的癩皮狗。

頭領討了個沒趣，轉過頭來，目光剛好撞到那個「歷史反革命」手裡的紅旗，此刻紅旗已經變成了他的枴棍，頭領立刻蹙起了眉頭義正嚴辭地說：「怎麼可以……」

「為什麼不可以？我爸爸當年把紅旗插上南京總統府的時候，也是依靠著紅旗支撐上去的！」軍人的女兒用一根小樹枝隨意地點了點頭領的棉花腳說。

前面的隊伍騷動起來，原來真的是到了目的地。那兩排瓦頂平房是一所小學，因為暑假，正好安頓我們這些「城裡人」。大家先是集中在那片空地上，也就是小學的操場——生產隊的曬穀場上。沒有得到任何許可，所有的人顧不得腳底下有沒有雞屎還是狗屎，一屁股坐下去再說。來了一個乾癟墨黑老農民，哇啦哇啦地用本地話講了一大通，旁邊有人問：「他為什麼這麼氣勢洶洶的樣子？」

「不要亂講話，這是在憶苦思甜，你沒有看見旁邊還跪了一排地主、富農嗎？」

我好奇地抬頭看了看，只看到幾個比癟三還要癟三的人正圍在那裡，一點點也沒有老農民控訴裡的凶狠毒辣。特別是旁邊還有一個破破爛爛的小孩子，跪在那裡一臉的茫然，兩隻眼睛無神地耷拉著，就好像是隻瘟雞。

蚊子來了，剛剛坐定，成群結隊的蚊子轟炸機一般俯衝下來。那個軍人的女兒左右開弓，啪嗒啪嗒地用手掌拍打蚊子，大家紛紛傚傚，立刻滿地裡升起了拍打蚊子的聲音，「啪嗒啪嗒」此起彼伏，就好像是在老農民嘶啞的怒吼上面，覆蓋了一床厚厚的棉被。

頭領焦躁至極，他聲嘶力竭地叫喊著：「大家再堅持一下！再堅持一下！」一邊卻不能自制地跳將起來，拍打了一下自己的小腿肚。不知是誰笑了一聲，緊接著，全場哄堂大笑。頭領無可奈何，匆匆喊著口號宣布：「不忘階級苦！牢記血淚仇！現在開始吃憶苦飯！」

我已經完全忘記了，那一個個拳頭大的糠秕野菜團子，是怎樣被我咽到胃裡去的。我後來講：「那就好像是現在的健康食品，還滿香的，反正我是吃掉了。」

「亂講，妳是第一個出去嘔吐的人！」一個打扮得紅顏綠色、珠光寶氣，渾身上下已經沒有一點點那個軍人的女兒樣子的胖女人，三十年以後對我說。

「儂怎麼知道的？」我問。

「因為我是和妳一起出去嘔吐的，妳難道忘記了嗎？妳忘記了那個嚇得死人的茅坑嗎？」

我一下子想起來了，那是用半人高的蒲席包圍起來的一個茅坑，這是一只真正的茅坑，巨大的一只缸。我不知道這個缸有多少深，只看到裡裡外外都是糞便。缸的上面橫著兩塊木板，那裡全部都是密密麻麻白乎乎的蛆蟲，看樣子這是讓出恭的人的兩隻腳，一邊一個踏在上面的。我原本只想把藏在腮幫子裡的憶苦飯吐出去的，不料一看這副陣勢，再加上陳年老糞的惡臭，老老遠嘴巴一張，就把憶苦飯，以及中午吃的乾麵包，甚至早上在家裡吃的泡飯，都統統兜底噴了出來。

晚上，先把幾張小學生的椅子拼攏在一起，鋪上席子，掛好帳子，然後搶先夾著個臉盆去打水。不料，早有人捷足先登，擠在井臺上打水了。總算分到了一臉盆的水，洗頭洗臉洗身體洗腳，最後還要用這盆已經是滑唧唧的水洗衣服。好不容易可以把自己安置到那張七翹八落的椅子床上，就開始飢腸刮肚起來，偷偷摸出幾塊上海益民食品廠的蘇打餅乾，剛剛嚼了兩口，就聽到有人大叫：「不許悶吃！悶吃不長肉！」全體大笑。

第二天，頭領宣布，一百多個人要分成十個小組，分散到各個生產隊。原因是這裡唯一的水井，一夜之間被我們這些城裡人掏空，連煮飯燒水也聚集不起來，周圍的農民叫苦不喋。

這是一個落雨天，我和其他同行者又背起了背包，在泥濘的田間小道上一步一滑地行進。那雙草鞋沾滿了爛泥足有三斤重，帶隊的是那個軍人的女兒，她好像要比所有的人都嬌氣，不斷地宣布「休息、休息」，大家也就放鬆了下來。

一路走一路看，只看到那些頭帶著斗笠的農民，正彎著腰在水田裡勞作。他們面對黃土、背對天的樣子，使我聯想到好婆常常要我們記牢的「誰知盤中飧，粒粒皆辛苦」的話語。「歷史反革命」講：「這是在插雙季稻的秧呢！」

「不曉得有沒有螞蟥？」有人問。

「螞蟥還不算可怕，可怕的是蛇。」又有人說。

「放心吧！不會讓你們插秧的，因為如果插不好，會影響收成的呢！」那個「歷史反革命」說。

我們要去的那個生產隊在火車道旁邊，頭領特別關照：「要注意安全，不要到鐵軌旁邊去。火車來的時候要比想像的快。」可是沒有人聽他的話，因為大家很快就發現，走在鐵軌上要比走在田埂上輕鬆很多。

快到目的地的時候，一條小河橫擋在前面。軍人的女兒大叫起來：「這怎麼過去呀，為什麼沒有橋呢？」

「這不是橋嗎？」一個挽著褲腳管、長得周周正正的農村小媳婦健步地走過來，她順手夾起我的背包，四平八穩地從一根架在小河上的樹幹上走過去了。我們這群城裡人，只好跟在她的背後，像螃蟹一樣，橫著身體，一寸一寸小心翼翼地挪了過去。還好，沒有人跌到小河裡去。這天晚上我發現，我和一個綽號叫「瘋姑娘」的，同時被分配在這個小媳婦的家裡「落戶」。

這是一戶最典型的農民人家，和其他人家不一樣的是他們家的排門板上貼了一張紅紙條，上面寫著四個大字「光榮人家」。很快我們就知道了，小媳婦的丈夫是個現役軍人，在部隊裡養豬。小媳婦的公公是生產隊長，家裡除了婆婆以外，還有一個待嫁的小姑子。看上去小媳婦和她的小姑子關係很不錯，她們倆有說有笑地把我們帶到家裡。那個當婆婆的拍著巴掌站在堂屋前面高興地說：「啊呀，來啦！快進來，今天我們吃瘟雞。」

我大惑不解，生病的雞怎麼可以吃？後來知道，當時的農村，不生病的雞是捨不得吃的，只有瘟雞才可以開開洋葷。雖然心疼少了一隻生蛋雞，但長年累月沒有葷腥的飯桌上出現一次瘟雞，總是像過節一樣。可我和「瘋姑娘」怎麼也不敢吃，偷偷把那個婆婆夾在我們碗裡的瘟雞藏在碗底。小媳婦發現了，就在我們想要把瘟雞倒到豬食裡去的時候，把她的碗伸了過來。

一會兒她溜到後窗外面，我發現她把碗裡的瘟雞，交給了昨天那個像瘟雞一樣的地主的後代。「快，拿回去，給阿爸和姆媽，這次不是我偷的，是城裡人吃不慣，我向伊拉要來的。」小媳婦說。

「阿姊，這麼多，一定是儂的一份也在裡面，姆媽要儂當心自己的身體。」小男孩懂事地說。

「阿姊吃的東西多了，不要擔心。今天一下子分過來兩個城裡人，帶來了四十斤糧票，過幾天他們要我到鎮上去買米，我會想辦法給你們一點。」當阿姊的說。

晚上我和「瘋姑娘」被安排在小媳婦的房間裡睡覺，剛熄燈，「瘋姑娘」就打起了呼嚕。黑暗裡我問小媳婦：「那個小男孩是儂的親弟弟嗎？」

小媳婦聽了大驚失色，她坐起來問：「儂都看到我和我阿弟的講話啦？我出身地主，因為被我男人看中，就高攀上了生產隊長的家裡。我沒有拿他家裡的瘟雞，只是你們不要了，我才給我弟弟的。」

「這是應該的，不然也浪費了呢！只是我明明看到你們在種雙季稻，為什麼還要到鎮上去買米呢？」我一邊安慰她，一邊提出新的問題。

「從來就是種糧食的人糧食不夠的，大多數的糧食繳了公糧，自己倉庫裡就所剩無幾了，到了青黃不接的時候，常常還要吃糠秕野菜，別人家可以接待你們這樣的城裡人，拿到一點糧票，我娘家是地主，沒有這個優惠。所以……」

小媳婦還沒有說完，我就跳了起來，摸出剩餘的十斤糧票，塞到小媳婦的帳子裡講：「我們城裡人胃口小，糧票總有得多，這一點點糧票是儂的，我不會告訴別人。早曉得，我多帶一點來就好了。」

小媳婦感激涕零，以後的二十多天裡，跟在小媳婦後面勞動，她總是對我照顧有加。

正如那個「歷史反革命」所說的，他們不放心讓我們去插秧，而是讓我們去撒「豬榭」耘田。這實在是比插秧還要怕人的一件事，所謂的撒「豬榭」耘田，就是用手用腳把豬糞在水稻田裡弄勻稱。後來我發現，「豬榭」裡不僅僅是豬糞，而是豬糞、牛糞，甚至人糞，各種糞便的統稱，兩隻手插在這些糞便當中，黏黏糊糊，噁心至極。

一天做下來，渾身上下都是大糞，一口飯也吃不下。小媳婦看到我們如此狼狽，就幫我們打來了熱水，讓我們沖洗乾淨才上床。「瘋姑娘」到了床上，倒頭就睡，呼嚕大作。我雖然從小就有睡眠不好的毛病，但也擋不住白天的勞累，很快就迷迷糊糊進入夢鄉。睡夢當中常常會聽到窸窸窣窣的聲響，總以為是老鼠出洞，反正有帳子，太累了，不去管它了。

第二天起來，「瘋姑娘」講：「昨天晚上，我怎麼覺得有個男人在我們房間裡？」

「做什麼春夢啊！儂呼嚕打得震天響，就是有個男人把儂從床上拎出去，儂也不會知道的。」我大笑起來。

又過了一些天，離開回家的日子近了，心裡有些盼頭起來了。一天晚上剛剛睡著，老鼠又來了，這次有點無法無天了，那聲響就好像是隻野獸，噗哧噗哧山搖地動。我徹底醒了過來，這聲響是從小媳婦的床上發出來的，啊呀不好，真的是個人，而且是個男人。我第一個反應就是想到小媳婦枕頭底下的十斤糧票，於是大叫起來：「賊骨頭，賊骨頭，有賊骨頭，捉賊骨頭啊！」

說時遲，那時快，只見一條黑影「唰」一下，從小媳婦的床上竄出後窗，「瘋姑娘」光著腳也從床上跳了起來，不知是醒著還是沒醒，也跟著黑影跳了出去。我看到她像中了邪一般雙腳亂跳，然後整個村落響徹了「瘋姑娘」的尖叫：「賊骨頭，賊骨頭，有賊骨頭，捉賊骨頭啊！」

第二天，小媳婦臥軌自殺，身體的殘骸被滾滾車輪帶出去一里多地，驚心動魄，慘不忍睹。黃昏，我和「瘋姑娘」站在村口遠遠地看到：那個因長期低頭認罪而不會直立的地主和他那個像瘟雞一樣的兒子，拖著一個麻布包，在暮色籠罩的鐵軌間，收集著一片一片破碎的骨肉……

不久以後「瘋姑娘」真的變成了瘋子，口口聲聲說自己害死兩條人命，因為那時候破壞軍婚是要槍斃的。小媳婦臥軌自殺以後，一個從小就和小媳婦跪在一起的鄰村的地主的兒子被槍斃了。

人獸之間

「下鄉勞動」結束的前兩天，我和「瘋姑娘」站在村口，心裡懷著說不出的懊惱和內疚，遠遠地目送了小媳婦的父親和弟弟最後扛起沉重的麻布包，艱難地從鐵軌上面爬了下來。我的腿曾經上前了兩步，但是停下了，我沒有膽量更沒有勇氣。我渾身發抖，上牙和下牙止不住地碰撞，發出可怕的「咯咯」的聲音。我感覺到自己正行進在一條雲霧繚繞昏黃的道路上，心裡還在默誦唐代李商隱的詞句：「夕陽無限好，只是近黃昏。」身體卻已經不省人事了。

那個軍人的女兒後來告訴我說：「妳高燒發到昏過去，正好有一艘要到上海去運大糞的船，我們就把妳裝了上去。」

我已經完全忘記了自己是怎樣像大糞一般被裝到上海，又被送回到家裡的，只記得迷糊當中，姊姊不知道為什麼繁忙不堪，她在抽水馬桶上面爬起來又坐下去、坐下去又爬起來，她說：「一定是生惡病了，連續拉稀十幾次，還停不下來，我要死啦！」

「亂講，拉肚子是不會生惡病的，倒是有的人拉不出來才是危險的呢！」哥哥在旁邊不斷地安慰她，卻沒有想到活活把我嚇醒。我一下子坐了起來，我想到了自從那天，被那只長滿蛆蟲的糞缸逼得把憶苦飯統統嘔吐出去以後，我就好像再也沒有拉過屎。真的，我是真的沒有拉過屎。一看到茅坑就失去了拉屎的欲望，後來軍人的女兒想出了一個妙計，她得意到了詩興大發的地步，「啊！大田就是接受米田共最廣闊的天地！機關槍手榴彈變成了黃瓜地裡最好的營養……」

可是我不行，急急忙忙把「機關槍」掃出去以後，兩隻腳就開始發麻，又是害怕被人撞到，又是害怕會有毒蛇，於是便祕。一開始還會擔心：「我好像有五天沒有大便了呢！」

「昨天我看到儂坐在小媳婦床背後的木頭馬桶老半天，弄得房間裡奇臭，難道是占著馬桶不拉屎嗎？」「瘋姑娘」說。

「那只馬桶蓋子一開就臭氣熏天，我不能放鬆呢……」我苦著臉回答。

「過兩天就會習慣的。」「瘋姑娘」漫不經心地說。

過了兩天還是沒有大便，再過兩天，我漸漸忘記了人生還有出恭這一不可少的作業。此刻我扳著手指算來算去，我自「下鄉勞動」以後就沒有拉過屎，二十多天沒有拉屎，現在回想起來都不能相信。

「要命了，儂這是一定要死掉了！」哥哥一聽立馬把我從床上拉了起來。

「怪不得儂高燒不會退，面孔墨墨黑，嘴巴老老臭，我還以為糞船上的大糞在儂身上洗不乾淨了呢！」姊姊也從馬桶上跳了起來，好像忘記了她自己拉肚子的毛病。哥哥已經不由我分說，用自行車載著我，飛一般地直衝離家不遠的「華海醫院」急診室。

那時候已經快到半夜了，急診室裡只有一個值班護士在織線襪。哥哥讓我坐在椅子上等候，自己奔出去掛號。小護士十分起勁，先是把我弄到旁邊的一張床上，又跑出去叫醫生。醫生還沒有來，哥哥倒慌裡慌張地衝了進來，他看到我已經睡在高高的急救床上了，便焦急地把我拖了起來。

原來剛剛在掛號的時候，他突然看到那個值班護士興奮地跑出來，還沒有跑進掛號間隔壁的工宣隊辦公室，就大聲叫：「李師傅，李師傅，儂不是想試試抽骨髓嗎？機會來了！一個小姑娘發高燒，就講懷疑她是大腦炎，抽她的骨髓做試驗好了。」

工宣隊就是「工人毛澤東思想宣傳隊」，據說這是因為紅衛兵、造反派有點無法無天了，到處是武鬥，連毛的「無產階級司令部」也失去了掌控，只好想出來讓工人、農民和軍人到學校、文化、教育、科技等的上層建築單位去領導那裡的「文化大革命」。這些人凶得一塌糊塗，沒有文化，權利很大。沒有讀過書的會站到學校的講臺上講課，沒有學過醫的會拿起手術刀為病人開膛剖腹⋯⋯，而真正的教授和醫生都被這些工宣隊趕到廁所裡打掃衛生了呢！就好像電影《活著》裡面的鏡頭一樣。

此刻，哥哥一聽到值班護士在叫工宣隊的李師傅就嚇壞了，他號也不掛了，轉身跑回急診室說：「快逃，我們絕對不可以讓伊拉做試驗！」哥哥夾著我就往門外走。

那個值班護士，手裡端著一個放了大號針筒的托盤已經回來了，她焦急地阻攔我們，「不可以，不可以離開，這是傳染病人，要抽骨髓！」

「抽儂自己的骨髓做試驗吧！」哥哥發了瘋一樣地大叫了聲，把我放到自行車的後架上，跳上車子，拚了命地逃出醫院。

頓時，我靠著哥哥的後背，感覺到從未有的安全。無論是他看了我的日記、還是批評母親是資產階級小姐、稱父親為「狗父」，都被我忘記到了腦後。我只有一個念頭：「這就是我的親哥哥。」

回到家裡，哥哥又騎上車子，到淮海路上二十四小時日夜服務的藥房間，買來了所有的中西瀉藥：開塞露、黃連素、蓖麻油和大黃等等。

胖媽捲著袖子對著我的肛門連塞三根開塞露，同時嘗試了所有的藥品，一直等到天都濛濛亮了，還沒有動靜。最後還是好婆讓倩倩送來一種叫「葉子」的東西，看上去就好像廉價的茶葉。母親心急火燎地抓起一大把，泡了杯開水，濃濃地灌進我的嘴巴。

不一會兒，肚子裡雷聲大作，坐到馬桶上天昏地暗地掙扎了大半天，一直到馬桶堵塞，大汗淋漓，再次昏了過去。後來一個做醫生的鄰居講：「真是危險，這種藥一次只能用兩、三片。」

還好那時候年輕，生命力強，幾天以後又我漸漸地甦醒過來。我甦醒過來了，直挺挺地躺在剛剛擦洗過的席子上面，癱軟地叫了聲：「胖媽——」

沒有回答，看樣子家裡沒有人，我決定爬起來，頓時天地翻轉，腳底下的打蠟地板就好像傾斜下去一樣，我連忙抓緊了衣櫃的把手，定了定神。

我發現，這是一個雷雨交織的午後，窗外的霪熱正被一場暴雨洗滌著。我喜歡落雨，特別是這種瓢潑大雨。每逢下雨，我就會興奮起來，病後的疲軟一下子消失了，於是我決定撐著把雨傘出去。

我的腳又伸進了那雙黑套鞋，當黑套鞋一插進積水當中，立刻就好像一條快死的魚又回到小河裡。我用兩隻手把傘柄握在手心裡搓來搓去，積存在傘頂上的雨水飛濺開來，就好像是輛小小的灑水車。這實在是把很漂亮的傘，輕巧的鋼骨架上綳緊著黑色的尼龍面子，烏黑閃亮，在眾多的布傘當中猶如鶴立雞群。

這把雨傘是後來成為我丈夫的人送給我的，有意思的是，他以為下雨的時候總歸是陪伴著鬱悶，他說要讓這把傘來陪伴我度過最鬱悶的時光。不料事實恰恰相反，雨水在我虛弱的體內注入了新的生命。然而，就是在這個時候，我突然發覺，在我的身體後面，貼得很近的地方，有一個人。

這個人不知道已經跟在我的後面有多久了，現在，他正渾身溼透透地戰戰兢兢地跟在我的後面，尋找機會來和我搭訕。再仔細一看，這個人竟是當年用電烙鐵燙我的那個人的幫兇，頓時，銘心刻骨的疼痛，迅速地擒拿住了我的全身。

此刻，這個人手持一把破舊的木頭傘，赤腳穿了一雙咖啡顏色的塑膠鞋，一幅萎縮的打扮，使我不由感到厭惡。緊接著，這厭惡又變成了憤怒。我憤怒起來了：這樣一個萎靡不振、下三濫的人怎麼可以來和我走在一起？我加快了腳步，他跟了上來，他跟得很緊，幾乎撞到我的身上。我一轉彎，轉到了寶慶路上，我做出了決定：我要把他送到前面的徐匯區公安分局去！

這實在是個戇大，一直到我把他帶到公安分局的門口，他都不知道什麼事情會發生。當我看到在公安分局門口站崗的警察，立刻大叫了一聲：「這是流氓啊，跟蹤了我兩條馬路的流氓啊！」

站崗的警察一時沒有反應過來，倒是一對過路的男女立刻跳將起來：「流氓啊！最可惡了，快打！」

「打流氓啊！上次流氓還欺負過的我女兒，快打流氓！」

「打，打，打死這個下作的流氓！」

人們迅速地從四面八方圍攏過來，憤怒的拳頭雨點似地向這個跟蹤我的人的身上頭上飛了過去。很快他就被打倒了，有人抓住他的頭髮，又把他拎了起來，一邊打一邊罵，比我還要憤恨，大有不置他死地絕不罷休的氣勢。

我已經被擠出了包圍圈，好像這件事和我毫無關聯，甚至有人看到我張頭張腦的樣子，便主動過來向我解釋：「這是一個大流氓啊！剛剛在這裡調戲一個小姑娘。」

「這是一個流氓加小偷，偷皮夾子被抓住的！」

「就是這隻小偷，上個月偷掉了我新發的工資！」

「……」

還可以看到有人從遠處、甚至公共汽車上跳下來打流氓。好像要把長年累月的怨氣，藉著這個不能登大雅之堂的小流氓，統統發洩出來。透過人們爆著青筋的手臂縫隙裡，我看到那個剛剛還跟在我背後，企圖約我出去看場《列寧在一九一八》的「小流氓」被打得頭破血流，腦袋上長出了雞蛋一般的兩個包包。

雨停了，我被嚇得癱軟了，收起小黑傘，扶著電線桿子半天邁不開腿。

「妳一個人站在這裡做啥？」不知過了多久，後弄堂的一新，騎了輛「鳳凰」牌自行車「嘎」一聲停到我的旁邊。

一新比我長幾歲，她的父親是新華社相當級別的文官，文化大革命初期，她還穿著軍裝當過幾天的紅衛兵，可是耀武揚威不到幾天工夫，她的父親就變成了「走資派」，一新的地位一落千丈，變成了一錢不值的「黑五類」。一新變成「黑五類」以後，乾脆把自己弄成一身黑，上身永遠是一件黑色的列寧裝，下面永遠是一條同樣顏色的燈芯絨大褲腳管長褲。後來我發現，她那套低調套裝，是他們這一類人的標記。

當一新看到我一個人臉色蒼白，搖搖晃晃地站在馬路邊上時，就停下自行車，她摸了摸我的腦袋說：「還好，冰冰涼，坐到我的後車座上來，我帶妳去看熱鬧。」

「啥熱鬧啊？」我虛弱地問。

「打貓餵狗！」一新惡狠狠地回答。

而我聽了，則差一點從自行車上跌下來。我曉得最近以來，這些被打倒的幹部子弟突發新花頭，那就是「打貓餵狗」，貓和毛是諧音，狗又是劉的綽號。因此每到傍晚，他們就開始活動起來，先是打貓，把捉來的野貓，或者是偷來的家貓裝在麻袋裡痛打；後是養狗，他們企圖把打死的貓餵狗，這當然是異想天開。

這一天，一新把我拖到後弄堂的空地上，只看到她的弟弟大光和他的夥伴們，已經把一麻袋的野貓打到了半死的地步。正在這個時候，有人緊張兮兮地來約他們出去，大光就急匆匆拎出一根燒紅的鐵條，狠狠地戳進一隻已經被打得半死的老貓的屁眼裡，伴隨一股惡臭的衝出，是一聲極其可怕的慘叫，在場者無不驚慌失色。

剩餘的那群小貓，大光已經無心一一作弄，只看到他從皮帶上解下一把尖尖的小榔頭，對著牠們的後腦勺「砰！砰！砰！」敲出一個個洞，活活打死，不堪入目。

正看著，胖媽一把就把我從看熱鬧的人群當中拉了出來，她一路走一路罵。一開始是罵大光，後來一回頭，看到我穿著那條被我自己修改過的大襠褲，和用父親睡衣的兩隻袖子縫製出來的無袖衫，因為布料不夠，就沒有裝袖子，兩個滾圓的肩膀便露到了外面。胖媽的眼睛瞪得極大，劈頭就對著我罵了上來：「妳怎麼穿得這麼奇形怪狀就出來了？回去，不許自說自話在大馬路上招搖了！」

第二天早上，天還沒有亮，就被弄堂裡一陣亂哄哄的哭叫聲吵醒。赤著腳跳起來，想要跑出去看熱鬧，卻被胖媽捉回來：「到床上去睡好，不可以出去！告訴妳，再也不可以到後弄堂裡去了呢！大光這批人，昨天晚上出去打群架，死人了呢！」

「誰死了？」我問。

「後面小馬路上的，據說是他們那裡的一個男孩子，跟蹤我們這裡的一個女孩子，大光他們覺得是侵犯了這裡人了，就出去打架，結果那裡有個跟在後面助威的孩子，自己撞在自己綁在鐵棍子的小尖刀上，不巧插進心臟，死了。孩子的娘正跪在我們弄堂裡嚎啕大哭呢！這些闖禍胚子，總有一天會得到報應的。」胖媽氣憤地說。

接著胖媽又講：「真是可憐，那麼小，還沒有成人，死的時候只會說：『嗚哇，我痛啊……』什麼是死也不知道。」胖媽講著講著流下了眼淚。

我在出國以後第一次回國探親的時候，曾經想去尋找一新，結果看門的工人告訴我：「一新到臺灣去了，再也不會回來了。因為她在這兒沒有一個親人了，唯一的弟弟大光，被她的弟媳用一把尖尖的小榔頭，在後腦勺上『砰！砰！砰！』敲出一個個洞，當場死亡！」

我頓時愕然。

回想當年一新在黑龍江插隊落戶得了重病，病退回上海。聽說她的病是因為她和後來成為她丈夫的人談戀愛，當作流氓捉出來，在冰天雪地裡連續批鬥，結果得了肺炎。又從肺炎併發出了肺病，清瘦得就好像一張紙頭一樣被送回來了。我去看她的時候，她躺在床上，雪白的被單一直拉到她的鼻子上。她閉著眼睛，斷斷續續地給我講故事。

她的故事好像是另一個世界的故事，特別是從雪白的被單下面流出來，看不到她的嘴巴在蠕動，卻把我帶到了東北的原始森林，她告訴我，她的毛病不是凍出來的，是被那片詭異的原始森林嚇出來的：「原始森林美麗得就好像是一個妖豔的魔女，窈窈冥冥變幻多端，迷惑過無數貿然侵入的人，生出鬼魂和精靈……」

一新原本是個天不怕地不怕的無神論者，這些話從她的嘴裡說出來，更加帶出來一種陰森森的恐怖。她說，她看到鬼了，真的是鬼，活生生的鬼！

一新的故事是這樣開始的，「那是一個夏日裡的清晨，大家還在睡夢當中，我一個人走出知青點的宿舍，因為我要到小河邊去見一個人。」

一新懷著少女的萌動走在密林深處，她踩著深厚柔軟的苔鮮落葉，貪婪地吸吮著沁人心腑的樹脂芳香。她比那個人到得早，她有些衝動，有一種恨不得要和大自然融為一體的感覺。她在小河旁邊蹲了下來，兩隻手捧起清澈的流水，剛剛想潑到臉上，剎那間，她嚇呆了，她看見鬼了！「那鬼忽隱忽現地站在我面前，蒼白得就像是透明一樣，那種蒼白讓人感到絕望，好像有一種灰燼的質地。」

一新大叫起來，她的朋友們都以為她是做夢，可是隔了一天，那個知青點的頭領也在上廁所的時候遇到類似情況，甚至更多的人見鬼了。這下子這些不信邪的年輕人開始驚惶失措，因為他們可以不相信別人，卻不能不相信自己。

當地人出來解釋說：有可能是躲在原始森林裡的土匪，但一新以為土匪絕對不會這麼客氣；另外一種解釋更加可怕：據說當年日本人在原始森林裡修建了一個巨大的地下工事，那裡面設備先進，物資齊全，甚至還有女人，只是後來和外界失去聯繫，就一直與世隔絕地生活在那裡的地底下了。

總之，無論是哪一種解釋，都可以得出一個結論，那就是：這個廣闊天地並不安全。因此當地的軍人管理委員會決定發給每個「知識青年點」一桿步槍、三發子彈。一新在訓練過程中成績最好，就由她來保管這個知青點的槍和子彈。另外經過了討論，他們的知青點還決定養一條狗。

狗是從當地的老鄉家裡要來的，剛剛出世的一條雜種母狗，渾身光禿禿的，眼睛還沒有睜開呢！一開始大家當牠是個活玩具，捧來捧去，不久就厭惡了，因為這條狗長得太快了，一會兒就有大半人高，而且一點規矩也沒有，到處拉屎拉尿，弄得整個知青點都是臭烘烘的了。終於有一天，被一新一腳踢到伙房裡去了。

「你還記得那個在大馬路上跟蹤女孩子的流氓嗎？他做為『壞分子』也被分配到了我們那個知青點，只是大家都鄙視他。這個『壞分子』極其萎縮，帶出來的行李破破爛爛，還散發出一股臭烘烘味道，所以沒有一個人願意讓他睡在旁邊，但又不能把他推到冰天雪地裡去凍死，最後決定讓他一個人睡到外面的伙房裡。」

「『壞分子』在灶臺旁邊用高粱桿子搭了個鋪位，後來燒炕、打柴、做飯、打水等伙房的活就都包給他。因為是『壞分子』，所以就沒有一套和其他人一樣優惠買來的棉衣棉褲和棉帽子，在那滴水成冰的地方，沒有這套行頭是要出人命的，『壞分子』只好用一塊寬大的圍巾把自己包裹起來，看到他縮在那塊女式的圍巾裡嘚啵發抖的樣子，大家就開始叫他『老太婆』。」

「老太婆」在伙房裡沒有一個朋友，只有和那條狗黏在一起。狗變成了「老太婆」最忠實的朋友。有一次，一新犯閒，舉著那桿沒有上膛的步槍瞄來瞄去，瞄準了「老太婆」，不料那條狗飛一樣地竄過來，對著一新的小腿肚就咬了下去，幸虧一新穿的是一條極厚的棉褲，不然的話，一新的腿絕對遭殃；還有一次，「老太婆」掉在野外的雪溝裡，狗便著火似地跑回來叫人，那時候大家已經上床睡覺了，知青點的門板也反扣上了，狗就在門外狂吠，兩隻爪子在門板上一下又一下地抓，抓得那門板傷痕累累，不堪目睹。

最後那件事發生的時候是夏天，原始森林的夏天是極其美麗的，肥沃的土地上萬物爭妍。一新和她的夥伴們不再是吃了晚飯就上炕，而是結伴躺在滿天星斗底下的草垛上，不知是誰用沉悶的男音唱起了蘇聯的老歌，古老的醇厚的聲韻勾引起大家的思鄉之情，一新就是在這思鄉之情當中進入了夢鄉。

黑龍江的夏夜還是有些寒冷的，過了半夜一新就被凍醒了，她從草垛上爬了起來，睡意矇矓地往回走，她想到炕上去抽一條毯子。她說她不知道自己是醒著還是夢遊，總之她一個人跌跌衝衝地回到了知青點。這一天她感覺就有些奇怪，連空氣都有些詭詐，遠處的天邊有道波浪形的黃綠顏色的光，那是北極光，這是一新第一次看到北極光，但她並沒有意識到這是北極光。只是背著這道雪亮的光芒朝著知青點走。

陰差陽錯，一新明明記得她是推開了知青點的門板，不知為什麼卻站到了伙房的灶臺前面。一新清醒了，她是一下子清醒的，她看到「老太婆」脫得精精光地趴在那條狗的身上，專心致志在做一件事情，那狗則趴在高粱桿子上，扭轉著身體，讓「老太婆」的腦袋鑽在牠乳房前面，「老太婆」的腦袋就埋沒在那條母狗兩排粉紅色的奶頭當中不斷地吸吮，瘦骨零丁的背脊一下又一下地拱起來，伴隨那條狗嗚嗚的呻吟，發出了巨大的聲響。

站在灶臺前面的一新，腦袋哄地一聲發脹，渾身的毛髮都站立了起來。她大叫一聲：「他媽的，流氓！」便箭一般奔進知青點，摘下牆上的步槍，想也沒有想，就在裡面壓上了一粒子彈。一新在北極光的襯托之下舉起了步槍，對準了高粱桿上那團邪惡狠狠地射了一槍。平時百發百中的一新這次在幾米之內脫靶了，其實一新射出那發子彈的時候，「老太婆」和狗已經離開了那片淫亂的高粱桿，他們手足無措地站在北極光的當中，也許是從敞開的門洞裡噴射進來北極光過於強烈，這兩根赤條條肉體被融化了。

槍聲驚動了一新的夥伴們，他們從草垛上跳起來，飛奔過來，槍聲也驚動了附近的農民，地方民兵，甚至江對岸的蘇聯「老毛子」。老毛子舉起了高倍軍用望遠鏡，他們在軍用望遠鏡的後面一定可以看到：一個萎糟至極的光屁股中國男人和一條拖著大肚子的黃狗，一群憤怒的年輕人把他們圍在中間。

北極光落下去了，「老太婆」和狗被晨曦之前最後的黑暗包裹住。一新說，她看不清「老太婆」的面孔，只看到他那來不及擦拭乾淨下身，掛下來一條閃亮的液體，這液體使天空裡綿延著一股令人作嘔的腥氣。那狗轉過身體，伸出血紅的舌頭，好像要去舔那條精液，一新再次壓上子彈，對準了狗的腦袋。就在第二發子彈射出去的同時，「老太婆」聲嘶力竭地叫了起來：「快跑啊！」這是一新第一次聽到「老太婆」發出如此響亮的聲音，這聲音的尖厲聒嘈，幾乎遮蓋住呼嘯的子彈，一新的手顫抖了一下，狗翻身跳將起來，帶著打斷的後腿，拖著鮮血往野地裡跑去，大家抓起鋤頭鐵鍬拚命追趕，徒勞。

所有的「知識青年」聚集在一起開會，這群性知識等於零的「知識青年」生怕這條懷孕的狗會生出來一個人，所以決定處死這條狗，而執行者只有「老太婆」，因為沒有第二個人可以近得了這條狗的身體。對於「老太婆」來說，絕沒有抗旨機會。因為一新的步槍已經穩穩當當地架在土坡上了，那裡面壓上了第三顆也是最後一顆子彈，這一次的準星是扣在「老太婆」的太陽穴上。一新深深地吸了口氣，然後趴到土坡上，她閉上了一隻眼睛，另一隻眼睛則透過準星盯著曠野裡的「老太婆」。

一新說這時候的「老太婆」已經穿戴整齊，上身是一件他所有衣服當中最體面的白襯衫，雖然是舊的，倒也漿洗得還算乾淨，下面是一條新的工作褲，那時候工廠發給工人們的工作服，顏色就像現在的牛仔服，通常是工人的標誌。因此有這麼一套工作服也是很得意的，「老太婆」只有一條工作褲，大概是從他在工廠裡工作的兄弟那裡弄來的。「老太婆」就這麼穿戴整齊地站在那裡。

「老太婆」面對著原始森林站在那裡，既沒有呼喊，也沒有任何動作，不一會兒那狗竟一瘸一拐的拖著斷腿爬過來了，一開始只是遠遠的一個小黑點，愈來愈近，「老太婆」沒有迎上去，反而後退了幾步，他回過頭來看了看，當他看到一新那支烏黑的槍口的時候，便迫不得已地停了下來，他慢慢地蹲下身體，爬到了他的跟前的狗便把腦袋架到他的肩膀上。

「老太婆」的手企圖想去撫摸那狗的斷腿，卻又挨了燙似的放棄了。他的身體像一片葉子般地哆嗦，一隻手從口袋裡摸出一根長長的細鉛絲，他把細鉛絲的兩頭併攏在一起，又穿進另一頭的環裡，做成了一個大活套。他在做這一切的時候，那條狗一直信任地靠在他的身邊，當他做完這一切以後，便扶起狗的脖子，捋了捋那裡的黃毛，然後就把這個活套往狗脖子上套。

大概是「老太婆」的手抖動得太厲害了，他套了一次又一次怎麼也套不進去。「老太婆」一邊套一邊哭，一條清水鼻涕順著他的尖鼻頭往下滴，那十根像蛔蟲似的手指糾纏在一起，面對這不正常病態的生離死別，一新吃不消了。她感覺到她的準星開始跳動，跳動到了無法按捺的地步，以至於她的眼前一片模糊，她說她根本沒有看見「老太婆」最終是怎樣把狗套住，又是怎樣抽筋一般地抽勒那條狗的脖子。

一新只聽到她的夥伴裡有人喘著粗氣，並氣急敗壞地說：「快，快，對準狗開槍，開槍！」一新閉上了眼睛，用盡畢生力氣扳響了槍扣。

結束

胖媽走了，到她的兒子那裡去了。我完全忘記了她還有一個兒子，我以為她永遠都不會走，永遠是我家裡的一員。但是她的媳婦馬上就要生產，兒子又要被發配到幹部學校去勞動了。胖媽走的前一天的晚上和我睡在一張大床上，抹著流不完的眼淚，點點滴滴的囑咐我。從洗腳洗臉一直到穿衣穿鞋，我閉著眼睛一句也沒有回答。我害怕一張嘴巴，就會把我關閉了這些年的眼淚一起噴射出來。

胖媽走的時候，坐在她阿孀借來的黃魚車上東張西望。我知道這是在找我，我沒有出去，只是遠遠地躲在隔壁人家的大樹後面，默默地為她送行。胖媽是不願意走的，母親原本想留她，我站在一邊冷冷地丟出一句話：「讓伊走吧！伊終究不是我們家的人。」我相信這句話刺傷了胖媽的心，我就是要她傷心，這樣她才會走得安心呢！

胖媽走了，倩倩到東北插隊落戶去了，姊姊被分配到老老遠的一所中學去教書，樂樂因為倩倩去了東北，可以留在上海的一家機器廠裡，不幸被古老的機器夾去了一隻手指。而我在一開始就對抗毛的「到農村去」的指示，決定賴在家裡偽裝「生病」。

這實在不是一件簡單的事情，首先是那個道貌岸然的班主任，剛剛被她粗悍的丈夫追打，轉身就坐到我家擁擠不堪的廚房裡，一遍又一遍地背誦毛的語錄，一定要我「到農村去」。一直到我腦貧血再次復發，昏了過去。我到今天也想不明白，她為什麼對我如此憎恨，因為到了我畢業的時候，「插隊落戶」的鋒頭已經過去了，我是「糞坑中學」七十三屆畢業生當中，唯一要被她捉出去「插隊落戶」的學生。

班主任看到我昏過去了便偷偷溜走，接踵而來的是副班主任。副班主任原本是隔壁女中的數學老師，因為和學生談戀愛結婚生子變成了壞分子。此刻這個已經過了中年的謝頂男人，坐在剛剛班主任坐過的地方，情不自禁地冒出一句話：「危險，那個地方不可以去的啊！」

聽到副班主任講出這句話，我一下子就嚇得從腦貧血裡醒了過來。這種真話怎麼可以隨便亂講？弄不好會再次變成壞分子呢！他一定受到什麼刺激，腦子出了毛病。果真如此，原來，過去被他送到農村去的一個得意門生，在鄉下染上一種叫「豬條蟲」毛病。

豬條蟲是由許多白色的節片組成，每個節片中約有幾萬個蟲卵，蟲卵被豬吃了，豬就會得病，成了米芯豬。人吃了這種未煮熟的含有條蟲囊尾蚴的豬玀，蟲卵內的蚴蟲就會穿過腸壁到人體，發育成囊尾蚴。這種蟲長大了有好幾米長，盤踞寄生在人的皮膚、肌肉、大腦、脊椎骨裡。

現在這條蟲就是鑽進了副班主任的學生身體裡了，一開始這個學生發現自己的糞便當中，有一種白色的片片或是白片連成的蟲段，後來皮膚下面生出來一個個黃豆大小的疙瘩、硬邦邦的還會動呢！緊接著皮膚上面出現了一種牙齒咬過的紅印，這紅色的牙印好被一根線串起來一樣，摸一摸又不痛。最後，這條蟲鑽到他的腦子裡了，他頭痛、抽瘋、癱瘓，甚至失明了。當我的副班主任去看他的時候，他只有眼淚汪汪地抓著送他出去的老師的手，一句話也說不出來。

這個學生是我過去也熟識的，他是我小學同學的哥哥，文革前家境很好，功課也很好，是他母親的驕傲。不料乾乾淨淨的一個人會得到如此可怕的「豬條蟲」。

「豬條蟲！豬條蟲！那是一大團活的蟲，在伊的身體裡面蠕動啊！」副班主任兩片薄薄的嘴唇飛快地在我面前「噼哩啪啦」翻來翻去，兩隻恐慌的小眼睛在厚厚的眼鏡片後面不停地眨巴著。

這個故事把我們全家嚇倒，特別是我的姊姊，她專門請了假，搖著殘疾車，到我的「糞坑」中學，可憐巴巴地請求那些要把我逼到農村去的人，請求他們放我一條生路。她一而再、再而三地苦苦哀求，追在權勢者的後面苦苦哀求，得到的卻是鄙視和白眼。當她的內心遭受到莫大侮辱，回到家裡總是對我說：「不要急，姊姊明天再去。」

不久以後的有一天，「滬育」中學召開跨地區的「上山下鄉」動員大會，強迫我們這群「抗旨」的畢業生去參加。那是一個陰雨天氣，不知道為什麼，還沒有走到這所過去是重點中學的大門口，背脊後面升起了一股冷颼颼的感覺。

久不見面的那個小學裡的同學——外地來的借讀生站在對面馬路朝著我招了招手。剛剛要跑過去，突然有點頭暈，我好像看到這個借讀生變成那個被火車壓成碎片的小媳婦，小媳婦站在那裡對著我慘然地笑了笑，又變成了我的小孃孃……

立刻，我的兩隻腳就好像打了結一般立定在馬路旁邊不會移動了。就在這時候，那扇穩穩當當站立了幾十年的鋼筋水泥門楣，突然斷裂，借讀生活活砸成了一塊肉餅。後來才知道，那天這個借讀生並不屬於「上山下鄉」動員的對象，她已經回到外地當了一名工人，這次來上海探望祖母，隨便看看熱鬧，尋找小時候的朋友……

我麻木了，眼睛前面一片昏暗。生和死再一次在我眼前剎那間的呈現，讓我重新領略無法駕馭的人生。抬起頭來，遠遠看過去，一片茫然。

我感到沒勁，什麼也沒有意思，這時候一新從病床爬起來了。她仍舊和過去一樣，一套黑色的服裝。那時候十幾歲的女孩，根本沒有化妝，更沒有整容這一說，單調的服飾和顏色底下，各人的本色一目瞭然。我開始欣賞這種本色，於是跟著一新，把自己套進黑色衣褲，無所事事地飄來蕩去。和一新不一樣的是，她的是列寧裝，我的是對襟衫；她的是卡其布，我的是人造棉。

一新回頭看了看我說：「同樣是黑衣服，妳的怎麼好像比煤炭還黑，而且永遠不會褪色，穿在妳身上，散發出一種燒焦的鬼魂般的陰氣？不要忘記，我是看到過鬼的，我講的絕對是真話！」

我說：「我大概就是一個燒焦的鬼魂呢！」

其實那段時間我學會了染衣服，而且很快就熱中於在其中。花一角錢從「正章」洗衣房買回來一包燃料，放在當年到鄉下去，綁過草鞋的鋼宗臉盆裡，我那套黑色行頭就變得愈來愈黑。看著褪色的衣褲在染料裡變回原色，甚至比原色還要妖豔，我感到興奮和激動。

奇怪的是，在我熱中於染衣服的同時，母親突然熱中於買菜，每天早上天還沒有亮就起床，仔仔細細地在鏡子前面穿好她的行頭。母親和胖媽不同，胖媽總歸是要把自己從頭到腳弄得光光鮮鮮。大熱天裡一條生絲的褲子、一件因為是零頭布裁剪出來稍稍短了一點點的香雲紗上裝、一雙方口的北京鞋，然後挎上一只杭州出產的竹籃頭，這才到小菜場去買菜。而母親卻是想方設法地把自己弄得愈邋遢愈好，一條永遠也洗不乾淨的藍布褲，一件用父親的舊襯衫改製的破上裝，一雙灰濛濛的舊鞋子，看上去好像是一個真正的勞動大姊了。

就這樣，母親激動地到小菜場去了，一會兒拎了一大堆青菜蘿蔔回來，同時帶回來的還有她在小菜場碰到老朋友們的信息：「今天碰到魏先生了呢！」、「今天老吳也出來買油條啦！」、「儂猜我今天看見誰了？我看到儂的乾爹了。」

母親的膽子愈來愈大，一開始僅限於使個眼色、點點頭，最多也是偷偷問個好。後來她發現小菜場實在是這些「牛鬼蛇神」們最好的串聯場所呢！因為那時候菜少人多，大家的注意力都集中在菜籃子裡，誰還會有心去注意這幫不起眼的老傢伙呢？到了後來，他們乾脆大大方方的互通消息，甚至包括交流炒菜的經驗。

有一天，母親神色緊張地從小菜場回來，急急匆匆在堆雜物的角落翻找出一只布滿灰塵的破草包，她說：「以後不可以用敞口的杭州籃子了，一定要用可以關口的草包。前兩天，羅先生開開心心地買了一大塊豬肉，笑兮兮地拎在手裡，被上海文化局的一個首領坐在小汽車裡看見了，捉到單位裡，一頓惡鬥。」

母親熱中於買菜的同時，我就好像鬼魂一樣在淮海路上遊蕩。有一天，我突然感覺到背後又有人「跟蹤」？這時候的我，已經沒有幾年前會把一個人弄到公安分局的勁頭，只是頭也不回加快了腳步。當我三腳併兩步地跨進家門，還來不及把門關上，一個矮老頭的腳插了進來：「等一歇，等一歇，是我啊！」

母親聞聲趕出來一看，原來是隔壁弄堂的司徒老先生。司徒老先生上氣不接下氣地被母親迎進了內房間，把他安置在家裡唯一的小沙發上。老先生吁吁喘氣老半天，才吐出一句話：「我解放了！」

「解放了」的司徒老先生話特別多，好像是要把這幾年憋在肚子裡的話一起倒出來。母親說過去和他不多來往，只是因為在中學的時侯，做為學生代表曾經去邀請過這位老作家前來講話，後來知道他娶了一個年輕太太，就住在復興花園的隔壁。當他聽到我這個孤陋寡聞者，從來也沒有讀過他的作品時，十分沮喪。第二天，再次看到這位老先生時，他手裡拿著一本自己早年的作品，簽了字，專門送給我，可惜後來出國時沒有帶出來。又過了兩天，大熱天在淮海路的水果店門口，看見他一個人啃一塊「光明牌」大冰磚，有滋有味十分投入，而他的年輕太太卻站在一邊嚥口水。母親看我有些忿忿不平，便告訴我：「這個太太在老先生遇難的時候大義滅親，和老先生劃清界限，老先生至今不肯原諒伊呢！」

夫妻反目，父子變仇人，在那個年代是屢見不鮮的呢！難怪毛在一開始就講過：這是「一場觸及人們靈魂的大革命」，每一個人的靈魂的徹底暴露，倒也讓我在人生的一開始就看到了人的「本色」。

隨著司徒老先生的來訪，那些「牛鬼蛇神」紛紛被解放出來了，只是「解放」還有不同級別，有的人是一步到位，那就是恢復政治地位，補發工資，歸還抄家物資，打開查封的書櫃、房間等等。然而另外很大一部分人還會留下一個尾巴，那就是「敵我矛盾做為人民內部矛盾處理」，這些人的頭上就好像懸著一頂隨時隨地都會跌落下來的帽子，只是不用到「牛棚」裡去接受監督，可以領一份工資罷了。其他的還和過去一樣，「沒收的」、「查封的」仍舊沒收、查封在那裡，誰也不敢動一動。

這天傍晚，我和母親在復興路上散步，迎面走來了歐陽夫婦。老老遠就看到他們眉開眼笑的樣子，還沒有走到跟前，歐陽太太就告訴我們：「今天做了整整一天的衛生，把房間裡十年的灰塵一起清掃了出去，現在我們決定自己犒勞自己一下，出去吃頓西餐！」

「喲，好事情啊，造反派把儂家裡查封的房間拆封啦！恭喜了。」母親說。

「哪裡來的好事，造反派才不會來拆封呢！我這是自己解放自己、自己拆封的。」歐陽太太說。

「儂真是一個大角色。」母親笑道。

「這當然，就是在最紅色的年代，那些造反派、工宣隊想要上門找麻煩，一聽到我太太在家，立刻就縮回去了呢！」歐陽先生得意地接過話題說。

母親大笑，我猜想她一定是想起來當年歐陽太太利用馬桶間，把一家搶房子的造反派趕出去的故事。笑著，笑著，我母親突然想起了老朋友羅先生和他的夫人，他們是在文革當中最早被抄家和掃地出門的，現在也不知道怎麼樣了。想到這裡，母親便對歐陽夫婦說：「我們轉道去羅家看看，你們定定心心去吃大餐吧！有空到家裡來坐啊，再見！」

這時候，暮色已經降臨了，我們一邊走，母親一邊說：「這十年，大家都吃苦了，我們這些本來只想躲在家裡當太太的人，結果首當其衝的吃苦頭。聽說藝術家麒麟的夫人，曾經用自己的身體，來阻擋紅衛兵毒打丈夫的棍棒。還有很多平時不起眼的太太，關鍵時刻都聰明起來，用不同的方法來保護親人、保護家庭……，可惜儂的乾媽沒有熬過來。」

我難過地低下了腦袋，母親又說：「本來以為漂漂亮亮的羅夫人會吃不消的，不料伊很堅強，還會用自己的一套獨特功夫來保護家人。伊不是作家圈內的人，沒有辦法分擔丈夫在單位裡的批鬥，卻會在自己家裡的飯桌上大顯身手。」

大家都曉得羅夫人原本是出名的大美人，穿著打扮都十分摩登。然而，那麼漂亮的一個人，十年來，只做過一件新衣服，穿的都是兒子女兒工廠裡發放的工作服，老遠看過去就好像男人一樣。她節省下每一分錢，全部花費在飯桌上的菜餚裡了。時不時燉上一隻老母雞，讓在水深火熱當中忍受煎熬的丈夫滋補一下。同時還有包子、餡餅、蔥油餅等等新鮮花樣層出不窮，她說她要每天都給度日如年的丈夫在飯桌上一個驚喜。

「難怪你們一家穿著簡樸，卻個個紅光滿面呢！」母親後來看見羅夫人時笑著說。

「外表的東西都是假的，只有吃在肚子裡才最實惠。」羅夫人很認真地回答。

而在當時，我和母親一邊閒聊一邊散步，一會兒就走到了羅家，正在收拾碗筷的羅夫人聽到我們叫門，立刻迎了出來。她開心地拉著母親的手，帶著我們走進房間。她一邊走一邊不斷地說：「當心，地上有一只痰盂罐，這裡還有一只小菜籃……，不好意思，太擠了。」

母親一個踉蹌跌到羅家的飯桌旁，忍不住說：「這裡不僅僅是擠，更加是亂啊！儂這張桌子上，再要插一支眼藥水進去也不行了呢！」

這時候羅先生聞聲從公用廚房裡走過來說：「愈亂愈好，亂得連造反派和工宣隊也踏不進來啦！」

母親恍然大悟說：「原來這也是一門絕招啊！」緊接著母親又問：「儂從前有一排很漂亮的書櫃呢？」

「就在這兒呀，你看，掃地出門以後，我們全家老少都被趕進這間房。只好書櫃摞書櫃，變成一堵牆，把一間客廳一隔二，一家老小都擠在裡面睡覺，外面吃飯、做飯……」

羅夫人的話還沒有說完，母親大叫起來：「啊喲，這書架的玻璃上是什麼東西啊？亮晶晶的，鼻涕蟲啊?!」

「不要怕，那是因為居委會聽從毛講的『深挖洞』，在地板下面挖出來的『防空洞』造成的，還好沒有把房子挖坍。『防空洞』從來也沒有防過空，倒是積水生蟲子。半夜裡鼻涕蟲成群結隊地爬出來，窸窸窣窣嚙噬著用漿糊貼在書櫃上的封條，留下來銀白色的黏液，極其噁心。不過封條被牠們啃光了，封條自行拆開。對了，想要看什麼書，我來拿給你們看。」羅夫人說著，就偷偷打開書櫃，從裡面為我抽出一本《當代英雄》。

「我記得儂最要乾淨了，這樣子的生活怎麼吃得消？」母親說這話的時候，好像忘記了自己的困境。

「熬一熬，熬過去就好了。」羅夫人反過來安慰母親。而我已經坐在角落裡，開始讀書了。

那是我讀書讀得最多的時節，多數都是父親的朋友以及他們的孩子偷出來給我讀的，我就用我讀毛語錄學會的中國字，一個字一個字地閱讀了大量的小說。其中很多生字，卻又懶得翻字典，舉著一本繁體字的《紅樓夢》，讀不出其中「菩薩」兩字，被那時候正在和姊姊談戀愛的姊夫譏笑到今天。我喜歡俄國小說，讀到「安娜」放棄人生的最後時刻，已經不能自己，痛心疾首了。

母親說：「儂是有過種種經歷的人，怎麼還會這麼不現實啊？」

我說：「沒有辦法，我是爸爸的女兒。」

姊姊說：「算了吧，儂批評起《簡愛》來不要太現實了呢！」

我說：「沒有辦法，我是媽媽的女兒。」

就這樣，無論是浪漫的還是現實的，無論是中國的還是外國的，我都會拿過來就讀。

正在我昏天黑地地閱讀書籍的時候，距離上海一千多公里的唐山發生了地震，唐山地震把祖父在天津的老宅震塌了。記得五叔逃到上海來的時候，專門到了老城隍廟的「豫園」走了一圈，回來告訴我說：「我們老家的房子要比『豫園』裡的房子高級多了，磚頭和磚頭之間的接縫不是用水泥，而是用糯米砌起來的呢！」

我從父親的一張照片裡可以感覺到其中的考究，地板上鋪的都是彩色的牛皮地毯。天津的老章家，算是大戶人家，後來漸漸破落，雖然變賣了那幢用糯米砌起來深宅大院，卻在「小白樓」附近又購買了一幢三層樓的洋房。一眼看過去，比那幢中式大院還要氣派。房子震塌了，我覺得有些懊惱，倒不是為了家產，而是為了沒有來得及領略一下老家的豪華。

「什麼豪華，老早被紅衛兵摧毀得破破爛爛的了。不看也是好的呢！」地震以後從天津逃難過來的一個堂姊對我說。她是和她的父親一起逃出來的，整夜整夜地坐在我家外屋臨時搭起來的摺疊床上不能入睡。兩隻眼睛木呆呆地瞪著天花板，我知道這是為了她的母親。

她的母親是在地震那天，被那幢三層樓的洋房壓死的，難怪她如此憎恨這幢洋房。據說是因為毛的「備戰、備荒」指示，家家戶戶囤積蜂窩煤。他們這幢房子囤煤一噸，統統放在樓頂的平臺上。結果在地震當中，這些煤一下子壓下來，把躲在桌子底下的堂姊的母親，狠狠壓到了地底下。堂姊的母親哀嚎「救命」三天三夜，聲音淒慘到了極點，聽者無不驚恐失色。

這時候，杭州的大大突然來信了，她問：「小東東還和過去一樣不敢看電影嗎？」

我回答：「不要講看電影，就是看陰間裡的死人，我都不會害怕了呢！」不久以後大大離世而去。

為了忘卻殘酷的現實，只有陷入讀書。有一天，通宵達旦閱讀《一千零一夜》，我完全被山魯佐德迷惑了。那裡面大故事當中套小故事，能夠在黑暗當中，想像那些神奇美麗、異彩紛陳的結果，也是一種自我釋放。就在這個時候，家裡的後門被狠狠敲響，我和母親同時跳將起來，

「不好，出事了！」

果真，好婆！好婆已經到了彌留之際。

「好婆！好婆……」天津的二姨和表哥表姊們都趕過來了，我們十幾個後代，圍在急救室的好婆身邊，好婆無聲響。

這是小小一間急診室，水門汀的地上橫七豎八地擠滿了十多張病床。其中有發高燒的、生癌症的、自殺未遂的、上吐下瀉的，那裡面哭喊叫囂、嘈雜不堪。好婆則一套棉布衫褲，非常安靜地平躺在其中。我想起了好婆那幀古裝打扮的小照，綾羅綢緞一個富家女子，到了生命的最後，卻是如此清貧。《紅樓夢》裡的那副「假作真時真亦假，無為有處有還無」的對聯，久久在我的眼面前浮現，揮之不去。

醫生跑過來要為好婆注射「強心針」，遵照好婆一貫「順其自然」的處世方式，大家拒絕了。好婆睜開了不能聚焦的眼睛，在我們每一個人的臉上巡視，就好像是從另一個世界裡回過頭來，在油盡燈枯的最後一刻，給予我們最後一束火的光亮。

她要我們學會節儉，她要我們學會善良……

她要我們記住，我們一共有十八個，而不是十五個，她把從未謀面的臺灣孫子及舅舅的私生子都一起算了進來……

她告訴我們，雖然有句老話「成事在天」，但一定還要記住「謀事在人」！為此，她要我們每一個人在最困難的時候都不放棄。

我明白了，好婆這一生的支柱就是「不放棄」，為了她的父母、丈夫、子女……「不放棄」，無論是任何艱難困苦的時候，纏足的好婆永遠是挺身而出「不放棄」，她也要我們「不放棄」，因為我們是她的後代。

好婆還在講話，而我心裡很清楚，好婆已經上路了。

天空當中一聲巨雷，好婆離去了。這一天，毛也離去了。在送葬的香燭底下，我長跪不起，心裡默默嘆息：「人生一世，草木一秋。」

一九七七年八月十二日，中國共產黨第十一屆代表大會在北京召開，出席代表有一千五百多人，會上宣告「文化大革命」結束。

聽到這個消息的時候，我正站在淮海路襄陽路口，我站在那裡正準備穿馬路，一隻腳剛剛從人行道上跨下來，掛在向陽公園門前的一只有線喇叭突然響起來了。這是我第一次聽到官方正式的宣告，我一下子僵直在那裡。

我僵直在那裡發呆了，十年，整整十年，超過了十年……

「下雨了！」公園裡跑出來一個小女孩，她對著我大叫一聲，看我不會動，又跑回來奇怪地看了看我，然後迅速地轉過身體跑掉了。她一邊跑一邊唱：「大頭大頭，下雨不愁……」

我關閉了這麼多年的眼淚一下子湧了出來。

我想起來了，過去我也會唱這支歌，也會在大雨當中一邊跑一邊唱這支歌，可是我再也回不去了。

十年過去了：乾媽沒有了，大大沒有了，小孃孃沒有了，許許多多認識的、不認識的人沒有了，他們悲慘離去，再也回不來了……

雨愈下愈大，我已經分不清在我面孔上流淌的是雨水還是淚水了。

世尊說：「諸比丘！一切燒燃。云何一切燒燃？謂眼燒燃，若色、眼識、眼觸、眼觸因緣生受，若苦、若樂、不苦不樂，彼亦燒燃。如是耳、鼻、舌、身、意燒燃，若法、意識、意觸、意觸因緣生受，若苦、若樂、不苦不樂，彼亦燒燃，以何燒燃，貪火燒燃、恚火燒燃、癡火燒燃，生、老、病、死、憂、悲、惱、苦火燒燃。」爾時，千比丘聞佛所說，不起諸漏，心得解脫，佛說此經已，諸比丘聞佛所說，歡喜奉行。

——南朝宋求那跋陀羅譯的五十卷本《雜阿含經》第八卷第一百九十七個小經

一位學者告訴我：《雜阿含經》是《阿含經》當中的一部，《阿含經》是原始佛教的根本經，在印度至少有五部，但譯為中文的只有四部：《長阿含經》，《中阿含經》，《增一阿含經》，《雜阿含經》。《阿含經》其實是許多「小經」的匯編。如《雜阿含經》就是由一千三百六十二部小經組成的。現在印度語文的《雜阿含經》只有巴利文本，梵文本早就失傳了。劉宋時代譯的《雜阿含經》，並沒有把小經的名稱譯出。不知道是不是因為當時翻譯的時候所依據的經就沒有小經的經名，還是其他什麼原因。

南朝宋求那跋陀羅譯的五十卷本《雜阿含經》第八卷第一百九十七個小經巴利文的拉丁字母轉寫是Adittapariyaya Sutta，巴利文本的英文翻譯是The Fire Sermon——火燒經。

麥田文學 255

火燒經

作　　者　章小東
主　　編　王德威
責任編輯　林秀梅　林俶萍
文字校對　洪禎璐
封面設計　黃暐鵬

副總編輯　林秀梅
編輯總監　劉麗真
總 經 理　陳逸瑛
發 行 人　凃玉雲
出　　版　麥田出版
城邦文化事業股份有限公司
104台北市中山區民生東路二段141號5樓
電話：02-2500-7696　傳真：02-2500-1966
發　　行　英屬蓋曼群島商家庭傳媒股份有限公司城邦分公司
104台北市中山區民生東路二段141號2樓
客服服務專線：02-2500-7718　02-2500-7719
服務時間：週一至週五上午09:30~12:00；下午13:30~17:00
24小時傳真專線：02-2500-1990　02-2500-1991
讀者服務信箱：service@readingclub.com.tw
劃撥帳號：19863813　戶名：書虫股份有限公司
麥田部落格　http://blog.pixnet.net/ryefield
香港發行所　城邦（香港）出版集團有限公司
香港灣仔駱克道193號東超商業中心1樓
電話：（852）2508-6231　傳真：（852）2578-9337
電郵：hkcite@biznetvigator.com
馬新發行所　城邦（馬新）出版集團Cité（M）Sdn. Bhd.（458372U）
11, Jalan 30D/146, Desa Tasik, Sungai Besi,
57000 Kuala Lumpur, Malaysia
電話：（603）90563833　傳真：（603）90562833
印　　刷　前進彩藝股份有限公司
初版一刷　2012年（民101）04月03日

定價／320元
ISBN：978-986-173-751-5

城邦讀書花園
www.cite.com.tw

國家圖書館出版品預行編目資料

火燒經／章小東著. -- 初版. -- 臺北市：
麥田, 城邦文化出版：家庭傳媒城邦分
公司發行, 民101.04
面；　公分. --（麥田文學；255）
ISBN 978-986-173-751-5（平裝）

857.7　　101004095